想象中的错位

姜建强 著

四川文艺出版社

图书在版编目（CIP）数据

无印日本：想象中的错位 / 姜建强著. — 成都：四川文艺出版社，2017.7
ISBN 978-7-5411-4735-7

Ⅰ.①无… Ⅱ.①姜… Ⅲ.①随笔—作品集—中国—当代 Ⅳ.①I267.1

中国版本图书馆CIP数据核字(2017)第166606号

WU YIN RI BEN
无印日本
想象中的错位
姜建强　著

责任编辑	燕啸波　奉学勤
封面设计	叶　茂
内文设计	史小燕
责任校对	蓝　海
责任印制	崔　娜

出版发行	四川文艺出版社（成都市槐树街2号）
网　　址	www.scwys.com
电　　话	028-86259287（发行部）　028-86259303（编辑部）
传　　真	028-86259306
邮购地址	成都市槐树街2号四川文艺出版社邮购部　610031
排　　版	四川最近文化传播有限公司
印　　刷	成都新千年印制有限公司
成品尺寸	146mm×210mm　1/32
印　　张	9　　　　　　　　　字　数　190千
版　　次	2017年10月第一版　印　次　2017年10月第一次印刷
书　　号	ISBN 978-7-5411-4735-7
定　　价	42.00元

版权所有·侵权必究。如有质量问题，请与出版社联系更换。028-86259301

代前言：你所知道的日本是这样的吗？①

"熟悉的陌生人"始终就在你身边

我们绕不开的一个话题依旧是日本。

因为这位"熟悉的陌生人"始终就在我们身边。

尽管太阳已经沉入地平线，但还有晚霞，还有残红，还有薄晖，还有微明。这些词语，歌德和尼采都曾乐意使用。如歌德就曾经感叹地说过一句话：凡是值得思考的事情，没有不是被人思考过的。我们必须做的只是试图重新加以思考而已。尽管太阳已经沉入地平线。

对日本重新加以思考，它的语义转换就是你所知道的日本究竟是个怎样的日本。那么究竟是个怎样的日本呢？这里笔者结合近半年来日本媒体所报道的新闻事件来看看吧。

---

① 本文最初发表于2014年7月14日的《腾讯·大家》。之后被难以统计的各类微信公众号转载，其点击率或达数千万次。故收入作代前言，有删改。

"肃然起敬"一词也显得贫乏苍白

你所知道的日本是否是这样的:日本防卫省(相当于国防部)日前向东京大学提出协助改良自卫队新一代运输机C-2的飞行强度,但是遭到了东京大学的拒绝。据日本媒体报道,防卫省又通过主管学府的文部科学省希望对东大施压,但文科省则以"尊重大学自治权"为由婉拒。这迫使日本防卫大臣小野寺五典在7月4日的记者会上宣布,防卫省部署C-2运输机的计划将推迟两年。

这条新闻是个什么概念呢?说白了就是国防部命令大学协助科研。这当然来自于政府的旨意,来自于执政党的旨意。如果从爱国主义的立场出发,如果从权贵主义的立场出发,如果从祖国强盛的观念出发,大学怎么能拒绝呢?大学的校长你还想干吗?你的政治立场不遭到清算才怪。再说,国防部有的是钱,就是从学校创收和个人创收的角度来说,大学也不应该拒绝,这可是赚大钱发大财的好机会呀。但是东京大学依旧说出了一个"NO"字。理由就是一条:与东京大学"禁止军事研究的方针"相抵触。而这个方针制定于1959年。一个制定于半个多世纪前的方针,在没有修正前,一代一代的东大校长们唯一要做的一件事就是坚守。面对这样的不为权势所动的著名高等学府,"肃然起敬"一词也显得贫乏苍白。

因为你军演又算老几?

你所知道的日本是否是这样的:横滨地方法院日前做出一项判决,禁止自卫队的飞机在神奈川县的军事基地进行早晨和夜间的飞行训练。居住在神奈川县厚木基地附近的居民,近年来不断被战斗机的起降噪声所困惑,因此向横滨地方法院提起了诉讼。法院在判决书中认定噪声给居民的生活和健康带来了危害,命令自卫队的战斗机不得在早晨和夜间起降。

厚木基地是日本自卫队在首都圈的最大空军基地。一个地方法院能够左右最大空军基地的军演,你不能不说这是个相当到位的司法独立吧?你不能不说这是很精准的法治社会吧?就连日本政府对这一判决也毫无办法,内阁官房长官菅义伟只能惊叹这是"十分严峻的判决"。

这就是现实日本的政治生态

你所知道的日本是否是这样的:东京都八王子市的一所公立高中,在今年1月的三年级期末考试试卷中,出现了批判安倍首相参拜靖国神社的考题。考题为:

安倍首相参拜靖国神社遭到了中国和韩国的严厉批判。

对这一问题:

第一,根据自己的想法自由发表意见;

第二，中国和韩国为什么批判？

第三，中国、韩国与日本的关系是"战略互惠关系"，但是为什么安倍首相无视这种关系前去参拜？美国为什么"表示失望"？

请针对上述问题做出回答。

要知道安倍还在台上，自民党还在执政，一个公立学校竟然敢出这样的考题，用我们的惯性思维，怎样想都是想不通的，怎么想都是震撼的。但这就是现实日本的政治生态——你有表演权，我有批判权。最后的结局是相逢一笑，消解归零。可不，校长非但没有受到处分，更没有判罚政治不合格，反而还振振有词地说，我是根据学校订阅的《每日新闻》出的考题有何错？也就是说，我批判领袖人物是有依据的。

何谓汗颜？

你所知道的日本是否是这样的：日前日本爆出一条引人注目的社会新闻，住友不动产公司开发的两栋11层的公寓楼，由于地基打得不扎实，大楼出现倾斜。这两栋大楼位于横滨市西区，已于2003年建成并出售完毕。该公司承认，建成并已出售的6栋公寓楼中，有两栋楼因为地基下沉而出现倾斜。经过调查，原因是支撑公寓楼的地基桩头长度不够，没能到达坚固的基盘部分，因此造成了大楼的倾斜。住友不动产公司发表声明说，对于出现这样的问题，作为开发商深感对不起广大住民。公司从6月份开始对于出现倾斜的两栋大楼的住民实施搬离，并免费向他们提供住处。对于另外4栋公寓楼的安全情况也将展开调查。

这里的看点在于：首先开发商并没有为自己作"无罪"辩护。倾斜？这个微微的倾斜并不影响坚固性呀。你看，"3·11"大地震都经历了，大楼也没有丝毫的损伤。安心地住吧，没问题。其次，公寓建造已经超过10年，但还能找到开发商。不但能找到开发商，而且开发商一点也不踢皮球，揽下全部的责任，并保证解体重建后，住民再搬迁回来。这善后处理还有什么可指责的呢？开发商没有用"重利主义"的经商之道视倾斜而不顾，而是将诚实守信放置于最高端。而诚实守信恰恰是儒家精神治产的结果。而我们生为儒家之人，有时倒反把儒家的精神遗产给弄丢了。这恐怕就是"汗颜"一词最好的解释了。

更不乱花百姓的税金

你所知道的日本是否是这样的：由于劳动力成本和建筑材料价格的上升，2020年东京奥运会比赛所需的排球等三个场馆的建设计划将予取消。根据最新的测算，东京都建设奥运比赛场馆所需要的经费，已经比原计划增加了1538亿日元，达到3800亿日元，这给东京都的财政带来了很大的压力，也给奥运结束以后的场馆处理带来许多麻烦。

一切从实际出发，从国情出发，不摆花架子，不做面子工程，更不乱花百姓的税金，是这一新闻的看点。通过这个看点，日本领导层的务实与重民精神令人敬佩。

一块厚重的民主主义基石

你所知道的日本是否是这样的：冲绳县新知事选举将于今年11月举行。日前一位经营商务咨询公司的社长大城浩（48岁）在那霸市举行的记者会上表示："如果我当选冲绳县知事的话，我将会宣布冲绳独立。那样的话，美军普天间基地搬迁的事情就会消失。"大城浩是第一位公开表明要参加知事竞选的人，也是历年来第一位将"冲绳独立"作为公约的竞选者。

再仔细想想，将自己国家的一个地理区域和行政区域，硬性拿出来独立，并作为自己的竞选纲领，居然没有任何的政治压力和牢狱之灾，这要有一块怎样厚重的民主主义基石放置于人们的心中才行呀。当然这位竞选者是否能选上是另一回事，或许他仅仅是"傻瓜"一个，自我表演一番而已，但是他的存在则表明日本人的成熟度与市民社会的宽容度。

伸手必被捉

你所知道的日本是否是这样的：一位东京地铁公司的部长，因为使用公务IC卡用于个人消费，近日被宣布解雇。东京地铁公司称，这位50多岁的部长从2008年4月至2013年6月，使用公司用于公务乘车的"Suica"支付不属于公务出差的交通费并购买饮料等,使用金额约为5万日元(约3000元人民币)。这位部长将部分的私人消费作为公务来报销,属于贪污行为。

5年花了公款5万日元,而且基本是购买饮料用。这在我们的贪污行列中,还算得上一件事吗?恐怕拿出来晒都觉得要脸红。但这就是日本社会,不属于你的,一分一厘也不能动用。伸手必被捉。

讲的是一种怎样的道义?

你所知道的日本是否是这样的:日前,以前首相小泉纯一郎和细川护熙为核心的反核电运动人士,在东京宣布成立"自然能源推进会议"。小泉指出,核电站并不安全,无法理解政府为何要强行推进核电事业。他表示,自己一直到死都会高举反核电的大旗。细川前首相也在发言中认为,安倍政府对于福岛核电站的核泄漏事故毫无反省之意,无法理解他为何还要重开核电站。

明明知道核电仍然是一个国家经济发展的主要能源,明明知道国与国之间的博弈在一定程度上就是能源的博弈,明明知道一些大国还在扩建核电站,以致不输于竞争对手。但是为了国家的安全,为了国民的安全,宁可放弃速度放弃增长放弃GDP,也不能推进核电。也就是说,宁可使自己的国家积贫积弱,也要废除核电。这样的政治家,有一种怎样的心路历程呢?讲的是一种怎样的道义呢?而我们又能理解多少呢?这仅仅能解读成与安倍现政权作对吗?或者这仅仅能解读成寻找机会在国民面前再开小泉剧场吗？哦，恐怕不行。这就像若问：一归何处？若答：一归于无。那就失败了。不及格了。把它还原于观念论的逻辑学，那就太无味了。

更不用说出门封路了

你所知道的日本是否是这样的：一名33岁的日本女性，日前清晨侵入前首相小泉纯一郎的家中，要求见小泉的儿子进次郎。神奈川县警察本部以"不法侵入罪"将这位女性逮捕。

这位自称是"近藤章代"的女子，来自栃木县足利市，她于清晨7时25分，未经许可侵入位于神奈川县横须贺市的小泉前首相的家中。消息说，小泉的家人一早发现一楼的客厅有声响，于是下楼细看，发现客厅的沙发上坐着一位素不相识的女子。家人立即通知家门口站岗的警察，将这位女子扣押。事发时小泉前首相正在出差，不在家中。

这条新闻如果还有些看点的话就在于：第一，一位不知名的女子能轻而易举地进入小泉家，表明小泉家住在哪里，是怎样的房子结构并不是国家机密，周边的居民都知道。第二，表明退位后的小泉，其警力配备相当有限，恐怕只剩下看家门的警卫，更不用说出门封路了。总之，这一新闻表明日本政治家一旦退位，他们在位时的一些特权也就随之取消。去一般医院看病，去一般理发店理发，去一般料理店吃饭，都与普通老百姓的生活相似，真正做到了与民共在，与民同乐。

超市贴出招募70岁为止的服务员

当然你所知道的日本还可能是这样的：据联合国儿童基金和国立社会保障人口问题研究所的调查显示，日本的儿童"幸福度"在31个先进国家中位居第六位，第一位为荷兰；英国BBC和日本的《读卖新闻》等24个国家的媒体共同实施的舆论调查显示，认为"日本给世界带来了良好影响"的回答是49%，排名第五位，紧随排名第四的法国（50%）；总部位于悉尼的国际调查机构经济和平研究所，日前发表一份调查报告说，在世界162个国家的"和平度"的评比中，日本排名第八位。排名第一的是冰岛。在亚洲其他国家当中，韩国排名第五十二位，朝鲜排名第一百五十三位。

日本65岁老年人中，有一半人还在工作。有的超市还贴出了招募70岁为止的服务员。这一比例创下了世界各国的最高纪录；日本政府日前在内阁会议上敲定了"健康医疗战略"，力争以世界最先进的医疗技术打造健康长寿型社会。新战略提出了到2020年把不需日常护理便可正常生活的"健康寿命"延长1岁以上，并把代谢综合征患者数量与2008年度相比减少25%。

是文学的，美学的，还是哲学的？

当然你所知道的日本还可能是这样的：当国内的旅游团来到

日本，从百货店到药妆店接连扫货的时候，当连一把牙刷、一支牙膏、一把小小的指甲钳都不放过，甚至在百元店连剥皮的刨刀都要大把大把买的时候，你就能着实感受到对一个国家的最高奖赏，绝不在语言上而在行动上。今年6月份来日本旅游的中国大陆游客就达174 900人次。日本人为此生出得意了吗？没有。他们把需求当作再开发的动力，工匠们则又在悄悄地改进工艺，等明年再来的时候送游客一个惊喜。

是啊。一个连马桶垫都要保持恒温的国度，一个任何的路面都有残疾人黄色通道的国度，一个护士与病人说话都要下跪的国度，一个小到只有十多人座的料理店都有婴儿椅的国度，一个图书馆的工作人员只能站立为读者服务的国度，一个区政府人员不能乘坐电梯不能过度使用空调的国度，一个连厕所的芬芳剂都有数百种的国度，一个连80岁的老太不化妆就不出门的国度，你的第一反应是什么？神经质，脑子有病，变态？还是精致，细腻，宜居？或者是文学的，美学的，还是哲学的？如果要问文明的指标是什么，不就是看一个国家是如何对待精神病患者，如何对待残疾人，如何对待弱势群体的吗？那日本人在这方面做得是上乘的，无可挑剔的。所以，当问起观光客对日本最大的感受是什么的时候，总是四个字：文明清洁。

日本还是《地道战》《地雷战》中的日本

当然你也可以这样说，你所知道的日本我都不知道也不想知道。我所知道的日本就是屠杀侵略的日本，就是践踏无数生灵的日本。不错，你这样的认知没有问题。确实，作为书写的历史，作为工具的历史，作为经验的历史，这些都是事实。

但问题是除了侵略的日本和屠杀的日本之外，日本还是怎样的日本？战后半个多世纪过去了，那原子弹爆炸一时腾起的巨大火球而带来的刹那惊心，也已经非常遥远。日本又发生了怎样的变化？日本还是我们眼中的那个《地道战》《地雷战》中的日本吗？日本人还是"大刀向鬼子们的头上砍去"的日本人吗？我们当然不忘过去的日本，但我们更要关注今天的日本和明天的日本。人，不能忍受太多的真实，但是人更不能没有真实。在所有的真实中，最高最大的真实就是亲在感——我思故我在。泰戈尔说：上帝等待着人在智慧里重新获得他的童年。这就说出了人们认知上的"在此"与"此在"的关系问题。总之，这个国家还是发生了很大的变化。如果我们一无所知或视而不见，就会成为问题。成为什么问题呢？思维非对称的问题。

我们将日本置于"熟悉的陌生人"，而日本将我们置于"陌生的熟悉人"。如日本人至今还将外国人入籍称为"归化"。殊不知"归化"恰恰是中华思想的产物。周边属国靠向中华皇帝的德，"内归钦化"，即归化中华。这里，日本人玩弄的是"历史的狡黠"。这就是问题的所在。不要以为，一个战败过的国家，这个国家的历史就是无关紧要的。不要以为，一个侵略过我们的民族，这个民族的文化，就不值得书写。尼采说过："上帝把健忘作为看门人安置在人类尊严之庙的门槛上。"为了防止健忘，我们需要了解日本。为了把这个邻国纳入视野，我们需要阅读日本。

于是——

于是，将近年在《腾讯·大家》上发表的有关日本论的文章，结集出版。所收文章中的多篇，点击率均超10万，可谓一传上即人气很高。这种人气其意义何在？就在于本文开首的一句话：我们绕不开的一个话题依旧是日本。或者，就是大气与自信在观念中的回归。

目录

形型日本

日本人的美德从何而来? 003

为什么说机甲是日本动漫不可缺少的元素 014

为什么日本人也造假? 030

日本人为什么热衷对加害者再施加害? 043

日本人对死刑的追问 054

"3·11":一个国家的祭日 069

村上日本

不关心日本的村上春树 083

当人生没有出口,村上春树会疯吗? 099

村上和他的提问者:网上的惊世骇俗 111

"8·15"日本战败日：历史的记忆与失忆　120

观念日本

日本人其实也不知道天皇是做什么的　137
日本人不喜欢德川家康的深层原因　147
日本人是喜欢左还是喜欢右？　157
奥姆真理教犯了思想罪？　168
像风一样逝去，留下的是情爱　180
无印良品是性冷淡的代言？　190
独女与独男：一人主义的后性时代　202

爆买日本

爆买日本背后的精神胜利法　221
为什么到了日本就喜欢上日本？　228
鲁迅骂没骂过日本人真的很重要吗？　240
日本还是第一吗？　253
他才是"爆买"的先驱　265

形型日本

日本人的美德从何而来？

美德不是吹出来的

《腾讯·大家》曾刊登野岛刚先生的《日本人的美德不是吹出来的》的文章，又引出了日本人论中的一个有趣的话题：美德不是吹出来的，那是从哪里来的呢？

这就令人想起村上春树小说《奇鸟形状录》里的一段描写。加纳克里特，这位妓女从来不羞于自己的职业，男人们也把她当作一般的概念来接受——一位妓女而已。不过，当她感到某个嫖客正关注着她，并企图试探她的灵魂时，害羞的感觉便油然而生，让她再也没有勇气面对这名嫖客。这也就是说，当有外在的不熟悉的目光转向自己的时候，日本人就会有种不自觉的约束力，将原本属于耻的行为收敛于恰到好处之间。而一旦将耻收敛于恰到好处之间，表露于外界的行为，或在外人看上去就是所谓的美德了。

如果从这一意义上来看，日本人的日常行为，与其说是美德之举，还不如说是一种来自外在的无可奈何之举。何为来自外在的无可奈何之举？也就是说，日本人所喜欢的"世间"这个词生出的世间之眼，时刻紧盯着你，电车里打电话，排队插队，都会有周围人的眼光投向你。而感冒戴口罩，是因为人家都这样做，所以我也不得不这样做。至于爱清洁和爱洗澡，则是日本文化中去除污秽的问题，根本与美德无关。世间的眼光使得你感到不好意思，使你感到羞耻，日本人常用来责问人的一句话类似于"你还要脸吗？"

日本剧作家岸田国士早在战后不久就写下《畸形的日本人》一书。在书中他写道：几乎所有的日本人都有在电车里踩到别人或被别人踩到的经历。当踩到别人时，我们会觉得那是无法避免的。可当被别人踩到时，却会心生厌恶。其实，这两者之间并没有什么不同，经常被踩的人往往也是经常踩到别人的人。也就是说，它们是相同精神状态产生的偶然的不同结果。说得极端一点，就是因为日本人过于小心害怕被别人踩到，所以最终才会踩到别人。"好痛。你注意点。"被踩的人在大声喊叫着，可有些日本人根本意识不到对方是在说自己，因为他们一心只想着自己不要被别人踩到。如果这种精神状态如同慢性疾病一样在日常生活中不时发作的话，我们就只能称其为"精神畸形"了。那么这种精神畸形是不是也是一种美德呢？这是问题的所在。

公耻与私耻，他律与自律

日本社会学家正村俊之在1995年出版的《秘密和耻辱》（劲

草书房）中说，在西欧文明中，耻辱是和裸体相连的，这是一般的看法。在德语的Scham或Schamgefuhl的词义里也有赤身裸体的意思。而且Scham这个词也是专指生殖器的复合词的一个部分。问题在于在日本耻辱并不与裸体或性器相连。这也就是说，对日本人而言，能构成耻辱的是自己的面目和名誉。在世间，或在日本人所独有的"场"，如果被人歧视，被人轻看，这才是最致命的。就像日本著名作家森鸥外的小说《阿部一族》中的阿部，外部的眼光给予他的信息是：你之所以没有领到主君的殉死之令，是因为你是个怕死鬼，是个对主君不忠之臣。这才是奇耻大辱，这才是要命的。所以最后阿部切腹是必然的。一个是一死了之，一个是以死表示自己的受冤。这也就是说，日本人的羞耻产生于不同集团意识中的目光交错，受制于强烈的场所支配。

而日本另一位学问大家丸山真男则将名誉感分为"外面"和"内面"的两个侧面。对外的场合是对名声、评判在意的立身出世（对世间的）的"个人主义"（可理解为以家为代表的个人，而不是西方意义上的个人主义）；对内的场合是被自尊心所支撑的独立和自由的"个人主义"（参见《丸山真男讲义录五》，岩波书店，1998年）。丸山说这就是日本人的"原型"，或叫"古层"，也叫"执拗低音"。日本人喜欢读的历史读本《太平记》里说，出生武门之辈是惜名而非惜命。在日本，父母教育小孩不要偷东西不是因为犯罪行为的本身，而是偷东西会被人看不起。偷东西之耻，就潜移默化地转化为内在的克制和约束机制。

但日本人也一直不服气的是只讲他们的公耻——他律，而不讲他们的私耻——自律。只讲在大庭广众之下，日本人知耻羞耻，但在无人之境，日本人就原形毕露。日本人说捡到皮夹上交，就是无人之境的自律的最好检证。但捡到皮夹上交，与其说是道德自觉，还不如说是法律的张力，因为日本法律明文规定捡到东西不上交与偷盗无疑。伦理学里有"慎独"这个概念，说的是人在无人之境能自觉地做有人在时的事情。这当然是道德的最高。日本人在无人之境的犯罪，日本人在无人之境的使恶，日本人在无人之境的放纵，足以表明他们还缺乏私耻——自律的自觉，与"慎独"的要求还相去甚远。

在日本公德心成了死语

这何以见得？

企业作家、道德私塾·心学校校长三浦兴一在2009年出版了《失去道德和良心的日本人》（荣光出版社）一书。在书中他说"公德心"一词在日本已经成了"死语"。他在厚达412页的整本书中，用大量可信的材料和数据描述了日本人公德心的缺失到了令人震惊的程度。这里限于篇幅只举少数几例。

在公园和郊外的国道、县道、高速道沿线，将大型资源垃圾、家电垃圾、家具等不法投弃的日本人在激增。2007年东日本、西日本和中部日本的三家高速道路公司的调查表明，在高速道的服务区域（SA）和停车区域（PA）的垃圾处理费用，在2005年是15.6亿日元。三社的调查还表明，2006年度的740所SA

和PA堆积的垃圾总量是2.59万吨。回收、搬运和处理的费用高达26.1亿日元。日本在2000年实施家电废旧品回收有料化。一些不想出回收费用的日本人就在高速道上的SA和PA乱扔家电垃圾。

图书馆的图书被盗和图书破损也激增。据调查，2007年日本全国主要城市的公立图书馆中的570家，去向不明的图书达到了284421册。损失金额在4.1亿日元以上。仅东京都内四个区就有1万册以上的图书被盗。此外将杂志和图书中需要的部分撕下或开天窗的事例就更多了。

中小学校学生的伙食费滞纳总额在2006年达到了约23亿日元。在调查的31921所学校中有13907所学校发生了滞纳现象。而幼儿园的滞纳费在2006年达到了83.7亿日元，涉及8.5万人。家长抱着能赖则赖、能拖则拖的心态，表露出日本人在付款问题上的信用度极差。

另据日本都道府县所在地的290家公立医院统计，看病不付钱的费用在2002至2005年之间的三年内达到了85亿日元，平均一家医院摊上2940万日元。而能统计到的5570家私立医院，三年的未收金是853亿日元以上。2006年医院暴力在被调查的1106家医院中的577家医院中有发生，身体暴力达到了2315件，医患间的性骚扰也有935件。

日本学者作田启一在《耻的文化再考》（筑摩书房，1967年）中断言，本尼迪克特所说的耻是"公耻"，这只是表面的耻意识。日本人的耻还有内化的"私耻"：即对于即使从所属集团的标准来看并不值得特别轻蔑的有关行为，也一味苦于羞耻。在比善恶更重视用优劣作为社会规范的社会中，容易产生羞耻，而私耻把人引导进孤独的内心生活。但是看看上述的这些例子，我们确实很难看到日本人的这种私耻，更难看到因这种私耻而导致的道德内化。

耻文化的道德装置

日本北海道有一名17岁的高二女生，用刀杀害了自己47岁的母亲和71岁的奶奶。这名少女被逮捕后，札幌地方检察院对她的刑事责任能力进行了鉴定，同时将这位少女递交刑事裁判所进行裁判。但是，这名少女的同学和家长们认为，这名少女之所以产生杀人动机，是因为家庭教育过于严厉，近乎虐待。因此他们组成了"希望给予拥有未来的少女适当裁判的住民之会"，呼吁社会各界签名拯救这名少女。从10月10日开始到11月3日，签名人数已经达到10534人。这个会将1万余人的签名递交到札幌地方检察院，希望将少女送交家庭裁判所，而不是刑事裁判所，以给少女一个希望。札幌地方检察院接受了这一份厚厚的签名书，并表示理解大家的心愿。

这里的问题点是：一个17岁的少女杀了两人。而且两人都是亲人。杀死亲人是所有杀人罪中最为大逆不道的罪行。而1万多名市民为这样的杀人犯求情免于刑事裁判，不管出于怎样的动机怎样的缘由怎样的同情心，都是日本人集体道德失范的一个典型。为什么这样说呢？

这就联想到罪文化和耻文化的问题。早在半个多世纪前，美国的人类学家本尼迪克特就在《菊与刀》中给予了迥然有别的二分论的说明。这当然是老话题了。但老话题新论的是：罪文化和耻文化本质的不同在哪里？细加分析的话不难看出，如果是罪的场合，通过自己的忏悔、赎罪等可减轻罪过，还可依据神的旨意有被宽容的可能。但是耻的场合，即便是自己再怎样告白，再怎样忏悔也不会减轻或消失。这也就是说罪是自己内部被深深自觉着的，而耻则是被他人所觉察着的。前者可以主观作为，后者主观作为无效。那怎么处理这个耻呢？在日本也有雪耻的说法。如何雪耻呢？日本人的通常做法是一死了之——自杀。但能不能因雪耻而生出复仇呢？一般不会。

因为耻文化的内在要求是基于一种外在的强制力的善行。就像真正的罪的文化是一种基于内在的罪的自觉的善行一样。因为是善行，所以因受耻而杀人会耻上加耻。你只有了断自己才能洗耻，才能将耻返回于给予你的人，让他也负有耻辱感而不得安宁。这就如日本哲学家中村雄二郎所说，这种"厌脏知耻"的高度美学意识与"避恶省罪"的伦理观念非常接近（参见《日本文化的罪与罚》，新潮社，1993年）。所以耻文化有时也是日本人的一个道德装置，一个尽可能地使自己的行为不出大格的道德装置。

但引人注目的是这位北海道的17岁少女，在家人那里蒙受了耻辱，她并没有按照耻文化的范型模式了断自己——自杀，而是走向了杀他。但用杀他的手段来雪耻，就引出了复仇的概念。而问题在于复仇并不是耻文化的内在要求。所以这位少女只能使自己蒙受更大的耻辱——弑母耻辱。这是做人的最大耻辱，因为它使得维系人伦纲常的纵向关系走向崩溃，同时也暴露出日本人凶残的本性，在现代文明的荡涤下并无太大的改观。而面对这个最大耻辱，1万多日本人又袒露出一大片罪耻不知的文化和道德真空。在这个真空如何寻觅美德？在这个真空如何谈论美德？

一个计较于耻辱的心情

日本权威词典《广辞苑》对耻的解释是：因为过失或失败失去本来面目，使自己的名誉遭损。这里，名誉的含义等同于清洁与善良，其反义词是污秽与罪恶。也就是说耻与其说是自己内部加以自觉的对象，还不如说是被他人的眼光审视和评判的对象。在他人面前有失面子，名誉受损就是耻。这里要注意的是他人的眼光，他人的面前。如果说即便有过失或失败，如果这个过失或失败还没有被他人所知晓的话，也就不加耻辱地结束了。也就是说在世人面前不显露的话，就没有担忧的必要。这种被不想蒙耻的心情所支撑，并期待高度的评价，就成了日本人的一个重荷。为此努力如何使应该蒙耻的不蒙耻，如何使即便蒙耻了也不使其表面化而动足脑筋。这样一来的话，蒙耻即便是被你我他所知道，也就消解成不知道或不想听的样子。

用这个态度作为生活的智慧，是日本人的一大特点。所以我们在观察日本人的时候，总感觉他们有躲躲闪闪不够阳光的一面，邻里之间也是老死不相往来，原因或许就在于为了尽可能地不在世人面前蒙耻，或你的蒙耻经历我也不想知道而表现出的一种行为模式。怕说错话，怕做错事，尽可能地消解自我的心性根源就在于耻这个字。在印欧语系第一人称只有一个叫法，如英语里的"I"，法语里的"Je"，荷兰语里的"IK"，德语里的"Ich"等，表明对绝对自我的坚信。而日本语中的第一人称则很多。如"私""付"、"俺"等。问题是尽管有多个第一人称，但在日本语表述中则往往省略第一人称。如川端康成的名著《雪国》的开首句，日本人都会吟诵："穿过县界长长的隧道，便是雪国。"这里，谁穿越了长长的隧道去雪国？不知道。第一人称被省略了。

广岛的日本人是世界上第一颗原子弹的牺牲者。活着的广岛人对美国人的愤怒是无法排遣的。但是在原子弹爆炸地建立的纪念碑文上，写有这样的两行字：

请安息吧
不再重犯错误

叫谁安息呢？不清楚。叫谁不要再犯错误呢？不确定。没有主语的日语构造，就是日本人的一个心情，一个计较于耻辱的心情。正是这个构造和心情，生出了在外界看似所谓的美德的行为。

歇斯底里症反应多的日本人

这正如野岛刚先生文中所说，日本人确实有某种让你感动的瞬间，某种让人发出不愧是日本人的感叹。日本人的彬彬有礼，日本人的优雅有度，日本人的笑颜常开，确实令外国人印象深刻。但如果从根源性来分析的话，这绝不是康德所言的内面的道德律在起作用，而是耻文化植被了日本人很强的进取心，总想把事情做得最好而不被世人嘲笑或想得到世人的评价，这里又滋生出虚荣心。这种进取心和虚荣心在耻的观照下又生出义理与人情：你要在这个家族式社会里不做耻事，不被人羞丑，那就必须按照义理人情——集团内形成的规范来行事来约束自己。这样虚荣、义理、人情又成了日本人国民感情的一部分。我们在谈论日本人美德，谈论日本人日常行为的时候，这个框架是绝对不可缺失的。

从精神病理的角度来看，日本人妄想偏执狂少，歇斯底里症反应多，也与这种耻辱导致的义理有关。这种歇斯底里有时表现为一种莫名的攻击性和破坏性。如日本人会在毫无预警的情况下将人推下站台，会连续不断地放火烧房等。这种歇斯底里有时也表现为文化的外向型强迫。这就如同金文学在《丑陋的日本人》中所举的一个例子：有一位韩国朋友K在日七年好不容易有了位日本朋友。那是一位年近60岁、温和开朗的老太。第一次受邀到她家做客的K，在玄关处将鞋脱掉后就像平常一样很随意地摆放。然而问题就出来了。那位日本老太以相当冷淡的口气说：在我们日本，是要将鞋子头朝外面摆放的。说完她不但亲自将K的鞋朝外重新摆放好，而且故意地弄出很大的声响，并最后狠狠地看了K一眼。K说那种眼神是她从未见过的近乎敌意的注视。就在这瞬间，K眼中那和蔼可亲的朋友突然变成了阴森可怖的老妖婆，让人感受到内心的不安。

确实在日本有在玄关背对主人将鞋脱掉的习惯。但在中国和韩国，却没有一边将屁股对着主人一边脱鞋的习惯。入乡随俗，需要精细到这种程度吗？入乡随俗，需要丢弃对方并不产生恶的习俗吗？这样的入乡随俗，不就是文化沙文主义吗？实际上这也是日本人歇斯底里虚荣心的表现：总把自己看得比他人高，总把自国的习俗看得比他国的高。

听无声之音的声

日本有桃太郎童话故事。说的是一对无儿无女的老夫妇在河里捞上来一个桃子，没想到桃子里跳出一个男孩子，于是就给他起了一个名字叫桃太郎。在一群动物的帮助下桃太郎成长为征服恶魔的英雄。这个没有亲生父母从桃子里跳出来的精灵太郎的故事，受到日本人的狂喜。

日本人为什么狂喜呢？这是无心插柳柳成荫的心态使然。其实日本人的美德也正是这样。因为日本人的美德绝不是伦理要求的自觉展开，而是被耻文化的重荷长期压榨的一种无心插柳柳成荫。面对这种无心插柳柳成荫的无可奈何，日本人自己有时也感到茫然与莫名。于是有著名哲学家西田几多郎出面解围，就将这种茫然与莫名形容为"观无形之物的形，听无声之音的声"。

2014.11.11

为什么说机甲是日本动漫不可缺少的元素

人类意识的虚无和彻底的归零

我们始终有个谜。而且越思考,这个谜底就越深。

日本的动漫为什么必须搭配机甲(mecha)?或者,为什么说机甲是日本动漫不可缺少的元素?

如果说机甲动漫是人的欲望和人所不为的延伸,那么这是否是对人的一个否定,表明人并不是万物的尺度。但另一方面机甲又是人思考的一个结果,而且在观念上,还必须有人来操作,那是否又是对人的无限创造力的一个首肯?

所以从这一意义上说人现在是将来也必然是万物的尺度?问题是如果只是把动漫机甲归于人的一种思考,恐怕还不能说明日本机甲的全部。动漫机甲又与机器人有关联,虽然前者没有自主意识,后者有输入的自主意识。但机甲还是和机器人一起,象征消费时代兴起的一个标志,将人们从发黄的历史文本中脱出,给文明注入新的形态,同时也将人类意识的虚无和彻底的归零给予了最大限度的前瞻。

因为我们不会忘记人气动漫《哆啦A梦》中所唱的歌:

> 哆啦A梦
> 用那口袋,
> 让它的梦想成真吧。
> 哆啦A梦
> 让世界充满梦想吧。

讨厌的人也能变天使吗?

真得首先是梦吗?

我们想到了20世纪50年代的《铁臂阿童木》。这位阿童木被赋予了机器身,有七种特殊能力:脚底有火箭发动机;会用超过60国的语言;能分辨人类的善恶;听力为正常人的1000倍;眼睛是强力探照灯;臀部设有机关枪(后又改为激光);最大输出功率为10万马力(之后又强化为100万马力)。但就是这样的超强机器人,却不能像人类一样随时间长大。天马博士最后还是放弃了阿童木,并将其贩卖至马戏团。苦难中的阿童木被茶水博士收留并被赋予了新的能力。

可以说这是日本人观念中的机器人的原始版本。虽然手塚治虫最终赋予了机器人暴动的、统治的、毁灭的、忠实的一面,但机器人最终长不大这点的揭示,还是暗示了手塚治虫人间中心主义思想的根深蒂固和不可动摇。或者,在那个时代手塚就已经洞察到人类与机器人不可能和谐共处。他在多少年后曾惊魂地说过《铁臂阿童木》是他的失败之作之一，是否就是对自己的一个反省？虽然不得而知，但是他或许在懊悔自己在智能上犯下的一个不可饶恕的错误：机器人总有一天会统治地球，人将成为它的奴隶。可不，虽然过去了半个多世纪，但后人还在受手塚治虫思考的启发而不可收拾。如日本软银公司在去年推出人型机器人Pepper。这位身高1.2米的机器人会跳舞，会讲笑话，还会根据表情了解客人的情绪。公司总裁孙正义毫无隐言地说，Pepper的灵感来自于20世纪的动画片《铁臂阿童木》。

与《铁臂阿童木》对抗的是横山光辉的《铁人28号》。漫画原作从1956年开始在少年杂志上连载。与阿童木不同的是，不具有"人心"的铁人28号，可用遥控器来操纵它。少年侦探金田正太郎君操纵遥控器来控制和压制恶与坏，是一般的情节搭配模式。问题是有时遥控器被恶人所夺，铁人28号反倒成了被凶暴者利用实施暴行的反面角色。机器人所具有的暧昧性很好地表现了出来。这是一个非常有趣的设定，暗示了机甲有个落入何人之手为谁而用的问题，就像原子弹一样。

《铁人28号》是日本动画史上首部巨大机器人动画。它身高18米，重31吨，输出马力10万吨，一对铁拳打出的力是百万吨，足以开山裂石。但其外表并不惊人，青蓝色，体如鹅蛋状，腰间有一条鲜红的腰带，头部一双金黄色的眼睛，下面是一个尖鼻子。少年侦探正太郎君就是用遥控器来操纵它为和平而东奔西走。日本在2004年发售PS2游戏版的铁人28号，说明还有其生命力。漫画家浦泽直树的《20世纪少年》，孩子们幻想的机器人就是以铁人28号为原型。永井豪的《钢铁万能侠》，其灵感也是源于铁人28号。如今在日本兵库县神户市若松公园内，矗立着等身大的铁人28号模型。这也足见日本人的机甲情结非同一般。

首先，无穷大无穷力才是对人的弱小和娇嫩这一宗教式宿命的回光返照。这个思路，是对"人是一根芦苇"的最好注脚。在基督教世界，神创造了人。在神的面前，人不可能无穷大无穷力。神虽然允许人在神的面前发挥想象力，但只有一个限定，不能制造出比人还要厉害的"人"，如是这样，神的颜面往哪里放？所以，在西方幻想机甲制造机器人就不如信奉多神教的日本人来得天马行空。

《哆啦A梦》是漫画家藤子·F.不二雄的国民性SF漫画作品，讲的是一个来自22世纪的猫型机器人，受原主人野比世修的托付，回到21世纪，帮助世修的高祖父野比大雄的故事。原作从1969年到1996年在小学馆的杂志上连载。秘密道具据说有1800件以上。而热线枪是哆啦A梦最强的武器之一，一发子弹可以摧毁一座建筑物，熔化其钢筋。在《老鼠和炸弹》一集中，因害怕老鼠过度而精神失常的哆啦A梦，就是借这个强力武器给大雄母亲对付老鼠。据说攻击力比空气炮还强。此外还有谎言800、宇宙救生艇、时光机、时间布、任意门、竹蜻蜓等道具。而这些科幻式的道具，在今天多数得到了实现。毫无疑问，这是一部思考的幻想与人的智能结合得最好的机甲动漫。虽然暗示了人的智能宛如四次元口袋，空间无限，但与此同时也是对人的意志疯狂性的一个佐证：蚯蚓变蜻蜓，汽车变飞机，讨厌的人也能变天使吧。

日本动画史上的三大动漫

论及机甲动漫，不能不提及"日本动画史上的三大动漫"。《宇宙战舰大和号》（1974年）、《机动战士高达》（1979年）和《新世纪福音战士》（1995年）。其作者分别是松本零士、富野由悠季和庵野秀明。

地球遭遇外袭（加米拉斯帝国），处在危机之中。地球军在交战中失利，开始寻找人类在宇宙中新的居住地。"再见了，地球——"1974年10月6日，一艘深蓝色的巨大战舰在宇宙和地球的衬托下，缓缓地驶向画面深处，宇宙远方。SF版的挪亚方舟——《宇宙战舰大和号》。动漫版的大和号性能为：全长265.8米，全幅34.6米，全高77.0米，基准排水量6.2万吨。舰载武器：核心武器，舰首波动炮；主炮，48cm三连装冲击炮3门；舰载战机和飞船，cosmozero战斗机，bkacktiger量产战斗机，cosmohuntt探测飞船，大气圈内外两用运输船和各种探索艇等。《宇宙战舰大和号》使日本人第一次意识到动画可以将历史再度从深河浪海中吊浮起来，经过精心改装和重新配置，达到一个新的高度。因为从历史看，大和号原本就是被美军击沉的一艘战舰。现在改装成宇宙战舰，大和号全体成员踏上新的征途，就将击沉的历史在深睡中唤醒。从地球到宇宙，着眼点是日本人的抱负和野心。由此《宇宙战舰大和号》也可称为是日本第一部以宇宙为背景的机器人动画。

《机动战士高达》是1974年的动画。新型兵器被命名为机动战士——MOBILE SUIT（简称MS）。动画讲述少年阿姆罗在吉恩军攻击其居住的宇宙都市时，为了保卫同胞而登上了联邦第一台实战用高达而卷入了战争。经过激战，联邦与吉恩终于在月面的某基地缔结了停战协定。一年战争结束了。但是阿姆罗与夏亚心中留下的创伤，以及战争留给所有人的遗憾，恐怕永远也消不去。

由地球联邦军制作的一台泛用多目的试作型MS，全高18.5米，本体重量43.4吨，全备重量60吨，发动机功率1380KW，地上速度165千米/时。传感器探测有效半径为5700米，姿势变换所需时间仅需1.5秒。固定武器有头部60mm火神炮2门，光束军刀2把。选用手部武器有专用光束步枪，超级火箭筒，超级锤，专用盾牌等。操作机械师是阿姆罗。有日本评论家说，高达系列是座高山，不可逾越的高山，它开启了从超级系时代到真实系时代之门。因为这里面机甲的设定都有一套专门的物理法则，而不像以前那样随心所欲。机器人不再是超人，而变成了真正意义上的武器。这是《机动战士高达》给予我们的启示。

《新世纪福音战士》，简称《EVA》，诞生于1995年。它的震撼程度是日本动漫史上少有的。因为它启迪了日本人一个思路：神不为者，人为之。隐喻为日本人没有任何负罪感，什么都能为之。所以日本人说出了这样的话——在第12话中啶元渡与东月在南极的对话（此时两人在空母上）：

东月：不允许任何生命的存在，死亡的世界——南极，不也应该成为地狱吧。

啖元渡：但我们人类却站在这里，以生物的样子活得好好的。

东月：因为被科学的力量保护吗？

啖元渡：科学的力量就是人的力量。

冬月：就是这样的傲慢心态才会引起第二次冲击，其结果就是这样的惨状。这样的惩罚实在也太大了，简直就是死亡之海呀。

啖元渡：但现在世界已经得到了净化。

冬月：即使是满身罪恶，我也还是期待人类生存的世界存在。

这样来看，《EVA》和一般机甲动漫大量表现战争和机器人搏斗的一个最大不同，就是前者侧重于宗教思想的交锋和心理、哲学、伦理的讨论。就像对话所说的人类满足于自己的科学力量，导致了上帝对人类的惩罚。这里，啖元渡代表的是人类，无所不能的开发和毫无敬畏的科研；冬月代表的是上帝，在向人类发出有限度的警告。引人注目的是《EVA》中的机甲"初号机"，给人以非真实非超级的"人造人"的感觉，甚至因其生命体的特征而很难纳入机器人的框架内，使其成了一个"灵魂的容器"。这是否就是《EVA》的最大看点？

为什么会有机器人三法则？

1942年美国科幻小说家阿西莫夫提出了机器人三法则：

1．机器人不得加害人类。

2．除非违反第一法则，机器人必须服从人类的命令。

3．在不违反第一及第二法则下，机器人必须保护自己。

日本人说这个三法则，铁臂阿童木是遵守的典型。大手电机企业的开发者们，在制作机器人的时候，被命令阅读阿童木和铁人28号的漫画。但人气更高的还是阿童木，因为它反映了人道主义者手塚治虫的思想，得到了日本技术工作者们压倒性的支持。继索尼的犬形机器人"AIBO"之后，本田的人形机器人"ASIMO"，NEC的宠物机器人"RI00"同时诞生。这些都是学阿童木的结果。在欧美，人形机器人之所以很难一般化，有其宗教上的理由，有避免触发神怒的考虑。但宣称自己属于多神教的日本人，则没有这方面的忧虑。造物是他们对神的一个奉仕（服务）。万物有灵的逻辑结果就是让灵魂宿营在万物中。这是日本人的一个基本发想。他们对机甲和机器人的喜好，就是将其人格化的一个结果。

问题是机器人最终会有灵魂吗？

如果没有，为什么会有三法则？

这个法则让被创造者必须保护创造者，看上去非常霸道。除了遵从人类的命令，机器人别无选择，甚至连自杀都不可以（因为机器人必须保护自己）。如果有的话，这个灵魂会加快驱动机器人的人格化吗？实际上目前为止的好多动漫和科幻都强力地叙述了有人格的机器人。机器人有了人格，那人类呢？是否意味着死期的到来？是否就是外星人统治地球的那一天的到来？是否就是一切无解的正解？人类会死，但机器人会死吗？照无常论哲学来看，最终一切人格化的东西都会死去。那么机器人也会死去。从这点来说，机器人也应该有人类的情怀，如有分别后的伤感，如对时间不可复现的惆怅。脱去人类的尊贵外衣，人或许能学会与机器人的对话。但人还有一种感情叫自私叫妒忌。三法则本质上就是人类自私和妒忌的法则。那么机器人会吗？

最近一条爆眼的新闻称，德国大众汽车制造厂里的一个机器人杀死了一名人类工作者。当时这名21岁的工人正在安装和调试机器人，后者突然出手击中工人的胸部，并将其碾压在金属板上。这名工人当场死亡。调查人员正对案件进行调查。但已有网民在互联网上宣称，这是机器人杀人案。这固然是机器人人格化的一个表征，但同时人类残暴与自私的基因是否也遗传给了机器人？

本来，机械是人制造的一个装置，是人的本质力量的对象化。通过对象化，将人不能为之的能量和力量传送到另一处需要的地方，以表现人的征服欲。反过来，作为人的本质力量对象化的一个结果，就是机械同时也成了人类安身立命的手段和工具。机械美学在这个时点上，借助逻辑和思辨的力量，戏剧性地异化成了人的意识的一部分，审美的一部分。特别是18、19世纪蒸汽机、火车和巨轮的出现,机器主宰的时代更是以前所未有的力量席卷而来。与此相连,现当代影视作品中的巨型机甲的出现,更是将善与恶、理性与非理性、正义与非正义放置在了一个与人既相容又相克的水平面上。在伸张正义与追讨罪恶的集合点上,人以从未有的热情将庞然大物视为这个地球的朋友。

但问题的另一面是作为人造物的机甲,在还没有思维和意识之前,也就是说在还没有人格化之前,又是一个任何人都可操纵的危险物。就看落入何人手中为谁而用。《铁人28号》的情节中就有这样的困境。总之,最终在是人主宰机甲还是机甲主宰人的问题上,我们只能重复着康德的话:因果律只是存在于我们的心里,但人类没有把握来规定在我们以外宇宙间的关系。

搭配机甲与本土决战

所以,从这层意思来看,日本人之所以在动漫中喜欢搭配巨型机甲,能给出的一个答案就是岛国"本土决战"的心态使然。因为是岛国,空间的有限性、资源的有限性和人的思维发散的有限性,使得日本人不得不转向只要专注和持久便能出结果的所谓技术。技术之花在本土开放,本土也就成了与他人(国)决战的一个场所。如本田开发的"ASIMO"人形机器人在2000年发表,震惊了世界,因为这是世界上第一个人形自律二足步行的机器人,预示了任何可能性的发生。于是本土决战与精神胜利就成了日本人的绝配。战后日本迷信科技万能,迷信科技立国,就是这种岛国心态的最好表现。

而动漫中出现的巨型机甲,照动画家押井守的说法,这是日本式原始情结的一个使然。日本民族总是相信,某种单一而强悍的物品,才是日本的希望和救星。这种崇拜物的最好偶像便是1941年建造的超级战舰大和号。大和号是日本巨大化的一个精神符号,也是日本动漫背后的原动力。从阿童木到铁人28号,从高达到福音战士,那些巨大的人形兵器不就是大和号一代又一代的灵魂转世?

最近媒体炒作美日巨型机甲对决的新闻。美国的MegaBots2重型机器人对决日本的Kuratas机器人。前者高4.5米,重5.4吨,被称为冷面杀手。后者高4米,重4吨,被称为微笑杀手。鹿死谁手现在还不知道,但这就是典型的本土决战的意味,为日本人所乐道。美国人的两颗原子弹,一个叫小男孩,一个叫小胖子。一个扔在广岛,一个炸在长崎。而阿童木和铁人28号,是否就是两颗原子弹的隐喻?是否就是对加害者的一个影射?是否就是再度摆出本土决战的一个架势?就看各位的想象力了。反正日本人在某个场合某个时点的想象力绝对不差的。如曾经关押过甲级战犯的巢鸭监狱,多少年前被推倒重建成了"太阳城"。太阳的象征是什么?水不落。你看,日本人从来不缺乏想象力。

本质上看机甲是铠甲的延伸,是抵挡攻击的外骨骼。从这个思路出发,我们发现历史上的日本武士不就是家臣们的铠甲?不就是抵挡外来攻击的外骨骼?那么巨大的机甲是否就象征了巨大的武士?日本人对机甲的爱不释手,是否就是根植于对武士崇拜的传统文化上？这其实也是探讨的一个思路。但这个思路会碰到一个问题：以小为美、以缩为志向的日本人，为什么在动漫机甲上着眼于大，着眼于扩？笔者以为这里有个精神心向的转换问题。作为人的肉体之延伸，作为人的自我意识扩大化的一个结果，在超越地球的星球大战中，在征服宇宙的开发中，18米高、40吨重的机甲就一定是巨大化了？恐怕未必。看似巨型但已经是非常的小了，已经是非常的缩了。以浩浩渺渺为参照系，动漫中的机甲已经是如同桃太郎一样被严重地缩小了。

美少女与机甲的视觉组合

当然，我们在讨论动漫与机甲视觉组合的问题时，不能忽视的是另一个有日本特色的视觉组合——美少女与机甲的视觉组合。如果说从80年代到90年代，在日本后现代语境下的美少女与御宅族是一种横断构造的话，那么美少女与机甲则是这个对置的纵断构造。在美少女的风潮中，最为典型的就是宫崎骏总是用美少女与机甲的模式，去完成他拯救公主的责任与愿望。

美少女与机甲搭配，为的是让美少女拥有强大的战斗力与邪恶势力斗争。这里首先想到的就是"反差萌"。日本亚文化学者东浩纪在《动物化的后现代》（讲谈社，2001年）中对日本动画的观察，得出萌的要素是动画人物在发色、瞳孔、嘴巴、乳房或其他外在特征的动物化形象。如《新世纪福音战士》中的主角绫波零，其形象就是小口、蓝发、红眼与白皮肤。而另一日本学者齐藤环在《战斗美少女的精神分析》（太田出版，2000年）中，认为萌的典型是动画《美少女战士》中的土星水手"土萌萤"和《风之谷》中的娜乌西卡。她们具有清纯和楚楚可怜的处女性，并且具有很好地维持这种完整性的状态。

虽然一般认为手塚治虫在1953年的连载作品《缎带骑士》，是日本漫画史上第一部少女漫画，但从精神分析理论中的"菲勒斯母亲"（phallic，源于希腊语phallus，指勃起男性生殖器图腾，引申为阴茎或生殖器崇拜，或者父权）用语来看，字面的意思就是"有着阴茎的母亲"，一般指握有权威的女性，是一种万能和完全性的象征。而日本型的战斗美少女则是"菲勒斯女孩"。女孩（girl）和女人（woman）的分化与迥别，是战斗美少女动漫的一个特点。动漫中女孩不再温柔服从乖顺，被动地等待崇高的拯救，而是拥有高强度的意志力和行动力。在好勇斗狠的困境中，又流露出丰富的女性美情绪，以及亲密的同性情谊（百合），给人一种清新却又浓醇的观感，以及超越物种本能的形而上的纯粹性。虽然这种清纯美少女为世界、为正义战斗或牺牲的原型，来自于艺文界流行的"母亲"角色和战争期间被征召从军的女学生。但这一切都在美少女和机甲令人亮眼的组合中被隐藏或被阉割了。断裂的历史和文化通过动漫大师们的再创作，战斗美少女的表象在当今日本社会不断地被消费被扩张。美少女充满强气和正义的主体存在，凌驾了没有脸孔没有主体性的御宅族。日本语中的所谓"二次元"，就是指对漫画中的主角或者荧幕（动画，电玩游戏）上的人物，产生迷恋、倾慕的感情，甚至有性的冲动。他们对真实世界（三次元）反而没有任何兴趣。

1988年庵野秀明的处女作《飞跃巅峰》上市。美少女与机甲的组合，这部作品不算第一，但美少女典子亲自操纵叫作GunBuster的巨型机甲，这部作品是第一。御宅族为此兴奋不已。当最后的女主们牺牲自己打败宇宙怪兽的时候，由于时间膨胀效应，她们在宇宙上漂流了一万二千年。最后回到地球时，总以为地球的人都死光了。但寂静的地球突然亮起的灯光拼成一句话：欢迎回家，令众人泪散。人类可以光速在宇宙穿梭，但一万多年的寂寞，是个怎样的滋味？应该是人类最深重的孤独了吧。这种孤独和寂寞，让美少女来承担，在残酷的同时，亮出的是一种萌，一种处女性的萌。这里，她们为什么要强大，为什么要战斗，没有人知道。但也没有人感到奇怪。照齐藤环的说法，这就是一种"内破"。要么抵抗要么全盘接受，但抵抗的理由一条也没有。她们大眼睛小嘴巴，又性感又柔情，为什么要抵抗？性与暴力的组合，美与机甲的组合，恰恰是战斗美少女的精神病理。而恰恰是这种精神病理，使她们升华到了想象域的最高处。拉康说所有人都疯了。实际上这句话应该反过来说，是疯掉的所有人在战斗美少女精神病理上找到了投影。

动漫与机甲搭配的最终美学思路

当然，从终极意义上说，动漫与机甲的搭配，留给人们的一个巨大精神盛宴就是在血色黄昏之下的战斗幻想和太空之梦。在这一人类共同思路的欢场上，没有先后高低之分。每个男儿女将的心中，都有一个属于自己的机甲，每一个男儿女将的情怀，都为机甲燃烧过一次，这就够了。可不，去年随着腾讯推出手游《雷霆战机》机甲战神新模式之后，机甲这一概念在生命与伦理的边缘又一次被人们追问。对于中国的80后90后来说，机甲意味着什么？虽然千人千说，但有一点恐怕是共同的，机甲是人的梦幻，一个不灭的梦幻。这次腾讯游戏又推出2015飞行射击手游最新力作《星河战神》，更是给梦幻插上了更为先端的机甲，带着我们飞往亿万斯年间。

《星河战神》首先有个心驰神往的故事。在遥远的宇宙深处，有两个相隔遥远的星系：奥林匹克星系与世界树星系。前者的守护女神是雅典娜，后者的统治者为雷神托尔。有一天，星河之间开了一个虫洞，将两个星系连接起来。与此同时，两个星系也爆发了战争。就在和平谈判期间，雷神突袭了女神。雅典娜临危召唤星河中的6位战神前往守护。而你，就是被选中的其中一位战神。有趣性就在这里，可看性和可操作性也在这里。想知道这场银河大战背后的策划者是谁吗？雷神为何失去心智突袭雅典娜？邪恶的洛基和海皇波塞在谋划什么？赶紧穿上机甲踏上征途，拯救女神，维护星际和平吧。

《星河战神》设定的机甲战神有钢铁骑士，暴风女妖，火焰将军，闪电爵士，沙暴领主和寒冰刺客等。这里，暴风与闪电、火焰与寒冰、沙暴与钢铁，硬是将一个全新的世界图式构造，输入了你的血肉之躯的生命圈内，这个冲击这个震撼这个惊艳显然是巨大的、从未有过的。这是《星河战神》的新意之处,更是有别于市面上其他游戏的傲人之处。全3D机甲酷炫十足,在手机上体验一把机甲情怀,打造自己的超人之路,或许你就是女神雅典娜的化身,世界乃至全宇宙,都在你的掌玩之中。

这是否就是动漫与机甲搭配的最终美学思路:在梦幻中觉醒,在梦幻中爆发,在梦幻中重生?

这,是否就是本文开首所设定的谜之底?

2015.09.21

为什么日本人也造假？

为什么日本人就不能造假？

为什么日本人也造假？它的反论是为什么日本人就不能造假？

是呀，为什么日本人就不能造假呢？其理由实在太多了。因为我们躺在检查台上做胃镜和肠镜，插入的器具是奥林巴斯的；我们在盛大场面拍照，其镜头是佳能的；我们演奏的钢琴，其品牌是雅马哈的。我们热买保温杯，必选虎牌；我们热买电饭锅，必选日立；我们热买感冒药，必选小林制药；我们热买童鞋，必选米奇屋。而铁壶必须是南部的，大米必须是渔沼的，空调必须是大金的，洁具必须是TOTO的，打印机必须是EPSON的，毛笔必须是吴竹的。我们敢在日本买LV，买劳力士，买爱玛仕，是因为不怕有假货掺杂。多少年来在我们的观念中，日本货就是诚信就是质量就是品牌的代名词。多少年来在我们的意象中，日本是人类放心购物的最后一块净土与圣域。

但就是在这块净土与圣域上，日本人也造起了假，而且造了一个很大的假，这就如同眼前必须仰望的高墙，一夜间轰然倒塌了。面对断墙残壁，我们只能摇头。这个世界总是用最残忍的方式，展示着什么，诉说着什么。

10月14日，日本各大电视台在晚间新闻时段集中报道了横滨市都筑区大型公寓，因不良施工出现倾斜的新闻。4栋12层楼高705户的公寓楼在2007年建成，由日本大手企业三井住友建设开发，而地基打桩的工程承包给了另一日本大手企业旭化成的子公司旭化成建材。在媒体的集中曝光下，旭化成建材承认了打桩数据的重复使用，而倾斜的那栋建筑，在打下的52根桩子中已确认有8根桩子没有达到地盘深部，为掩饰过失而使用了虚假数据蒙混过关。有一位从事建筑行业的居民，注意到走廊上的扶手比连廊连接的另一栋楼的扶手低了2.4厘米，感到问题严重，便于去年11月、今年8月分别向物业方反映扶手有落差，但物业方则以可能是"3·11"东日本大地震的后遗症来搪塞。

朝日电视台新闻频道在当晚请来建筑专家，询问建筑方为什么要在打桩时偷工减料，回答说有两个原因。一个是这样做至少可以省下几千万日元的费用，一个是可以缩短工期早日竣工。打桩造假事件曝光后，全日本震惊不已，花钱买楼的居民更是怒不可遏。其他三栋公寓是否也有同样问题？打桩能造假，公寓建造的其他方面是否更能造假？如钢筋混凝土是否用量不足？再推而广之，旭化成建材共在日本全国参与了3040栋房屋的打桩工事，是否也存有造假？虽然什么都能造假，虽然任何企业都能造假，但在一个天天能感知有感地震的国家，其建筑打桩工程上也能造假，人们还是被这样的胆大妄为给震惊了。三井住友建设和旭化成，如此一流的大企业也能造出惊天动地的假，人们更是吓坏了。世风日下，人心不古的古来之语，真的也能摧毁堪称以诚实与守信为生命的日本人？人们在震惊愤怒之余，感叹的是看来金刚身段、刀枪不入也只是一个神话而已。机动战士高达天降重任，用重武器摧毁的是否就是日本人在诚信上的神话？因为造假市场早就愤愤不平了，这个世上为什么只有日本还是个例外呢？为什么只有日本人还在扮演道德的巨人呢？

"每当下雨心里就会涌起一份自信：我砌的墙怎么可能因这点毛毛细雨就被冲垮。"

这是日本民俗学家宫本常一在《庶民的发现》中所说的一句话。这句话鲜活地给我们展示了昭和时代砌工匠人的心。2015年10月15日《朝日新闻》的《天声人语》专栏以《砌进石墙里的那颗心》为题，婉转地批评当今日本的建筑营造者，死却了昭和的那颗心。

讲"人信仰"的日本人在哪里出了毛病？

这里让我们稍感困惑的是：一直秉承"一手拿算盘，一手拿论语"（涩泽荣一语）这一商业伦理的日本人，为什么也在说谎也在造假呢？原来从根源性上说，这与日本人对神的理解而引发出的所谓"人信仰"有关。

日本神道教里的"神"，日本人叫"Kami"。基督教里的"神"，日本人也叫"Kami"，而不叫"God"。同一汉字的

"神",同一读音的"Kami",在日本人的意识层中,却有着截然不同的认知和体验。基督教里的神,是叫人信仰的神。而日本神道教的神,是叫人感觉的神。一种是信仰神的唯一存在的宗教,一种是感觉多神之气韵的宗教。因为神是被感觉而不是被信仰的对象,而感觉的主体又是人,所以日本人观念中的人就是活着的神,或叫"现人神"。所以日本人讲"人信仰"。这就和西方人不同。西方人的观念中神是唯一的超越于全体的存在。基督耶稣降生,在《马太福音》里被说成:看,必有童女怀孕生子,人们要称他为上帝与我们同在。所以西方人讲"神信仰"。人信仰派生出相信人的观念,神信仰派生出怀疑人的观念。前者用人伦确保社会秩序,后者用契约维护社会秩序。

因为只有神是唯一的超越的存在,所以任何人的存在,都是在"原罪"阴影下的存在,都是被怀疑的对象。人人都被怀疑,社会秩序的保持,共同体的形成就有相当的难度,由此产出了契约的观念。用契约来保证人伦来保证秩序来保证共同体,这是西方人的发明,是西方人的生存方式。所以,神对挪亚和他的儿子们说:"我,必须和你们,以及你们的子子孙孙,订立永远的契约。"与神立契约,其契约的精神是什么?是绝对遵守。是不得违约。如何才能做到这点呢?神又说"我与你们同在"。什么意思呢?也就是说,"我"的存在是无时无刻的,所以必须无条件地跟从"我"。"我"才是契约的主体。"我"才是契约的债权部分。那么,如何才能保证这种"无条件"能无条件地实施呢?靠垂直,靠垂直的控制力量。"人是生而自由的,而无处不在枷锁中。"卢梭的《社会契约论》开篇语,就是对神人共约的本质揭示。

因为日本没有超越一切的神的存在,所以就不可能发酵出以一神为主体的契约精神,也不敢想象与神签约,也不理解为什么要神人共约。为了确保共同体的完好,除了相信人之外,除了"以心传心"之外别无他途。"人是在互信之中的存在"这一命题,只有在日本能够确立。因为不这样做,日本社会的人际关系就会崩坏,社会秩序就会混乱。这样,对处在同一共同体的日本人来说,最大的恶,最大的令人嫌弃之事,就是人对人的背叛(造假)。所以日本人最恨的就是说谎者和告密者。在日本人看来,"内部告发"高举的虽然是正义之旌,但降下的却是人伦之旗。在正义和人伦之间,在义理与人情之间,日本人基本是牺牲前者,确保后者。这就养成了日本人顺从和暧昧的民族性格。日本的司法检举率之所以一直很低,在观念上也是源于这里。坂本龙马,这位在日本很有人气的明治时代的"革命同志",为什么被暗杀?这虽然被列为日本近代史上的谜中谜,但从"人信仰"的角度来看,揭秘的焦点恐怕还是在于他是一个"奔走于幕府里的背叛者"。这在日本人看来是最不能原谅的。

日本江户时代的"村八分",就是对背叛共同体的人,使其孤立的一种惩罚。原本人与人交往有"十分"(包括:1. 出生;2. 成人;3. 结婚;4. 建房;5. 火灾;6. 水灾;7. 生病;8. 葬礼;9. 出行;10. 法事等),但对背反违规的人实施村八分(即断绝八个方面),只留下"二分"(即火灾和葬礼)

的交往。这种村八分的做法,就是日本人讲"人信仰"的典型。日本人至今做万事都需要保证人的一个理由,就是为了不使一个人从人伦的共同体社会中脱落出去。所以在搬家时、在转职时、在外国人递交签证时都需要保证人,或家人或他人。这是一方面。

另一方面,由于讲"人信仰",就必须想方设法使对方相信我是真诚的,我是善意的。这里就生出了"建前与本音"[①]、"表我与里我"的日本人特有的文化装置。这是什么意思呢?说的一套未必是心里想的,做的一套未必是实质性的。这也就是说,凡属建前的,凡属表我的都是不可信的,都是圆谎的。这就是在谈判桌上,日本人没有一句真话的原因。第一个踏上日本国土的美国人佩里,也说这个国家的人,说谎是他们的天赋。日本语中的敬语部分,说白了就是为了掩饰说谎而设定的。即便是说谎了,也要说得美丽些,说得诚恳些,让人心里舒服些。这就是敬语的功用,也是日本人的用心所在。

日本人致命的情绪上的缺陷

万物有灵也好,多神也好,最后的通路是感觉。用感觉来感知这些神这些灵的存在。但感觉有时也会出问题。如:人为什么

[①] 建前与本音,日语表达,"建前"意为客套话,"本音"意为真心话。

不能杀人,怎么回答?

这对一神教来说很简单。神下过命令,说"不能杀人"。犹太教里的"摩西十戒",有一戒就是"杀人戒"。但对多神教来说,问题就变得复杂。因为没有神下过这方面的命令,也没有一个统一的戒律。当日本人的小孩问家长,为什么人不能杀人时,家长只能回答:因为不能杀人,所以人不能杀人。小孩如果再提问,家长只能再回答:杀人的话,警察要抓人,可能被判死刑。但是,为什么不能杀人呢?还是没有回答。为什么不能回答呢?因为没有自己的特定的宗教。

所以,日本人都说自己无宗教信仰。为什么会没有宗教信仰呢?是因为神太多。到处都有神的存在,信谁呢?什么都信的结果就是什么都不信。这方面最为典型的是日本人神佛混淆,把八幡大神和八幡大菩萨混为一物。八幡大神是武神,武神就要打仗,就要杀人。而八幡大菩萨信的是佛教。佛教的基本教义为不杀生。这就是矛盾的地方。而日本人则为此美名为"神佛习合"。历史上,与平家作战的源氏武将们,就是嘴里一边高唱"南无八幡大菩萨",一边在无边地杀人。在战国时代,杀人就能出人头地,武士们腰挂三五个首级回去领赏。而在江户时代,杀狗就要判死刑,如德川五代将军纲吉就发布过"生物禁杀令",为此得了个"犬公方"的诨名。

这样看来,感觉的多神教世界,也有致命的情绪上的缺陷。更为重要的是,它能生出一个民族的无节操感,无原则感。日本学者中山治就为此写有《无节操的日本人》一书,对日本人的情绪原理作了深入的分析和批判。所以，日本人讲"人信仰"，从逻辑上说就内在了说谎与造假的先天。而我们在日常的感觉上和实际的操作上，好像日本人说谎和造假的比例并不高，这又是为什么？一个是源于严格的法规，一个是源于较早实现了共同富裕。也就是说外部机制的完善，堵住了原本更会说谎更会造假的日本人。因为造假，一旦发觉，其付出的代价是巨大的，有时会搭上生命。此前在STAP细胞论文中造假的小保方晴子的另一位指导者笹井芳树，在舆论的压力下自杀身亡。人们在惋惜的同时，看到了诚信原来是要用生命来守卫的。再如2003年京都府丹波町一个养鸡场老板，隐瞒疫情，将一万五千多只病鸡运往屠宰场造成后果。事情败露后67岁的浅田肇与64岁的妻子自杀身亡，并留下遗书称给大家造成很大麻烦。2005年的"姊齿事件"，一级建筑师姊齿秀次在设计中伪造了钢筋数量。事发后姊齿被判5年徒刑，其妻子承受不住压力而自杀。

我们还记得《挪威的森林》中，一位13岁的小女孩在钢琴老师玲子家所干的同性性行为的一幕。在回家的路上，这位女孩故意往衬衫上抹点血，扭掉衣扣，去掉胸罩的花边，撕破内裤，自个儿把眼睛哭红，头发抓得乱七八糟。到了家，足足捏造了三大桶谎言与她的母亲叙说遭到了钢琴老师的性侵。一个只有13岁，漂亮得活像个布娃娃而扯起谎来造起假来如同恶魔附体的女孩，在着实让人吃惊的同时，也看到了其典型意义。村上春树还是击中了日本人根源性的东西——表面的诚实和守信，背地里则是毫无节操的任性。

企业家的道德血液从何而来？

说谎与造假，使我们想起人性善恶的争执。

人的本性究竟是善的还是恶的？为了挽回人的一些颜面，性善论者往往站在道德的制高点上叙说性本善。但是在利益面前，或在巨大的利润面前，人们发现性本善根本就是儿戏就是笑话，人性恶才是还原为人本身的最大原动力。这时的性恶论者则是立足在进化与历史的层面。

亚当·斯密的《道德情操论》强调企业家要有"道德的血液"。这句话不为过。问题是这股血液从何而来？从"看不见的手"那里而来？显然不可能。从新教徒的负罪感那里而来？也显然不可能。这里令我们想起康德的"绝对命令"。康德将说谎视为文明社会的最大恶习，声称即便是善意的谎言，其行为结果也构成了"最大的不义"，即损害了公共正义。显然在康德那里，正义优先于善。这是否就是斯密血液论的来源？但康德绝对命令和斯密的血液论面临的一个挑战是：人的自我利益能否被人类的最佳利益和公共利益所取代？如果不能取代，那么诚信永远是企业家手中玩转的一块魔方。如果能取代，但基督教《圣经》上又这样写：你若愿意当完人，就去卖掉你的产业，把钱分给穷人，你将会在天堂拥有财宝。但那年轻人听完之后满脸忧愁地走开了。因为他拥有大量的财产。很显然，一个拥有大量财产的人，你叫他做完人，叫他流淌道德的血液，叫他连善意的谎言也不要说，这何以可能？

当然，问题的复杂性还在于，诚实守信有时并不是一个道德命题，而是一个心理的行为过程。因为总是有不诚实守信的商业行为一开始会在资本积累方面持续领先，并在短时间内能得到最大的回报。这也是总有人不惜铤而走险造假的内在原动力。但商业的逻辑往往又是这样：从长远看这种不诚实守信的商业行为最终会给你的利益带来损害。而且如果你被视为不守信用之人的话，你就很难找到伙伴展开更大的商业行为。这里的迷惑之处在于：这样说来很显然诚信能带来利益的最大化，那我们为什么不一开始就选择诚信的行为模式呢？为什么还要造假呢？

原因恐怕是这样的：从进化角度看，死神总是比大部分人预计的要来得早。如果你把所有的精力都投入因诚信而获取的最大利益上，而那些利益从现在算起至少要20年后才能得到，那么过早的心脏停跳就会使一切付之东流。此外，也会出现并非所有的不守信的造假行为都会被发现的情况。侥幸在这里扮演了重要的角色。如果无人识破你，你的长期收益就不会减少。鱼和熊掌的兼得就变得可能。原来造假就是在打侥幸的擦边球。上帝不是每天在幕后盯着，祈祷不见得马上就有回应，天意显得没那么奇幻天真。马克斯·韦伯将这一现象称为"世界的祛魅"。

日本人造假与中国人造假有何不同？

同样是造假，如果说日本人与中国人还有不同的话，就在于日本人在造假败露后一般选择羞耻自杀，中国人在造假后一般选择百般抵赖。造假一般不产生羞耻心。虽然从追逐利益最大化的过程中显现出的人性恶这一环来看，日本人的造假与中国人的造假并没有什么实质性的区别，但是在事件败露，遭到谴责、遭到清算的时候，日本人一般会涌起一种无地自容的情感——羞耻心。所以他们也总是在第一时间承认自己的恶行与罪过，总是最快拿出赔偿的方案。如这次横滨公寓的倾斜，开发方三井住友建设已经答应4栋建筑全部解体重建，705户居民所产生的暂时搬迁等一切费用都由公司承担。应该说这是个不错的善后处理了。而在我们这里如果造假败露的话，首先是经营者的百般抵赖（看不出有丝毫的羞耻之心），然后才是姗姗来迟的轻微的惩罚，再然后是十赔九不足的安民措施。而经营者自发的辞职或者承担刑责更是少之又少。有不少摇身一变又成了下一轮的经营者。于是，造假没有成本，诚信无人储蓄便成了一种驱动利益的共识。

而日本人能从羞耻再到自杀，是羞耻心的内与外在起作用。内的羞耻使你自责，这就像小保方的学术指导者笹井芳树的自杀一样。外的羞耻让你蒙辱，因为你已经被驱逐于共同体之外，以后你的任何言行举止都没人信了，这就像京都养鸡场老板浅田肇夫妇的自杀一样。

日本学者粟本慎一郎在1975年出版《经济人类学》。他在书中首次提出"默契交易"的概念，说交易双方借着物的交换而完成心灵的沟通。看来日本人还是认同并看重这个说法的。这也是日本人在造假被曝光后深感羞耻的一个原因。这里，有一个现象引起了我们的注意：日本人虽然在行业内也时有造假，但他们不在行业内制造假货。我们不得不承认的一个事实是，日本是世界上假货最少的一个国家。他们没有假LV，没有假古奇，没有假爱马仕，没有假劳力士，没有假药，他们更没有毒奶粉毒大米毒牛肉。造假是要干的，但造假货一般不干。在造假与假货之间，日本人何以能画一线？就在于日本法律对假货的打击力度要大于造假的打击力度。

为什么对假货要严之又严？就在于假货更是挑战一个社会的底线伦理。何谓底线伦理？举例说有这么一个特殊判断：

我不应该对她说谎。

如果主体不变，而仅仅把对象普遍化，则成为下面的这个判断：

我不应该对任何人说谎。

如果将这个行为准则再普遍化的话，则：

我们每个人都不应该说谎。

这就是一个完全普遍化的义务命令了。毫无疑问这也是一个底线伦理。这次德国大众造假，发现的是美国人。日本人真的是事先不知道吗？日产CEO暗示大众高层或早已掌握情况，但他们就是发现了也不会揭露和举报。他们要保持这种风度，不愿给外人感觉自己是在恶性竞争，从而不把事情做绝。日本人认为这就是底线伦理。所以日本媒体还说这次造假是风险与机遇并存，大众造假或推动新能源加快发展，而日本车企在新能源技术方面优势明显。

虽然难于理解并总感到怪怪的，但不可否认，同样是造假，日本人是在有限度的范围内实施偷工减料式的造假，而这样的造假，一般不会出现人命关天的恶果。如这次横滨公寓的造假，销售方三井不动产就拍着胸脯说即便有倾斜，也绝对能抵挡6度强震。确实从经验来看横滨公寓也经历了"3·11"大地震。大楼不倒表明日本人还是守住了最后的底线伦理。在丧尽天良与万事不做绝之间，日本人一般选择后者。如每年的鳗鱼节，日本人干得最多的造假就是将中国产的鳗鱼冒充日本产的鳗鱼，以期待卖出好价钱。这一行径虽然也恶劣，但在食品安全上并不构成吃死人的问题。那种用纸板箱充当肉糜包馒头，用皮鞋底充当奶茶珍珠的造假，日本人一般不做。

2015.10.24

日本人为什么热衷对加害者再施加害？

答案是残酷的

2015年6月8日，是素有"步行者天国"之称的东京秋叶原无差别杀人事件7周年纪念日。当天日本民众纷纷到现场献花寄哀思。7人死，10多人轻重伤。战后日本空前的大惨剧。当年25岁的凶手加藤智大先是用2吨货车冲撞5名路人，再跳下车，用事先准备好的大刀疯砍路人，又造成2死10多人受伤。"这个世界没有人与我说话。""这个世界上的人为什么都比我过得好？"带着孤独带着仇恨带着疯狂，凶手加藤实施了有计划的犯罪。当然犯的是死罪。今年2月日本最高裁判所驳回了加藤的上诉，确定死刑。等待他的将是死刑的执行，日本战后悲剧的一幕也就宣告结束。

但真的结束了吗？令人料想不到的是加藤智大的弟弟，在去年2月自杀了。为什么自杀？为谁自杀？这一下子又牵住了日本国民的视线。原来，加藤的弟弟在自杀前一周，将写了6年的手记文稿寄给《现代周刊》，吐露多年来如何活在"杀人犯弟弟"

的阴影下。事发后记者没完没了地追问,不断地搬家换工作,原本已经谈婚论嫁的女友也离他而去,并留下一句刺痛心灵的话:你们一家人都不正常。他在手记里写道:"加害人的家属,只能在阴暗的角落悄悄生活,不能拥有和一般人一样的幸福?"显然自杀前的他在思考这个问题:加害者的家属是罪犯吗?加害者的家属能有自己的幸福吗?

但答案是残酷的。

即便在一个文明化程度很高的社会,即便在一个法治已深入人心的国度,一个家庭冒出了一个杀人犯,对不起,这个家庭就必须毁掉。这是最终的无可选择的宿命。你看,"逃不掉"的绝望最终还是让罪犯的弟弟选择了结束自己的生命。而最令人心寒的是,在死之前寄给周刊的手记都不敢用真名而用了"优次"的化名,这表明他对这个社会胆战心惊到了何等程度。这也是在事发后加藤的父母面向社会大众再怎么低头道歉,母亲甚至哭到腿软下跪都无法收拾事态的一个原因。弟弟自杀。母亲因为精神崩溃而住院。原本在银行工作的父亲,也因为客户纷纷解约和不断接到恐吓电话而无法工作,不得不离职隐居。在监狱里等死的加藤智大,如果知道了这一切,将带着一个怎样的心情赴黄泉呢?

追问投向这个国家的精神底部

对杀人犯和杀人犯家人表现出的不宽容、不原谅、不克制,应该说是整个人类文明社会一个共通的价值取向。在这点上日本并不孤立。但引起我们注意的是,这么一种排斥,这么一种隔离,这么一种加害,这么一种歧视,日本人似乎做得更彻底更有章法也更毫无顾忌。这又是为什么?这又与什么有关?我们的追问不得不投向这个国家的精神底部。

记得那位出生于希腊,最早将日本文化介绍给西方的小泉八云,曾写有一段描绘日本人对罪恶感认识的小文。事情发生在熊本车站前。一个打死狱警企图逃跑的盗窃犯被押送到熊本,车站前挤满了围观的人群。警察把狱警的妻子叫过来,对她背上背着的男孩说:你看清了,这就是杀死你爸爸的犯人。听了这话,狱警的儿子大哭。这时只见犯人连声求饶道:饶了我吧,饶了我吧,孩子。我不是故意要打死你爸爸的,我跟他无冤无仇。我只是想逃出监狱。没有别的。对不起呀,孩子。我真是罪恶滔天。为了赎罪,我这就死去。孩子,你可怜我这个混蛋吧。求你了,饶了我吧。

犯人的求饶悔恨声撕心裂肺,但最后警察还是把犯人带走了。围观的人群中突然传出哭泣声,连警察的眼里都挂满泪花。显然,围观者的哭泣不仅是怜悯那个这么小就失去爸爸的孩子,而且对表示忏悔的犯人也给予了极大的同情。在众人眼里,孩子与犯人已浑然一体了。在日本写有学术畅销书《撒娇的构造》的作者土居健郎说,这是发生在明治时期的令人动情的场面,如今当然是难以再现了。但我们相信,日本人的情感深处,依然存有这种心理,不管我们是否意识到这一点。

顺着土居健郎的思路,我们发现日本人同情加害者是有文化基因的。从源头来看，如果问日本恶的元祖是谁？那就是伊邪那岐的儿子须佐之男命。这位恶神专做恶事。《古事记》里记载，须佐之男命对姐姐天照大神撒野。姐姐耕作的田地被他破坏，祭神的新稻米被他掺上粪。他抓了一匹马驹，剥了皮之后，爬到神殿顶上，将屋顶打出一个大洞，再把马尸丢到织女们织布的地方，吓得织女们四处逃散。其中有一织女被织布梭子刺破性器而死。面对这样的恶神，众神最后审判的结果是什么？仅仅是剪掉其胡子和手足的指甲，永远放逐高天原。但他就在离开之前还杀害了食物女神。

神话系谱往往是这个民族的精神原点。这在其他国家的神话里绝对是个大恶魔的须佐之男命，在日本的神话里却成了受人尊崇的神。为什么会这样？这就生出了日本人自古有之的一种心向：善神恶神，共生共存。他们相信这样的逻辑：人有两个灵魂，但不是善的灵魂与恶的灵魂之别，而是柔和的魂与凶猛的魂之别。这两个灵魂不存在谁下地狱谁上天堂的问题，因为它们都是善的。他们相信，人即便是做了坏事，或许就是在"着魔"的时候，或许就是在一时冲动之际而为之的。日本语就有"出来心"（偶发的邪念）的说法。这就在观念上注入了原本的或本质上的恶人，在日本并不存在的看法。因为不存在恶人，当然也就无从谈起恶事。

由此故，日本神道也讲"罪"，但这个"罪"字的语源"tumi"，意谓从外部而来的罪恶，是后天带来的污秽。这和基督教讲的"罪"，有本质的不同。基督教的"罪"，是先天的原罪,是不能被神救助的。

要消除原罪,唯一的方法就是赎罪,终身赎罪。这是西方人的遐想。要消除外来之罪,唯一的方法就是被禊,只要被禊,就能洗净罪恶。这是日本人的发想。

这一发想所带来的一个思考深度就是:一个人对于自己的心灵中所发现的东西,为什么不能相信呢?所以在日本有为妓女树碑有为小偷立传的文化传统。

不净不洁离得越远越好

问题的费解之处在于:既然善神恶神,共生共存,那为什么日本人要歧视和排斥犯有杀人罪的加害者的家人呢?这又是什么文化心向所导致的呢?原来日本人在同情加害者的同时,又生出清明自洁的文化心理。

日本人相信日本人所犯的罪不是一种现代法律意义上的罪,而是一种污秽,是一种人的心物两面的不净和不洁。面对污秽,面对不净不洁,该如何净化如何自洁呢?日本人想到了被禊。最初的被禊是用水进行的。寻找原典的话,也在《古事记》那里。

伊邪那美和伊邪那岐结婚,前后生下日本国土等诸神。最后在生下火神之际,伊邪那美的阴部被烧伤死去。深爱妻子的丈夫伊邪那岐急于想见伊邪那美,便追至黄泉国。伊邪那岐等啊等啊,等了老半天,就是不见妻子返回。不耐烦的他终于偷偷溜进了黄泉国的宫殿,终于见到了妻子的身姿容貌。这令伊邪那岐魂飞魄散。因为世界上最恐怖的一面让他看到了——妻子伊邪那美全身爬满蛆虫,身体高度腐烂。不能看到的东西看到了,被禁忌的东西破禁了。惊恐万分的伊邪那岐转身便逃。由于去了不净不洁的地方,觉得浑身充满了污秽,伊邪那岐便来到九州日向一个叫作阿坡岐原的地方,用这里的河水清洗全身。

这就是历史上日本人被禊的开始。流水洗去的污秽以及被丢弃的衣物,都化作了各种神祇。最后伊邪那岐开始清洗左目,生出了天照大神;清洗右目,生出了月读命;清洗鼻子,生出了须佐之男命。三神同时诞生。这里,值得注意的是,日本最孚众望的皇祖神天照大神,既不是性交得来,也不是处女怀胎得来,而是从流水的被禊行为中诞生的。它的象征意义在于:污秽也好,不净不洁也好,就像流水一样会自动流去消失,代之以完全一新的形象:清洁明净。既然流水能带去不净不洁,那么罪过也属于不净不洁。这样在逻辑上就能导出流水也能洗净罪过的惊天结论。

被禊的宗教行为,其对象物最初被设定为河水。随着后来对被禊的概念理解朝着宽泛和实用性上的发展,就生出了只要是针对污秽行为的任何言行,都是被禊的一种的结论。从这个视角来看,日本人对杀人犯家属之所以加以难以想象的排斥与歧视,并不是我们所理解的是宽容、原谅和克制在美德层面出了问题,而是用一种言行的被禊宗教行为,达到清明自洁目的。或者让加害人家属搬家,不住在我家的隔壁;或者让加害人家属离职,不在我的公司上班;或者让加害者家属离开这所学校,不在我的学校里上课；或者与加害人家属破弃婚嫁，因为不净是千万不能带回家的；如此等等。加害者的家属就在社会的异样目光下度过每一天，在歧视的伤痛下夹着尾巴做人。而日本人又大都不堪忍受来自于同等视线和对等共同体的耻，并将蒙受的这类耻辱视为做人的最大失败。当这个不堪忍受发展到生不如死的时候，自杀就不再是一个虚幻了。而一旦自杀，周遭之人便偃旗息鼓，周遭便也恢复了往日的宁静。因为污秽已除，不净已涤，晨曦中的晨浴又将继续。

这里，实际上出现了新的加害者——周遭人的异样目光，周遭人的热嘲冷讽，周遭人毫无同情心的举止，杀死了原本的加害者家人。但问题是，日本人根本没有感觉到他们能成为这样一个新的加害者的角色的可能。原因在哪里？还是在于日本人只有耻意识，没有罪意识。而没有罪意识的最大问题就是产生不了加害者的意识。由于没有加害者的意识，因此也就没有在罪恶中寻求赎罪的宗教需求。原本的加害者没有这个需求，也就决定了新的加害者也没有这个需求。

日本的文化学者作田启一写有《耻文化再考》（筑摩书房，1967年）一书。他在批评美国人本尼迪克特的观点时指出：羞耻感不仅是怕丢失面子，而且还表现了一种极为纤细的内向人格。而罪恶感只是给人自责：当时不这么做就好了。表现出的是后悔而不是反省。所以西方人情愿承认罪恶感而不承认耻辱感。在作田启一看来，耻辱感才是一种更为深刻而涉及本质的反省。但这个反省的结果，往往走向自杀，而不会走向更为极端地复仇。这也是日本的加害者家属，在遭遇外部世界打压的时候，几乎没有因为被羞耻而再度杀人的一个原因。这也是我们感叹的日本人难以理解的一个方面。

这让笔者联想到奥姆真理教的教祖麻原彰晃。2015年的3月是东京地铁沙林杀人事件发生20周年。这一天，麻原的三女松本丽华在讲谈社出版《停止的时钟》。书中披露，事件发生时刚11岁的丽华，背着父亲是杀人恶魔的重负，无法上小学，无法上中学，无法上高中。大学倒是考取了好几所，但最后都被拒绝入校。20岁的她走投无路，将原本给她发放过入学通知书的文教大学告上法庭。麻原的四女更是因为"出身差别"被多次炒鱿鱼，自杀的念头始终伴随着她。这里，麻原是罪恶深重的。但这个罪恶深重也必须要由家属一起承担吗？

实际上这不是问题的切入口。日本人一般也不会做这种层面的思考。他们这样做仅仅是一种去除污秽的祓禊行为，带有文化和宗教的意味：不净不洁离得越远越好。

哥哥你还好？我决定放弃你

2006年，人气畅销书作家东野圭吾发表小说《信》（文艺春秋出版）。这部发行量超过150万册的小说，直言这个世界建立在谁都会有黑暗的过去这个基本点上。

小说的主要情节是：有兄弟俩，哥哥叫刚志，弟弟叫直贵。在母亲过劳早死之后，他们相依为命。刚志后因工作受伤失业，无法供弟弟上大学。为了弟弟,他潜入豪宅行窃,却失手杀死了屋主。从此刚志入狱服刑。失去了经济支柱,直贵也上不了大学了。打工,就职,爱情,甚至医疗,直贵都背负"杀人犯弟弟"的烙印,处处受人歧视。哥哥刚志在监狱当然什么也不知道,照样还是每月一封信寄给弟弟直贵寄托思念。想不到的是狱中来信成了直贵无法摆脱的梦魇。因为每个月他都要承受一次良心的煎熬。直贵怎么也不明白,坐牢的反倒享着清福,没有坐牢的反倒在无形的囚笼里备受折磨。最后,直贵建立了自己的家庭,为了不让自己的妻女受到影响,决心和哥哥断绝关系。小说的结尾处写独生女看录像。直贵责怪自己愚蠢,没有发现她的样子有些怪异。女儿虽然去了幼儿园,可没有一起说话和玩耍的伴儿。大概是为了忍受孤独,她才迷上动画片的吧。一想到她那小小的胸膛里埋藏着这么多痛苦,直贵的眼泪就要出来了。

这是个辛酸的故事,是为加害者写的故事。这里无关乎宽容,无关乎原谅,更无关乎道德。因为如果一旦纳入宽容、原谅和道德的问题域,很多时候我们就会不知不觉地追问自己:我们是不是做了自己本不想做的事情?我们是不是做了没有察觉之下伤害了他人的事情?我们是不是做了跟随共同体摇旗呐喊的事情?然后再发出这样的感叹:做人真难。

其实,对日本人而言,问题根本不在这里。一切的歧视,一切的排斥,一切的隔断,总之一切的所谓罪恶行径,都是为了在明天的晨曦,如何更好地迎接清明净身的晨浴。虽然小说中的直贵没有像秋叶原杀人犯的弟弟一样去自杀,但东野的思路显然是：让加害者的家人走自杀之路，还不如最终将他们的生命慢慢地吞噬殆尽的好，这岂不更具杀伤力？岂不更直透事情的本质？所以，小说的最后几行字，小说家东野丰吾计直贵呼喊：哥哥，我们为什么要出生？哥哥，我们还有幸福之日吗？我们还有互相聊谈之日吗？我们还有一起剥栗子壳的那一天吗？

这里又连带生出这么一个问题，即从机制上说，比起刑期，比起坐牢，吞噬殆尽加害者家人生命的那种无形文化杀手，能迫使罪犯在犯罪之前思考：为了你的家人，你还杀人吗？一人犯罪，全家遭殃。你能背负如斯之重吗？所以，"怎么可以轻易犯罪？"这种罪与罚的机制，在日本确实起到了加重犯罪成本的作用。这是一个不争的事实。当然这不是事先由谁来设定的，而是属于设想外的"附属品"。但这种反向制裁、反向排斥倒也让人领悟犯罪的不堪忍受之重。日本的犯罪率相对发达国家来说是低的，这种"不加害"与"不侵犯"的理性自觉，是否也是这个文化机制在起作用？这正如《信》的后半部写平野社长与直贵的谈话。平野社长说：

"我们必须要歧视犯罪者，这样做是为了让罪犯知道：犯罪会使自己的家人痛苦，他们被法律宣判了罪行，而他们的家人则是被社会宣判了罪责。

"歧视是没有办法的。因为人人都想离犯罪远远的。所以，排斥罪犯和与罪犯有关的人，是一种防卫的本能。"

何以理解是一种"防卫的本能"呢？

不就是怕犯罪的污秽带来不净不洁，带来作祟吗？所以歧视是没有办法的,也是不可能消除的。既然是一种本能,再讲宽容再讲原谅显然会遭遇本能的抵抗。所以,当《信》被改编成电影,其票房突破了12亿日元。电影的海报就是这样写的:

"哥哥你还好?我决定放弃你……"

还有比这更沉重的枷锁吗?还有比这更迷茫的世界吗?

或许是日本民族的群体洁癖太强,不容自己身边的人有任何的污点。否则我们又该如何理解为好呢?早在明治时代的大文豪岛崎藤村,就著有小说《破戒》。主人公濑川丑松就是一个"新平民"出身的教师。何谓"新平民"呢?原来他以前从事的职业是做鞋,一定会接触到死的污秽。而能接触死的污秽的人,其身份是低下的。日本人从中国引进"皮革"二字,但取"kawa"的发音,意味"河川"。从事皮革行业的人因为污秽的理由,被当地人赶出居住的村町,迁移至河的对岸。身份歧视由此产生。岛崎藤村用"新平民"和"部落差别"的概念,曝光了日本人精神深处的痛——对死的污秽的嫌厌和对怨灵的恐惧。而这个视点,是不是有助于我们接近问题的正解:日本人为什么热衷对加害者再施加害?

2015.6.14

日本人对死刑的追问

在人权的两端艰难地拔河

2014年11月12日，奥姆真理教最后一名死刑犯远藤诚一的上诉被驳回后，日本的死刑确定人数为126名。他们分别被关押在日本全国七个拘置所内。而日本的死刑执行最近一次是在去年的8月29日。两个犯人在同一天被执行了死刑。再加之6月26日也执行了1人，第二次安倍政权发足以来，作为法务大臣的谷垣祯一一共签署了6回死刑执行令，人数为11人（2013年8人）。面对126名死刑犯，现任法务大臣上川阳子表示，将一如既往地就是否执行死刑的问题慎重加以判断。这段话被外界解读为这位法务大臣将会顾及死刑废止论者的心情。

虽然在日本死刑的支持率在80%以上，但暗流涌动的死刑废止论也是绝对不可忽视的。最显著的一个例子就是曾经轰动日本的山口县光市母女被害事件。日本新潮社在2010年出版名记者门田隆将写的《你为什么与绝望奋斗：本村洋的3300日》一书。在3300天里，本村洋做了什么呢？就是为惨死的妻子弥生和11个月大的女儿夕夏讨回公道,将杀人凶手送上绞刑架。1999年4月14日,23岁的本村洋下班回家发现大门没有锁,之后在自家壁橱里发现了妻子弥生和女儿夕夏的遗体。日本警方很快抓到刚满18岁的凶手福田孝行(后改名大月孝行)。是他先勒死了弥生后奸尸,又摔死了哭闹着爬向母亲的夕夏。成为话题的是这位不满20岁的未成年人应该被判死刑吗?

首度开庭,本村带着妻女的遗照却被法官阻止,理由竟然是"担心影响嫌犯情绪"。官司从一审(一审二审均为无期徒刑)打到三审,缠讼13年,超过20位赞成废止死刑的人权律师陆续加入替福田辩护。甚至有律师宣称福田是因为欠缺母爱,所以才勒住弥生不放,是过失致死而非故意强奸杀人。本村没有庞大的律师团助阵,却也不是孤军作战。2008年4月22日广岛高院开庭,4000名日本民众包围法院,替本村打气加油。这一天法官推翻了一审和二审的判决,宣判福田孝行死刑。这一宣判距离命案发生已经9年了。

3300日,本村洋背负着身为被害人家属的遗憾、悔恨、愤怒和哀恸,挺身与日本司法奋战,抨击本末倒置,轻忽被害者重视加害者的"量刑基准主义"。毫无疑问,这是在人权的两端拔河。这本书要读者思考,当我们在为被告争取人权的同时,曾否该为被害者争取同样高度的人权呢?

相对于在法庭上的假意忏悔,福田在狱中写给友人的信件中,充满了侮辱被害人及其家族的言论,其中还有蔑视司法的内容。他这样写道:"一只公狗某天在路上遇到一只可爱的母狗，就这样骑上去，这样是罪吗？""这个世界终究是由恶人获胜的。七八年之后，等我出狱时，你们要举办盛大的party欢迎我啊——"2012年福田最终被确定死刑。这也就是说，没有本村洋近十年的抗争，没有那几封出自人渣的信件，福田不可能被确定死刑。

死刑是用来复仇的？

该案的一审判决是无期徒刑。本村洋在判决之后召开记者会这样说："我对司法很绝望。如果司法的判决就是这样，那不如现在就把犯人放出来好了。我会亲手杀了他。"这里，"亲手杀了他"是个什么概念呢？就是以眼还眼、以牙还牙的复仇主义和报应主义。虽然本村洋也强调"死刑存在的意义不是报复手段，而是让犯人可以诚实面对自己所犯的恶行的方式"，但是一句我要"亲手杀了他"，还是说出了问题的全部。

在西方，《旧约》中写有以眼还眼、以牙还牙的字样。显然这是"同态报复"的原则。这个原则后来在世界最古的成文法典《汉穆拉比法典》中登场。日本至明治初期为止，也都将报复视为是子孙的义务，并得到法律的认可。仇讨的使命没有完成之前，追杀者不能返回社会。但现在日本法律明言禁止报复，这是因为报复能生出新的报复，陷入永无止境的恶性循环。刑罚是公刑罚，私刑作为新的犯罪被视为处罚的对象。也就是说国家剥夺来自于私人的报复情感的权限。这也反过来要求公刑罚肩负起严正的义务。

而恰恰是以眼还眼、以牙还牙的复仇主义和报应主义，为日本的死刑废止论者找到了口实。在日本，死刑废止论主要关注点是，若从法哲学的角度看，国家是否有权剥夺犯罪人的生命？若从刑事政策上看，死刑是否一定具有一般预防的功能？若从宪法学上看，死刑是不是宪法第36条中所指的"残酷刑"？若从政治学正义论来看，如果说存有误判是不可避免的话，那么，宣告永无可能挽回生命的死刑是否与正义论相悖？光市母女杀人事件一审之所以判无期，照法官的说法就是犯人还未成人，况且从长远看有无限更生的可能。

那么，这里就提出一个问题：死刑是为了什么？为了正义吗？但德国学者布鲁若·赖德尔在《死刑的文化史》中直言，死刑与正义无关。他说，从死刑的历史发展和现实状况来看，直至今日，死刑的最深刻的本质就是"活人祭祀"这一点没有改变——无论怎样试图将其纳入理性体系，都是徒劳无益的。而"活人祭祀"的真正价值在于它的社会心理作用。所以执行死刑也是一种以血复仇。这里有趣的是，自从1764年贝卡利亚鸣响废除死刑的第一炮以来，当人们还在为限制和废除死刑作无休止争论的时候，赖德尔则从文化史的角度诠释了死刑无关正义。

但问题的更深层在于，死刑虽然与正义无关，但在死刑中是否又确实包含了正义论的特殊性？人们常说，生命原本就需要用生命来偿还，这是天经地义的，唯有如此才能使人认清生命的意义。这确实是理解上的难点。通常的正义与善总是指向好的事情、好的行为、好的结果与好的状态。但死刑如何？能生出这些吗？显然不能。死刑能生出的只是又多了一个人的死。这不就是"害恶"的发生吗？这不就是"加害"的发生吗？那么还正义不？还善不？如果还是正义的还是善的话，那么显然被告人的生命已经不能复苏。这怎么说是善呢？

其实，这里就接近了法学世界的刑罚本质：制造害恶。对于犯罪者的报应给予"害恶"，这是刑罚的基本思考。其目的就是要用加害者加于被害者的害，作用于加害者，并让加害者也处于与被害者同样的状况中。为什么要让加害者的状态与被害者同样，并让法来裁定让法来执行呢？这是由于犯罪而引起的状态，根本上是不能恢复原状的，当然生命更是万古不复的。即便是民事赔偿，被害状态也是无法复原的。所以，以被害者方的状况为前提，只能对加害者加以处罚让其原本的状态变得恶化，包括判处死刑。从究极①刑的意义上说这种做法确实是害恶。但这个害恶，恰恰是刑罚的内在要求。

但问题在于，死刑有威慑力吗？如果说没有那是谎言。但如果说有很大威慑力也不可信。日本作家加贺乙彦在东京拘置所当过医务官，接触过145名杀人犯。他曾经问这些杀人犯：犯行前或在犯行中，有考虑自己的杀人行为会判死刑吗？回答中有犯行前会判死刑的想法的一个也没有。犯行中有4人想到死刑。杀人后有29人想到会判死刑。加贺对此总结道：死刑没有威慑力，它只

---

① 究极，日语汉字词汇，意为"最终"。

能助长逃跑（参见《死刑囚的纪录》，中央公论社，1980年）。

这就引出死刑还能扩大犯罪的另一个问题。有日本学者指出，死刑的存续诱发杀人之后的杀人。日本战后以大量杀人而著名的小平义雄、栗田源藏、大久保清等凶犯，都是因为有死刑而连续杀人。而日本推崇精密司法也给罪犯钻了空子：与杀一个人相比，复数杀人审判的时间更长。从存活一天也好的心理来看这是计算主义在起作用。日本著名案件主人公、凶手作家永山则夫（20岁时连续杀人，在1997年执行死刑）在其《无知的泪》中说，如果没有死刑，我后两件的杀人就可以避免。因为有死刑，为了逃避可怕的死刑，犯了第二罪，第三罪。

实际上这也是死刑存续论与废止论谁也说服不了谁的一个原因。所以照日本学者西原春夫的说法，这个话题迄今已经成了一个枯燥的问题。因为它演变成了一个信念的问题。

死刑为什么不执行？

存续论与废止论既然谁也说服不了谁，那么日本的司法实践就是不动声色地少杀或不杀。可以判处死刑，但就是不执行，是日本死刑文化的一大特色。

日本现有死刑囚126名，而从近十年死刑执行的情况看，2005年1名，2006年4名，2007年9名，2008年15名，2009年7名，2010年2名，2011年0名，2012年7名，2013年8名，2014年3名。而2008年为什么这么多，这与2007年12月起法务省开始公布被执行的死囚姓名和行刑场所有关。2008年的法务大臣是鸠山由纪夫的弟弟鸠山邦夫，是他签署了对杀死4名幼女的宫崎勤的死刑执行。《朝日新闻》在当年发表专栏文章说，鸠山法务大臣仅隔两个月再次下令行刑，创造了新的纪录，他的别名应该叫死神。鸠山敲着桌子大叫：难道他们是被死神带走的吗？

2009年的法务大臣是鸠山由纪夫内阁的千叶景子。这位佛性很重的女性大臣面有难色地签署了宇都宫宝石店杀人放火案的犯人死刑执行令。她另一个惊人的举动就是到现场观看了整个绞刑过程，并下令公开死刑执行的刑场。如果说千叶大臣的这一举动是为了更坚定地执行死刑那就大错特错了。她的一个基本思虑是：在日本之所以有80%的死刑执行支持者，在于他们没有机会看到执行死刑时的残酷性和恐惧性。公开绞刑场所，让民众发挥想象力，就会促使死刑废止论的讨论。这里特别值得一提的是日本在1990年到1992年三年间，死刑执行件数为零。之后的2011年也是为零。这表明日本人对死刑执行还是相当慎重的。这里面有两个深层原因。

一个是历史的原因。从日本历史上看，平安时代的嵯峨天皇的弘仁九年（818年）开始到后白河天皇的保元元年（1156年），日本有340年停止死刑执行的时代。这在世界史上也是绝无仅有的。其主要原因一个是受大乘佛教思想的影响，一个是对处刑后的污秽与怨灵的恐惧。在日本，犯罪观不是依据罪与罚之轴来确定的，而是由文化的双轴"晴""亵"来确定的。日本人有忌讳污秽的精神底色。这看上去好像与现代文明不符，但只要看看杀人事件之后，这个社会的人是怎样处理遗留"污秽"的就知道了。如秋田县杀害两个小孩的凶手畠山铃香在被判死刑后，她的家也被当地人捣毁拆除。和歌山县咖喱杀人事件的凶手林真须美的家，被不明的大火烧光。强盗杀人致三人死的八王子超市事件，其超市后来成了停车场。不触碰污秽，死后的作祟恐惧也就没有了，自己也就安心了。这种避开污秽的力量，是世间从外部守卫自己的力量。

这种倾向在法国作家亚森·罗平的名著《813个谜》的日本版中表现得尤为充分。翻译家南洋一郎根据原作重新修改以适合日本的少男少女们阅读。其他内容都忠实于原作，只是有一点作了修改。在原著中针对冤罪的死刑囚还是被执行死刑了，但在日本版中死刑囚被救了。这是为什么？显然翻译家不想染上杀人的污秽。这就与法务大臣不想染上杀人的污秽而不签发死刑令属同等思路。当然这里面也有让少男少女避开污秽的思考。再有，日本的死刑执行一般都在早上的八九点之间，这是因为这个时间点是一天阳气最重的，并在观念上相信它能冲淡死刑犯的阴气。执行完毕后，行刑官们一般能得到2万日元的特别补偿金，但他们一般也都赠捐给寺院神社以祈求神对死者和执行者的宽恕。

另一个是死刑本身带来的原因。死刑一旦执行，即使有冤案，翻案也变得毫无意义。日本的司法堪称"精密司法"：绵密的搜查，慎重的起诉和详细的公判审理。表现在时间上则是联合赤军事件到最后判决出来用了21年。奥姆真理教的审判用了16年8个月。原首相田中角荣一审用了7年，二审用了4年。送至最高裁，审理中被告人就病死了。还未做出判决，就先流去了17年的岁月。虽然有裁判的迟缓是司法的致命缺陷，迟到的裁判是对裁判的否定等说法，但精密司法的一个妙用就是对减少冤假错案有一定帮助。但即便如此，也不能保证没有死刑判决的冤案。就像多少年前发生的广播商杀人事件里，被冤枉杀夫的富士茂子在狱中写下这么一段话："我最惊讶的是检察官竟然是人。因为在被逮捕前我以为他是神。"只要是人，就可能会有过失或故意。检察官不能为了面子而关上再审的大门，所以刀下留人就显得特别重要。

1966年8月，日本静冈县清水市发生了强盗杀人放火案。曾经当过拳击职业选手的袴田岩被指控为犯案人而遭逮捕。两年后被静冈地方法院判处死刑。最高裁于1980年11月确定死刑。然而，本案被认为遭到了不实指控，因为作为犯罪证据的血衣根本不符合其身材。因此尽管他仍为死刑犯，但一直未执行，直至2014年3月27日始释放。释放的理由是"继续关押袴田岩是对正义的无法忍受的侵害"。作为日本关押史上时间最长的犯人（48年），日本政府为此支付的国家赔偿金达2亿日元以上。袴田岩事件的意义在于更为清晰地说明了司法的一个最大公约：判处死刑立即执行是万万要不得的。实际上在1976年6月13日发生的福冈内妻一家4人杀害案中的被告人，在1985年被判死刑。关了40年之所以还未被执行，就是考虑到有冤案的可能，推理作家岛田庄司也为此出书申冤。日本律师会一直在积极活动争取重审。

日本有过执行了死刑后才知道是冤案的吗？有过。发生在1992年2月福冈县饭塚市的饭塚杀人事件就是典型。两个上学中的小学一年级女孩行踪不明。第二天在邻接的同县甘木市（现朝仓市）的山中发现了尸体。死因是窒息死。事件发生两年半后的1994年9月，住在小学附近的久间三千年被逮捕，并以杀人罪被起诉。久间一贯否定犯行，66天的审讯也没有认罪。1999年一审死刑判决下达，在没有自供和物证的情况下，单凭DNA鉴定和目击证言等7件状况证据就断定有罪。判决书这样写：从单独的证据并不能断定被告人是犯人，但是综合评判的话，可以认定的是被告人就是犯人超过了合理的怀疑。二审的福冈高裁和最高裁都支持死刑，2006年确定了死刑判决。2008年10月28日在福冈拘置所执行了死刑，终年70岁。从确定死刑到执行死刑只有两年多的时间，这在日本属于异常的快速。这里值得注意的是久间死刑的执行，是在日本检察厅发出对足利事件（日本另一起杀人冤案）确认DNA型的再鉴定实施意见书不久。为何要这么快地执行死刑，是否想在昭雪之前解决问题？在死刑执行后2009年1月，久间的妻子向福冈地裁提出了再审请求，但被弃却。2014年4月3日向福冈高裁提出了即时抗告。

这样来看，保留死刑制度，但慢慢朝着不执行的方向发展，也就是说，可以判处被告人死刑，但就是不执行，也不导入终身刑，给自己留有余地，这是否就是日本死刑的未来方向？

被害者的家属都支持死刑吗？

这看上去好像没有疑问，但问题并不这么简单。当然最有说服力的是废死派一旦自己成了受害者,立场就会发生变化。

冈村勋原本是东京山一证券的顾问律师,也是个立场坚定的废死派律师。1997年10月他的妻子在东京小金井家中遭人杀害。凶犯西田久是山一证券恶性倒闭事件中的一位债权人,在倒闭事件中损失1亿日元。作为律师的冈村勋应该知道在日本杀一人不可能判死刑,况且凶手是证券公司恶性倒闭的牺牲品。但他还是要求法官判凶手死刑。这是为什么呢?本来想从终极的人道意义上推动废死的,但看到倒在血泊中的对象是自己的家人,情感上立刻就受不了了。抽象的原则抵不过眼前的血腥。但法官最后却判了凶手无期徒刑。于是他参加了由本村洋创立的"全国犯罪被害者协会",还当上了第一任会长。他还批评原法务大臣千叶景子公开死刑刑场在用意上是有问题的,她是为了推动废除死刑的运动。

那么,在日本还真有自己的妻子和女儿被杀害,还希望法官不要判凶手死刑的人吗?有。在日本成为美谈的是发生在1956年1月的东京银座律师妻女被害事件。当时担任东京银座第二东京辩护士会副会长的磯部常治(当时61岁),他的妻子文子(当时52岁)和女儿惠依子(当时22岁)被杀害,凶手抢夺了现金800日元和日本刀后逃跑。两日后凶手自首,最后被判死刑,在1960年执行。身为死者家属的磯部常治,提出了想出庭担任凶手的辩护师,只是因为关系者回避原则而无法如愿。事件后的四个月(1956年5月),日本参议院举行废除死刑法案的公听会,磯部常治作为参考人出席会议。在会上他表示:现在我自己本身也成了受害者家属,但我仍然认为我们应该废除死刑。当我们用国家的权力和法律向犯人宣告死刑的时候,有没有想过犯人也有父母也有兄弟姐妹,他们也会像我一样痛苦不堪。为什么要把我的这个痛苦再给他人呢?

日本共同社前几年刊发了这样一条报道,题为《失去儿子的日本老人心愿终成:中国杀人犯被判死缓》。2004年5月中国留学生周博在日本福冈市的一家美容院抢夺现金时将在场的佐藤将彦刺死。中国警方于2006年3月逮捕了凶犯,8月对其进行诉讼。在公审中,71岁的受害者的父亲佐藤泰彦向法官提交请愿书,请求不要对被告施以死刑,称"即使被告被处以死刑,我的心情也难以舒畅。我不希望使被告的家人承受和我一样失去儿子的悲痛"。最后沈阳中级人民法院判处被告死刑缓期两年执行。

2011年11月,奥姆真理教被害对策辩护团发表声明称:除教祖麻原彰晃之外,不希望奥姆教的其他死刑确定者(共12人)执行死刑。辩护团还向法务省提交了声明书。这在当时成了相当大的一个话题。因为毕竟是死了那么多人的东京地铁大屠杀呀。当然这个声明不能保证是被害者的全体总意,但这个动向则表明大量死刑的价值判断在今天遭遇了动摇。这里的思考点在于:从社会的安全观出发,对麻原的死刑执行是没有办法的事,但其他的死刑确定者如果不执行的话,我们这个社会的构成原理会乱吗?如果不会乱的话,那么大量杀人大量死刑这个相抵主义的行为模式是否存有疑问?

杀戮的艰难究竟何在？

日本法学者森炎在《死刑与正义》（讲谈社，2012年）中这样写道：为了伸张正义必须死刑，这个观念当然没有错。问题是必须对死刑的必要性再度加以确认。作为刑罚的死刑的前档次，即终身刑和无期徒刑为什么还不够？无期有假释和社会复归的可能，从理论上说也有再犯的可能。而终身刑没有假释的可能，是一种死在监狱里的刑罚。那么对死刑发问的是：为什么终身刑还不够？死刑的必要性和迫切性究竟何在？当然，日本有无期徒刑没有终身刑的设定，但从不执行的司法实践来看，是否就是一种变相的终身刑？而且这种终身刑事实上的确定时期是在进入平成年（1989）以后。

大阪池田小学的杀人犯宅间守患有脑瘤（中脑部的神经胶细胞瘤）。他在2001年6月8日持刀闯进小学校，砍死8名学生，砍伤15人。对这样的凶手下达死刑判决是再自然不过了。但在日本还是被质疑。战后日本司法精神医学代表人福岛章提起话题说，宅间守有非定型精神障碍的可能性。他说，在美国对应脑科学的研究成果，其责任能力的减免在司法实践上有被议论的余地，但在日本没有这个空间。正如判决文书所说，虽有脑器质性机能的异常，但其自身不属精神疾患。福岛说这就是问题的所在。无条理杀人的冲动与亢奋，脑瘤作为一种原因的可能性不能否定。脑的不完全性导致的杀人行为，应该成为裁判上的重要证据才是。

但在日本还是被忽视了。日本的责任能力由来于"自由—责任"（自由意志归结为责任能力）的绝对构造中。为此，责任能力的有无，精准地说与精神医学诊断的精神障碍是两回事。福岛章还提醒说，池田小学杀人犯的脑瘤部位，与美国德克萨斯大学钟楼塔射杀事件的犯人查尔斯被认可的脑瘤部位几乎一样（诉说不能忍受头痛的25岁的研究生查尔斯，1966年8月1日用阻力步枪射杀了妻子和母亲，然后攀到钟楼高处又射杀了15人，最后被警方击毙。死后解剖的结果，脑瘤的存在被确认）。

有意思的是就是这么一位冷血杀人魔鬼，居然有两位漂亮的日本女性喜欢他，争抢着要与他结婚。最后是一位B姓女子捷足先登，与他完成了狱中结婚登记。而A姓女子只能写信给他诉说妒忌之语思念之语。当然最后的收尸也是B姓女子当仁不让的义务。2004年9月14日9点40分，行刑官去她的府上，用敬语略显不好意思地向她汇报说："今天早上，他干净利落地仙逝了。"不说被处决了，不说被绞死了。

宅间守2003年9月26日被确定死刑到执行，一年还差12天。当B姓女子问"为什么这么快执行，这不是异例吗"的时候，行刑官并没有理直气壮地责难道：你丈夫罪大恶极，死有余辜，你还来问这个问题，而是面有难色地说，实在对不起，这是慎重再慎重讨论的结果。（参见筱田博之《死刑囚》，筑摩书房，2008年）由此可见，在日本杀戮的艰难实在非同一般。照理说，伸张正义的杀戮，为民除害的杀戮，掌握公权的杀戮，不应该艰难才是。但为什么会变得艰难呢？在日本行刑（绞刑）的时候，有三个行刑官同时按下致命的电动按钮。为什么要三人？据说是为了减轻心理压力。什么心理压力呢？对恶人的镇压为什么还有心理压力呢？如果没有负罪感哪有心理压力呢？原本，太阳和死亡都不能盯着看。但因为在黑暗处我们需要察看太阳的升起，但因为不是所有的杀戮都是通向正义的，所以我们需要察看我们周边的死亡。对生命的尊重，表现在哪怕这条生命曾经阻断过他人的生命。

现在日本七个拘置所关押了126名死刑囚。如果一年执行一名的话，要126年。如果一年执行两名的话，要63年。如果一年执行三名的话，要43年。显然这批囚犯不是病死就是老死在监狱的可能性很大。从日本监狱史来看，死刑囚平泽贞实在1987年病死于狱中，此前他在死刑牢房中被关押了整整32年。后来有记者问当时的法务大臣，为什么没有向平泽签发死刑执行令？该大臣回答道：既然那么多的前任大臣都没有签发，我为什么要签发呢？

这个"我为什么要签发"的发问，实际上就是对死刑的再追问：杀戮的艰难究竟何在？

光市妻女被害事件的受害者家属本村洋，倒也说过这样的话：审判不仅是对于加害者处以刑罚的地方，同时也是让我们被害者与加害者进行和解，修复自身伤痛，并且赋予我们重生机会的场所。但是他抗争10年最终还是将少年凶手送上了死刑台。当然，这位少年凶手绝对是人渣一个，杀是其归宿。但问题是"杀戮的艰难"在本村洋那里又怎么成了"艰难的杀戮"的呢？日本人在追问，当然这个追问并不限于废死派的人权律师们。

2015.5.25

"3·11"：一个国家的祭日

偷盗太阳的男人是谁？

"3·11"成了日本的盛大祭日，今年是第五个年头。

村上春树说，在日本365日天天都是祭日。他的《挪威的森林》就是献给死去青春女子的祭文，当然很伤感，很落寂，也很荫翳。但"3·11"的祭日，不同于村上的祭日，虽然也伤感，也落寂，也很荫翳。

"3·11"的"祭"，无疑带有双重的意味，它既是对在地震和海啸中失去生命的祭，也是对"活着的核电废墟"的祭。一个是对无辜死者的祭，一个是对有意图的人类意志的祭。这里，人的意志最终以废墟的形态出现，固然是对人的一个嘲讽，但问题是废墟废而不死，我们不得不接受的一个事实是，还在不停地排放出核辐射的福岛第一核电站，仍然存在着某种"活着的"意志，并且还发挥着作用。

是什么已经结束？是什么还在开始当中？是神道的神人分离？是佛教的寂灭为乐？是禅宗的无念为宗？实际上什么都没有

结束，但一切已尽在开始之中。

这里有两个图式："3·11"与"9·11"，它们总是每半年轮换而至，一对"孪生兄弟"遭遇的世界性灾难。时间上的节点是偶然，体质上的遗传是必然，"3·11"和"9·11"，一个是地震海啸带来的核泄漏的不可收拾，一个是自诩文明冲突而遭遇当头棒喝的樯橹灰飞。看似不相关的两件事，但也能画出这之间点线面的截图，共通点在于断绝与永续间出了问题。断绝是为了永续，永续是为了再断绝，但是这两个国家的文化和政治把这两点给分割了，于是生出了东西两个祭日。

早在1979年，导演长谷川和彦的电影《偷盗太阳的男人》，讲的就是从东海村核电站偷走核材料制作原子弹的故事。一开始警察厅长官还公开宣称没有任何损失，而山下警部则对此表示怀疑；与此同时，中学物理老师城户诚在自己家中穿着宇宙服，制作了核爆装置。由中学理科老师编写的电影剧本，在日本"3·11"大地震中不幸被言中。福岛核电站的核泄漏，就是日本政府长期"偷盗"的一个结果。

所谓核电，是否就是一种牺牲体系？

两年前，因写《靖国问题》而著名的东京大学教授高桥哲哉出版《牺牲的体系：福岛与冲绳》（集英社）一书，他在书中说道：为了经济增长这个所谓的共同体利益，就可以任意牺牲一些人而将这个牺牲体系正当化吗？在这位一向批判气十足的教授眼中，如果说靖国问题是用国家祭祀这个"炼金术"升华的话，那么福岛核电站问题则是意图化地在国家体制内制造牺牲者。高桥教授认为，福岛和冲绳，前者暴露出了在推进核能政策中所潜藏的牺牲，后者则显露日美安保体制中的无谓牺牲。这位孩提时代在福岛核电站事故警戒区内——富冈町度过的教授，似乎更有资格问责：所谓核电，是否就是一种牺牲体系？一种在其内部和外部都要同时预设死人才能成立的体系？如在日常，需要有因作业而受曝人员的牺牲。如在灾害，需要有敢死队冲锋陷阵的死和周边人的莫名其妙地死。

这样看来，核电是一个没有牺牲者就无法运作的体系。问题是既然有牺牲者，必定就有受益者。那受益者是谁？是东京电力公司？但东电公司说，不是很多人为东京这个国际大都市的美丽而着迷吗？但这个美丽从何而来？不就是从最基础的用电而来吗？每年800亿千瓦的电力，不管你愿意不愿意，还是通过我们得以达成。用电量高峰的夏季，东京的用电量是纽约的1.5倍，是伦敦的4倍。没有核电站，何以可能？

于是在美丽富饶的福岛，在距离东京270千米的福岛，在盛产鱼虾和水果的福岛，圈地建造核电站，这是1967年的事情，开始运转是1971年的事情，这更是当时执政党的事情。自民党恰恰是日本54座核电站的"元凶"——决断者和执行者，如果没有自民党政权的"潜在的核保有"这个国策，福岛核电站是不会建设的。

到福岛核电站发生事故为止，不公然述说的"潜在的核保有"才是到今天为止日本原子能行政看不见的存在基轴。这就令笔者想起《朝日新闻》在核泄漏的半年后发表文章称,"正因为是原子弹受害国才更要和平利用原子能发电",这个所谓的"正因为……才更要"的逻辑结构,在本质上就是"救赎与复仇"的双重变奏。怎样理解这个"救赎与复仇"?"日本不应保有核武器,但同时日本想制造的话,必须什么时候都能在最短的时间里制造。这是一种抑止力。"2011年8月16日,担任过防卫大臣的石破茂,在朝日电视台如是说。

最残酷的是第三种牺牲者

问题是没有牺牲者的社会,其可能性如何?在伦理层面上,这首先是个康德问题;在政治层面上,这首先是个卢梭问题。从一切为了人的终极人道主义哲学来说,所谓的最高最大就是这个国家每一个具体的社会人。执政者的一切理念,执政者的一切言行,都必须是这个最高最大的随影。当国民说,国王够了,我们不需要这个耀眼的阳光,对不起,你国王就必须将这道耀眼的阳光抹去。当国民说,国王够了,我们不需要这满视野的群星,对不起,你国王就必须将这满天的星暂时隐藏在无边的黑暗中。问题是在现实的社会操作中,在现行的政治板块中,国民的最高最大总是被转变成国王的最高最大。

权力被滥用,智慧被扭曲,知性被夸大,一个直接后果就是有人成为这个牺牲体系的牺牲品。国王总是会说,耀眼的阳光会给你们带来幸福，满天的星斗会给你们带来梦想。一个幸福一个梦想，就是人赖以生存的全部了，人还有什么祈求呢？最直接的执政者用知性的谎言，编织清洁能源以及对未来的美好承诺。我们不断被告知，如果没有核电站，就不可能有便利的能源，就不可能承受电力的大量消耗，就不可能有繁荣可言，当然更不可能有GDP，有强的国家实力，而我们——社会的多数人也接受了这样的说法。

于是，这里就出现了两种牺牲者：心甘情愿的牺牲者和被迫压后的牺牲者。福岛周边的居民是心甘情愿的牺牲者，因为在启动核电站的时候，他们都投了赞成票，投赞成票的原因是想给他们的荒村带来繁荣带来幸福。福岛"五十勇士"是被迫压后的牺牲者，当时的菅直人首相对东电负责人下死令不许撤退，撤退了就让东电破产。

除了这两种牺牲者之外，我们还注意到了另外一种牺牲者。3月7日的《每日新闻》报道，在福岛核事故当时18岁以下的儿童，有超过160人被确认患上了甲状腺癌。去年10月，冈山大学免疫学教授津田敏秀在学会杂志上发表论文，指出福岛县的青少年甲状腺癌患者发病率比全国高出12-25倍。这些儿童们似乎还不知道是怎么回事，他们在问为什么会发生这一切？他们说他们仅仅正常使用了东电送来的照明，或者说他们最多玩了必须通电的游戏机而已，就应该遭遇如此的人生厄运？可以说这是牺牲者当中最为不幸的牺牲者了。

这样看来，战后日本在追求经济增长以及保持潜在的核武军备平衡上，亲手制造了连自己都感到恐惧的负遗产。照高桥哲哉的说法，这种将某些人的利益建筑在其他人的牺牲之上的牺牲体系，既无法从现代宪法的人权原则上获得正当化，更无法在人道伦理上获得正当化。

笔者在写这篇文章的时候，想起了在电视上看到的一幕：灾害发生后去福岛灾地视察的首相菅直人，在避难所被一位老太太骂道："你住在这里试试看，这是人住的地方吗？"听说一位美国人听了这句话，受到的冲击比海啸和核辐射还要大。这不是丸山真男所描绘的在国家主义之下的家父社会吗？对国家不敬的人，这个人的家长必须谢罪，其亲属和所在地域的人必须谢罪，他的中小学校老师也必须谢罪。看上去是十分漂亮的无限责任的追究制。但如果再设问：在这个同质的共同体中，究竟是谁，应该负起怎样的责任？没有一个人知道，也没有一个人想知道。骂首相的那位老太太，也是这个心相。这位老太太在民主原则下，自主地选择了推进原子能发电的政党，自主地选择了推进原子能发电的地方自治。但是出了事情之后，自己对这个社会的责任究竟何在？这点自觉、这点思考在这位老太太身上一点也看不到。全体无责任制，是否也是牺牲体制对人的意志的一个还原、一个反动？

从"国破山河在"到"国在山河破"

好端端的日常一定要来个非日常，战争却也欢笑，地理环境恶劣却也建造活着的废墟。这些看似难解的行为，在政治学者、思想史家丸山真男那里则表现为"不间断随波逐流的气势，作为从古代到近代贯穿我国历史意识的执拗暗流"。丸山说这就是日本人历史意识的"古层",仅依靠气势行动,只在乎现在"这个瞬间无差错",以后就可以当作没有发生过。

作家兼学者笠井洁在《"8·15"和"3·11":战后史的死角》(NHK出版)中就引用了丸山的论述来批判日本欠缺真正的历史意识,说荒凉的原子能乡村最深层之处就是日本式意识形态的泛滥之地。"8·15"和"3·11",当然不是并列的存在,但战败的历史结果生出福岛核电站这个活着的废墟,则是不容置疑的。对战败的"8·15"没有能真正反省的日本人,在追求所谓"和平与繁荣"的战后社会底部,又撒上了"3·11"灾害的种子。这才是日本战后史的死角,这也是造成所谓第二次被原子弹爆击的原因。

老资格的宗教学者山折哲雄则这样说:"3·11"还验证了一种文明观的普遍有效,即"无常三原则"的文明观:世上永远的东西一个也没有,有形的东西必将毁灭,活着的人必将死去。为此,所有的政治图式和经济伦理的系谱,都应该指向这个人类共通的无常三原则才是。

作家五木宽之说得更为形象:"3·11"对日本来说等于第二次战败,如果说第一次战败是"国破山河在"的话,那么第二次战败则是"国在山河破"。

《每日新闻》记者山田孝男,在2014年出版《小泉纯一郎的零核电》(青志社)一书,他在书中披露:从小泉的做法来看,他首先打通的是日本人思维中的逻辑通路,他将日本核电站形象地比喻为"没有厕所的公寓大楼",大楼是建造起来了,但没有厕所，人最终被憋死。这样的大楼要它干什么？这也就是说在日本这个岛国根本没有核废料的最终处理场所。

这是小泉在参观了芬兰奥尔基洛托岛上的"安克罗"核废料最终处理场后，受到的最大冲击。回国后的小泉在演讲中说，芬兰属于岩磐地质构造。处理场所深挖400米，纵横2千米，工事后成圆形桶状，核废弃物就存放其中。芬兰目前只有4座核电站。今后深埋于此的是其中两座。芬兰没有地震，但最终还要经过极严格的审查，看其岩磐是否渗水。而日本是个地震大国，掘进到一半就会出水是其地质特征，保存10万年的最终处分场所如何打造呢？还有一个问题，放射能无色无味，10万年后的人们如果来到这里，怎么能知道这里深埋了核物质呢？有人说留下文字，但10万年后的人能读懂吗？"不能靠近，不能挖掘。"用什么语言表示呢？是英语还是日本语？文字是变化的。如日本语"うまい"原本是"好吃，好事"的表示，而"ヤバイ"则是"不好吃，不好事"的表示，但现在两者趋同了。小泉说连日本语都进入了"ヤバイ时代"，核电为何不能进入废核时代？

什么是防灾教育的失败？

日本人还这样反思"3·11"：

有1亿人口的国家，在自然灾害中死去了数千人，这是系统错误。但是1亿人中死去100人，这不是系统错误，而是事故了。比如，交通事故"死者为零"显然是个行政指标，为了达到这个指标，于是在马路上设置信号，建造步道桥，划定横道线，设立警示牌等。但是总有人会无视信号过马路，于是发生了车人碰撞，也就是说进入了事故的领域。一旦进入了事故的领域，行政能做的事情就十分有限了。如果要想减少事故的数量，不是行政而是人自身应该做的事情了。

有日本学者说，日本的防灾也进入了这样的领域，以《灾害对策基本法》为基础的行政主导也暴露出了界限和弊端。建造堤坝，建造水库，建造防沙林，建造各种设施，发布必须逃离的避难布告等。这样的系统，在日本是50年一贯制。应该死数千人的自然灾害，只死100人了，应该说这是绝对不坏的行政系统。但是，人为提高的安全，同时也就提升了人的脆弱性。如设想100年一回的大雨，建造了防潮堤。结果发生了什么？如果没有防潮堤的话，遇上小水害的时候，总有消防队员过来指导工作，划定哪些场所不宜建造房屋等。但建造了防潮堤后，100年概率以下的水害全部被排除在外了。其结果，用小水害积累起来的防灾智慧就渐渐消失了，守卫地域的共同意识也丧失了，终于有一天，超过百年概率的大水灾害袭击了无防备的住民。

5年前的"3·11"大地震引发的海啸为什么死了2万多人？原因何在？日本人看到了这个问题。如在宫城的三陆地域，1896年（明治二十九年）发生了明治三陆海啸，2.2万人死去，其中田老村（现在宫古市田老）死去1859人。从此之后，日本人在三陆地域设想明治三陆海啸的规模来推进防灾。田老村的防潮堤，在1934年开工，1978年完成，高10米，总长度为2433米，而且建造了两道防潮堤，在日本有"万里长城"之称。

有一次，《不死人的防灾》一书作者片田敏孝访问当地，问老人：大海啸来的话，你还逃吗？老人回答说：明治三陆海啸、昭和海啸这里都遭殃了，但这回有了巨大的防潮堤，应该无事了。片田说：这不行，防潮堤只有10米高，明治三陆海啸是15米高！老人说：你看，这回有两道防潮堤。如果有超越这两道堤坝的海啸来了，我老头也应该死了。后来片田敏孝得知，这位老人死于"3·11"的大海啸。片田敏孝认为：死了那么多人，肯定是有很多人没有及时避难。

海啸发生后的2011年3月20日，《朝日新闻》有篇文章提到：日本第一的防潮堤，居民们称呼它为万里长城，表达了一种强烈的信赖感。防潮堤是安全的象征。因为有防潮堤在，所以来不及逃出或不想逃离的人很多。建造防潮堤是为了什么？是为了守卫居民的生命。但是，对它过度信赖的居民，反而葬送了性命。这样看来，再怎样的巨大防潮堤，它不但不是设想的那样，而且还使人的防灾意识出奇地低下。这是不是日本防灾教育的失败呢？

作家柳田邦男为此写有《想定外的圈套》（文艺春秋）一书。他在书中提出这么一个问题：建筑灾害为什么反复出现？在日本，钢筋水泥建造物的耐震性问题首次被重视是在1964年的新潟地震。那次地震，使钢筋水泥造的县营住宅横倒，刚建成的昭和大桥也断裂了。但当时把这个原因归结为信浓川河口附近的沙盘地势，建筑物自身的问题还没有被提及。追究建筑物构造和施工等问题，是在1968年的北海道十胜冲地震的时候。

十胜冲地震毁坏了新建的函馆大学,也震坏了青森县学校的钢筋校舍。日本建筑学会开始调查,认为以前的建筑基准法中的设计规准不充分。为此在1971年日本建筑学会改定了钢筋水泥的构造计算基准,指导施工上的注意事项等,取得了成效。"3·11"大地震,几乎没有震倒的房屋,不能不说是世界建筑史上的一个奇迹。

法理新思维:无法防止核灾是不是罪?

罪恶当然要清算。但海啸带来的核泄漏是罪恶吗?如果是罪恶,那是谁的罪恶?如果上法庭,那谁应该上法庭?法庭辩论又将如何进行?无疑,日本进入了一个"无法防止核灾是不是罪"的新的法理时代。这是全球还没有出现过的法理时代。

2011年2月29日,日本检察审查会指派的检察官,针对经营核电站的东京电力公司三名前高层涉业务过失致死罪,向东京地方法院提起强制起诉。检方律师代表说,不管这次庭审的结果如何,但对于追究核电事故是一个机会,这将是日本史上难度最高的一场官司。日本的法庭将首次出现"无法防止核灾是不是罪"的争辩。东电是否预想过海啸的发生,将成为法庭辩论的焦点。三名前东电的高层将被对公法庭,但祭出"和平与繁荣"大旗,构造出牺牲体系,在这片土地上玩冒险的执政党高官们,能被对公法庭吗?日本人在等待中挑战着日本的核复兴之路。无疑,作为对"3·11"的思考,这将是日本社会今后最大的焦点之一。

而海啸引发的七十七银行女川支店（宫城县女川町）12名业务员死亡的诉讼，在最高裁的裁决下已经败诉。但原告的遗族日前在仙台市举行记者会，说企业是否应该有防灾的指针，如果有，那判断其作为和不作为的依据又是什么？这个问题还没有搞清楚就判原告败诉，只能引发对实现安全社会的更大担心。在海啸中失去长男的田村孝行说，已经5年了，但银行的法律责任能免除吗？儿子等12人的死，银行没有责任吗？人命最优先的体制，企业究竟如何落实？他说，他要继续走抗争之路。

这样看来，虽然是天灾，日本人却当人祸来反思；虽然是瞬间，日本人却当永恒来探讨。他们的所作所为验证了这样一句话：灾难是造就灵魂的峡谷。

日本有一位6岁的小男孩，在灾害发生后向《每日小学生新闻》投稿说：我爸爸是东电的职工，核电的制造当然是东电，但是制造机会的是日本人，不，可以说是世界上的所有人。其中我也在，你也在，他也在。发电站之所以要增加是因为日本人到深夜还开着超市，还玩着游戏，还无端地浪费着电气。这就提出了一个问题：在以"国"字为奠的祭日里，作为思想的"3·11"，其张力究竟何在？在有111座火山、98条活断层带、1年中有感和无感地震达到13万次的国土上，设下54座核电站、6所村核废料处理厂，这无论怎么说都是唯意志论最为霸道的一个表征。

2016.03.11

村上日本

不关心日本的村上春树

这回村上能如愿吗?

这些年,每当时序进入9月底,总有一个非常文学、非常诗性的话题令粉丝们在咖啡馆里争论不休:诺贝尔文学奖会授予村上春树吗?可不,2014年的话题又依旧照常。全球最大博彩公司英国立博(Ladbrokes)近日发布诺奖得主的赔率榜单,村上春树又以1赔6(截至9月24日)成为最大热门。

这回村上能如愿吗?没有色彩的多崎作能幻变成有色彩的春树吗?巡礼之年能转换成庆贺之年吗?确实需要博彩,确实需要豪赌。但关键问题在于,村上春树真的离诺奖只差运气这一步吗?答案好像又是否定的。这是因为我们有太多的"因为"可梳理,这是因为我们有太多的"所以"可得出。

套用网络俗语就是:"别逗了"

在《1Q84》中,青豆,这位30多岁,只会在酒吧物色男人上床，然后接受再把一个男人"送上另一个世界"任务的冷面杀手，将稳准狠地踢爆男人的睾丸与毛泽东说过的"集中优势兵力先发制人"相提并论，并说这是"游击队战胜正规军的唯一法宝"。这里暂不提逻辑层面的糟糕和论理层面的粗糙，仅日本二三十岁的年轻人而言，小半数连自己的首相是谁都不太清楚，他们能知道已经离世近四十年的毛泽东？套用一句网络俗语就是："别逗了。"

在《挪威的森林》中，玲子，这位31岁的钢琴老师，竟然被一位只有13岁，上门求教钢琴的女孩脱得光光，然后用嘴唇在玲子的"乳头上轻轻地舔撩"，接着这位女孩用"细细软软白白的手指"，在后背，在侧腹，在臀部上"摸来摸去"。最后把"脸也凑上去了"。而玲子则是"禁不住一阵酥麻"，因为这和"男人的粗糙的手不同"。你看，一个13岁的小女孩，在自己老师的家里，与31岁的老师搞同性恋，这样的情节，虽惊世骇俗，但能使多少人信服？这样的描写，虽有可看性，但又有多少典型意义？再是情色大国，再是远东不夜城，也不至于到这个地步吧。毫无疑问，村上是将自己观念中的情色，作为"普遍有效性"写进了小说。难道诺奖需要这样不着边际的虚构？需要这样难以想象的奇异？除了不可思议还是不可思议。

人类文明的母体包含小说吗？

2013年4月，64岁的村上推出新的长篇《没有色彩的多崎作和他的巡礼之年》。在首发之后的7天内，累计销量就达到100万册，名声在外的村上还是继领风骚了。因为他的前部作品《1Q84》BOOK3是在发行12天之后突破100万部的。文艺春秋社为此宣称，这是日本出版史上的"最速"。但即便如此，以研究村上与海外文学而著称的内田树教授认为，今后几年他获诺奖的可能性比较低。而版权代理人大原惠则干脆说：我个人觉得村上春树几乎不可能拿到诺奖。

这是为什么？让我们来看看多崎作就明白了。

这部小说最大的问题在哪里？一言以蔽之，就是情节构思过于简单化。一个青年人的烦闷、失落、消沉、无意义，竟然是四位好友突然与他分手造成的。然后在16年后的某一天再度寻找记忆中的过去。要知道这部小说的时间背景是在2010年，在一个高度网络化的现代社会，这有可能吗？虽然美其名曰"巡礼之年"，但这样的故事情节，若不是出自名人之手，小说的出版恐怕都会有问题。但这是出自村上的手笔，所以全部问题就自然消解了，或者说根本没有消解只是被暂时地掩盖了。"记忆即便能巧妙地隐藏起来，但是已经发生的历史是无法让其消失的。"村上用这样的对话，将其不太复杂的情节与难解难懂的书名，融合在隐喻与象征、明言与暗示之中，以表示对过去的修复。作者的哲学匠心确实得到了完好的体现。但问题就像米兰·昆德拉所说：推卸思想承担、确立幽默才是小说艺术的重要密码。留给小说的任务就是放弃真与善的价值判断，只剩下叙事。因为小说家并不制造种种观念上的重大问题。

一句犹太谚语说："人类一思考，上帝就发笑。"上帝笑什么呢？就是笑人类思考万物，而恰恰就把生出万物的上帝给忘记了。言下之意你这样的思考有何意味？2000多年前，柏拉图发现思辨之园不容虚妄，遂将诗人驱逐出了他的理想国。或许出于报复，米兰·昆德拉则宣布在他的诗学王国中，将会放逐思想和德性。这看似是无意味的争吵，但其本质恰恰在于人类文明的母体中，除了哲学和科学，是否还包含小说？所以昆德拉能这样坚定地说："在我看来，现代新纪元的奠基者不仅包括笛卡儿，还包括塞万提斯。"

推卸思想的承担，村上没有做到

如果从这一意义上来审视村上的新作，一个感觉就是他老了、创作的锐气和才气已大不如前。虽然读完小说，也留下多个迷局，如色彩究竟意味着什么？强奸和绞杀白根柚木的犯人是谁？灰田去了哪里？6根手指想表现什么？赤松庆突然告白自己是同性恋的理由是什么？与沙罗牵手的男人是谁？沙罗最后会选择多崎作吗？但问题是村上还是制造了这样一种观念：灰是全体的集合体，更是赤青白黑的集合体。推卸思想的承担，他没有做到。宏大的叙事，他更没有做到。虽然他写多崎作不是失去色彩的问题而是根本没有色彩的问题，暗示了他或许是个先天的色盲者，这与《海边的卡夫卡》中与猫对话的中田老人是个文盲、与《1Q84》中的17岁美少女深绘里是个识字障碍者有思路上的连贯性，但问题点还是在这里：对生死的彻悟，对信仰的彻悟，对爱的彻悟，在小说中只能让情节说话，而不能让内心独白唱主角。

照理说，一部作品有读者有销量有话题性，在今天不景气的图书市场已是超大成功了，不该再有闲话蜚语了。但问题在于如果畅销书作家这一头衔也适用于村上的话，这不是在赞扬他而是在贬低他。因为当黑格尔坚信自己已经掌握了历史的绝对精神之时，福楼拜却发现了愚昧。如果按照这一标准，我们要问：村上春树在新著中发现了什么？这才是对小说家真正的要求。

日本的读者是世界上最好最善良的读者。他们不想让村上失望，更不想让自己树起的品牌受伤，所以有了7天100万册的纪录。反过来村上也不应该让肯掏钱的读者受伤和失望才是。本来想写个短篇，但不知不觉中拉成了长篇。村上还算坦然的告白表明，这部小说绝不是他的用心力作。

存有问题但又何以畅销？

这里的一个难点，也就是说一个悖论在于：说村上小说存有问题，但又何以畅销？"畅销"与"存有问题"能同在吗？畅销是否就是小说的唯一？

在我们的印象中，村上总以一个世界公民的身份，写他的世界小说。用他的透明文体，清新的日本语和还算奇特的构思，构筑他话语的文本。所以他的小说，其背景和人物可以放置于任何地方，只要是处在后现代的国家，一般都能普遍适用。多崎作，这位20多岁的大学生，每天唯一要做的事就是想到死。这件事本身究竟有多少现实性呢？不必强调说文学必须来源于生活，但文学必须尊重生活，这个要求并不过分。日本的年轻人每天想的就是死吗？

如是这样，那AKB48的欢乐呢？她们还整天唱着"I want you I need you I love you"。如是，那秋叶原宅男族们的自得其乐呢？他们还整天浸泡在动画动漫的自娱之中。显然，村上并没有川端康成的发现和传播日本古典美的心向和心情，并没有三岛由纪夫为美而死的血性，并没有大江健三郎鞭打昭和国家精神的那么一种自觉，他甚至没有渡边淳一对发掘日本人性爱的那么一种情色之心。

后现代的日本社会问题成堆，日本人精神底色从昭和到平成也发生了很大的变异，但村上的笔触并没有深入进去。只有一回，1995年奥姆真理教徒操演了地铁杀人事件后，他投入了他的专业精神，在短时间内写出了厚厚的纪实作品《地下铁事件》。书中也暗示了地铁沙林事件的象征意义在于对战争事实和历史问题没有彻底清算的日本，暴力通过另外的一种方式被沿袭了下来。这是一名作家不可推卸的社会责任。

但我们发现自1995年以后，村上放弃了这种可贵的责任，又进入了他非常在行的青春小说的创造。可能，这不碰撞任何层面，不触痛任何人，只要一杯咖啡、一盏红酒，听着古典音乐，哪怕身在异国他乡，也能将故事编得有声有色。于是有了用长针杀人的妄想情节。《1Q84》中的青豆是位职业杀手,她最擅长用长针(10厘米)插进人的后脖颈,因为那是人最危险的部位。若是被针扎到的话,受害者会当场毙命。一查,这个情节还是抄袭了小说《杀手藤枝梅安》。据日本文艺评论家黑古一夫在文章中披露:作家池波正太郎小说中的梅安,平日里做按摩师,看起来像个盲人,实际上却不是。一旦有"活"送上门,他就成了用针尖杀人的凶手。村上春树把这个"杀手"形象用在了自己的作品中。若是平常人,这会被看作剽窃行为而被大家鄙夷。但由于他是村上春树,大家都默不作声了。他本人也装聋作哑。

缺少对日本现实的观照,缺乏对现实日本的热情。好像日本发生的一切与他无关。他还是用自己的方式编织着自己的多崎作,编织着自己的青豆,编织着自己的田中卡夫卡,编织着自己的巡礼之年。这是不是就是问题的所在呢?司马辽太郎的《坂上之云》,描写了近代日本的"青春",被誉为"不灭的国民文学"。这样的待遇,村上恐怕这辈子都难以企及。因为很显然,一个用日语写作,但不喜欢日本文学,一个把自己的故乡并不看成是文化意义上的花园,而是某一个狭义的地理区域的作家,怎会有国民文学之称呢?

几乎得到过日本文学所有大奖的村上,就是没有得到过日本文学的最高奖芥川奖。《且听风吟》和《1973年的弹子球》虽然两次入围,但两次落空。《为什么芥川奖没有能授予村上春树?》有人以这个题目写过一本书。文学评论家市川真人在2010年幻冬舍出版的这本书中写道,芥川奖的评委们对村上作品有个整体性的评价：外国翻译小说读得太多。"读得太多"的一个结果是，在村上的笔下，日本人等同成美国人。从《且听风吟》中的"我"的视角来看，美国并不是一个"屈辱"的存在（村上龙的笔下，美国对日本来说，是个屈辱的存在），并不是一个"依赖"的存在（田中康夫的笔下，美国对日本来说，是个依赖的存在），而是一个模仿的存在，一个非常自然的模仿的存在。

外国翻译小说读得太多，也能成为不能受奖的一个理由。是选考会员们脑子进水了还是指责太一针见血了？

一个讲美的日本，一个讲暧昧的日本

这里，我们不能忘记日本批评界最高知性的代表者，东京大学前校长莲实重彦。他多少年前对村上小说有一个定论："村上春树的作品俨然是一种骗婚。""骗婚"？这一结论虽然令人费解令人不安，但何以能得出这一看似不雅的结论？是这位批评家的妄言诳语，还是这位批评家僭越了尺度？恐怕都不是。实际上老资格的莲实重彦还是点出了村上小说的死穴：将小说作为容器，将语言作为装置，将人物作为符号，将读者作为消费群。而且还是前现代的消费模式："物"一旦卖出去，离柜概不负责，无法"返修"，更无法"退货"。

根植于本土的羁绊，应该说是小说的生命力所在，但在村上那里这种羁绊被强行地切断，嗅不到泥土和血腥的气息。虽然在讲述超越国境的"根源性故事"，虽然文字非常精妙，但所谓文学的第一要义就是这等之物吗？再联想到另一位重量级的批评家小森阳一对村上《海边的卡夫卡》的批判，他将这部小说定性为一部隐含了抹杀历史的"处刑小说"，是一部破了弑父与母亲、姐姐交媾的禁忌小说。这就很显然是将自己的身体嫁接在他人的大脑上，在一片嘈杂声响中编织的一个非日本式的故事。虽然情节构思不坏，可读性也强，但这绝非是日本式的。你看，能听懂猫语的老人中田，在寻猫过程中杀死了拟似少年卡夫卡的父亲田村浩一的琼尼·沃克，并在星野青年的陪同下寻找到"入口石"后安然死去。我们真的搞不懂了，这样的情节究竟是东洋式的还是西洋式的？

我们当然还记得，在诺奖的领奖台上，川端康成《美丽的日本和我》的讲演，从道元禅师的"春花夏杜鹃，秋月冬雪寒"开白，讲68岁的垂垂老矣的良宽，邂逅29岁的尼姑的纯真之心；讲一休和尚的逢佛杀佛、逢祖杀祖的禅学精神；讲茶道的和敬清寂。大江健三郎《我在暧昧的日本》的讲演，从灾难性的二战开白，讲自己在四国的一片森林里度过了孩童时代；讲孤立的亚洲；讲川端的演讲是美丽的，但同时也是暧昧的；讲日本改宪军就是一种背叛行为。一个讲美的日本，一个讲暧昧的日本。其根源性都在本土。

遭遇砍首与流血的也应该有小说家

实际上小说家不是光环，而是一种职业。不是荣誉，而是一种职责。既然是一种职业,那尽职就是对小说家的基本要求。那什么是小说家的尽职呢?什么是每年入围诺奖的小说家的尽职呢?在我看来那至少应该像战地记者那样出生入死才是。再说白点,遭遇砍首与流血的不应该仅仅是记者,而应该也有小说家才是。不必说在阿富汗,不必说在伊拉克,不必说在利比亚,不必说在叙利亚,我们没有看到过有关村上在这些国家取材和体验生活的报道。问题是在自己的本国,在核泄漏的"死亡之地"——福岛,在海啸最严重的岩手县,我们也没有看到过村上活动的身影。大地震的两年后,村上没有交出这场天灾与人祸、毁灭与新生的全景式的纪实文学,而是交出了没有色彩的多崎作和他的巡礼之年,这就令人哭笑不得了。

缺乏对社会事件和公共事务关注的一个结果,就是在小说创作上也少有突破。《没有色彩》这部小说实际上采用的仍是"我"之前的一贯写法。至于孤独啦,苦闷啦,重生啦,以及所透出的生存理念,甚至那些梦魇,那些做爱场面,都是曾相识的段子。这种凭借年轻时一泻千里的写作方法,在激情与体力大不如前的今天就难以支撑。其实有一个样板是宫崎骏,快近80岁了他还在突破。如《风起》这部动画影视就将"零式战机"与少年梦相连,与战争相连。虽然引发争议,但争议的本身也是衡量一个作家、艺术家是否敢于突破以及良知界点的指数。

一个将自己前辈作家的作品,将自己国家的文化视为"很无趣,很无聊"的人,他再1Q84,再卡夫卡,再舞舞舞,再是编出"坦率的,优美的,优雅的,有说服力的句子",又能改变什么震撼什么警示什么？于世于人于己又有何义？最多只能满足消费时代的消费心理而已，就像女孩都喜欢拥有一只LV一样。甚至更像灯红酒绿的性消费："多崎作一边默默地啜着淡淡的掺水威士忌，脑海中悄悄地回想起把沙罗身着的连衣裙脱去的情景。解开搭扣，轻轻滑下拉链。虽然只试过一次，但与沙罗的做爱舒服而满足。"确实我们读村上的小说，也有这样的"舒服而满足"。

2009年2月，村上获得"耶路撒冷奖文学奖"。好不容易有一个参与国际事务的机会，但村上的处理也是够糟糕的。他一边拿着以色列官方颁发的大奖，一边骂着以色列政府对待巴勒斯坦人的方式，并发出了非常私人的讯息："在一堵坚硬的高墙和一只撞向它的蛋之间，我会永远站在蛋这一边。"他说这句话将刻在他"心灵深处的墙上"。这就令人想起已经久远的"高大全"的形象了。村上似乎也一下子"高大上"起来了。但问题是，如果人人都站在鸡蛋这边，鸡蛋不也就成了高大且坚硬的"墙"？再说，鸡蛋也不都是个个清爽、粒粒分明的。不是还有臭鸡蛋吗？臭鸡蛋袭人，有时比橡皮子弹还厉害。看来，村上也有文人的误区：总以为万事都有个等着你的逻辑。殊不知逻辑也像河川一样，也是可以倒流的。

村上的特色究竟何在？

确实从转换角度来看，村上春树恐怕写情色写不过渡边淳一，写推理写不过东野圭吾，写反战写不过大江健三郎，写日本美写不过川端康成，写自虐写不过三岛由纪夫，写宗教迫害写不过远藤周作，写婚外恋的细腻程度甚至不及林真理子。而要论及写社会题材，那就更远离山崎丰子了——这位日本社会的良心，在1963年发表《白色巨塔》，揭露日本医院的黑幕；1973年发表《华丽一族》，写日本金融界人欲和金钱的纠结；1999年发表《不沉的太阳》，揭露日本航空界的秘辛。到了84岁高龄她还在写《命运之人》（2009年），以冲绳归还和日美密约为背景，展现新闻人对真相的追求和对社会正义的坚持。

如此说来，村上的特色何在？问题就在这里。他的庞大的作品群能一言以蔽之吗？很困难。有人说写青春村上无敌手，他是青春的旗手。是吗？就是写找寻不到精神归宿而彷徨的而忧郁的青年？这是村上的特长？遗憾的是这又没有超越青春小说的祖始、属于战前的森鸥外的《舞女》，也没有超越属于战后的野间宏的《阴暗的图画》。甚至也很难超越与村上春树同时代的，同样毕业于早稻田大学的作家立松和平的作品《光雨》《远雷》等。这就令人困惑了。凭什么日本第三位诺贝尔文学奖获得者就一定是村上呢？拼发行数量？拼畅销与流行？哈哈，正是在发行量上，村上也不是一定占优。

如东野圭吾的《疾风圆舞曲》在2012年11月发行，仅一个半月之后便译成韩文并上市，这比村上的任何作品都要快。这本围绕埋藏在滑雪场里的生化武器展开的推理小说，在日本的发行量超过100万册。当然，根据日本出版贩卖株式会社的数据，2013

年毫无悬念的头号畅销书是村上春树的《没有色彩的多崎作和他的巡礼之年》，销量达105万册。但这是单行本（精装本）的销量，如果看文库榜单（平装口袋本），百田尚树其实远超村上，《永远的零》卖到了350万册。第二名是东野圭吾，第三名是池井户润（电视剧《半泽直树》原作者）。而2011年日本文库作家畅销榜，第一位是东野圭吾6 239 514册。村上春树是第十位，1 070 200册。刚进前十。再往前看，山崎丰子在1999年发表《不沉的太阳》，销量超过650万册。再看夏目漱石的《心》和太宰治的《人间失格》，自从新潮社在1952年发行文库本到2005年为止，印刷量都超过了600万部。

当然还有傲人的村上文体。所谓村上文体，就是指文字与构思轻盈流畅，少有战后日本荫翳沉重的文字气息。但这实际上也是现代日本作家们共同的一个趋向。如东野圭吾的文体，林真理子的文体，山田咏美的文体，村上龙的文体，也都轻快随意，很是透明。

环的乳房大，青豆的乳房小

村上自己也直言大多数日本书评人和作家都不喜欢他，"我就像永远的丑小鸭，绝对变不了天鹅。"当然这是他的问题意识。日本人最在意的就是周遭投来的眼光，从这点来说村上也并没有脱俗。致命的是村上不作回廊式的反省，也就是说为什么这么多专业人士都不喜欢自己呢？自己的问题究竟在哪里？他反而将这种"抛弃"和"排斥"理解为是自己与日本文坛在玩"不同的游戏","两者非常相似,但规则不同、工具不同、场地不同,就像网球和壁球一样"。实际上这就是托词了。

何谓不同的游戏?何谓像网球和壁球一样?以小说作游戏来消遣,那读者掏钱买书就是买你的消遣?那这与花钱在扒金库打弹珠消遣有何不同?网球也好,壁球也好,但首先是可以击打的球,这是它们的共性。那小说的共性是什么呢?是不是就如康德所言的美学上的悲凉与崇高,在悲凉与崇高的先验框架中,将日常将人性将善恶将美丑,总之将周遭的一切用文学的语言加以描述,这是不是就是小说的最基本功用?康德的"头上的星空"与"心中的道德律"是不是就是小说创造的魂与灵?可惜,村上在小说中明显地丢弃了这个魂与灵,或者干脆说魂与灵从一开始就没有在村上身上附体。这是村上的致命伤。他的同僚们显然看出了这点,所以与他渐行渐远。

三岛由纪夫说自己既当死因徒,又当刽子手。作家不能摆脱作品世界而存活,所以他的切腹也是与追求毁灭、男性、美等关键词相连。川端康成说一切艺术的奥秘就在"临终之眼"。入佛界易,进魔界难。在生—死—生这个问题上,企图通过魔界达到佛界。所以他的自杀,就是对艺术奥秘的一个清算。而这些倾向我们在村上身上难以寻觅。歌德说过主宰世界要有三个要素:智慧、光辉和力量。但我们在村上的小说中看不到这三要素。我们看到的留下印象的只是青豆和环在同一张床上。在夏季的傍晚,二人脱去衣服,凝视、抚摸、亲吻……环的乳房大,青豆的乳房小。仅此而已。

说大一点就是文明史的灾难了

最后，不可绕过的一个问题依然是：村上春树最终能如愿吗？

我看最终能如愿。或许就在今年，或许再等若干年。

但是，这里要留意的是，这个如愿并不是从小说本体论出发，而是从因为年年入围、年年超热、年年擦肩而过、搞得诺委们也有点不好意思的心向出发的。为了让东亚那么多的粉丝不至于降低对诺奖的关注度，为了给为数不多的英语国家的粉丝一个惊喜，从这个意义上说诺奖也要给村上一次。这也就是说不是内在的而是外在的原因，不是村上的原因而是诺奖本身的原因，村上将能如愿一次，粉丝们也能如愿一次，博彩公司也能如愿一次。年年期望，年年守候，那么诺委们能做的就是不得不接受一个乖巧的"上帝"。况且这些年来诺奖也确实在外部打压和内部再均衡中，变得市侩、圆滑和狡黠。但不管结局如何，对村上作品一贯持批评态度的小森阳一，在去年说过这样一句话：正是在村上春树没有获得诺贝尔文学奖的结果中，我看到了对于文学的良知和正常的感受性依然是存在的。

2013年10月诺奖揭晓后，新宿的一家书店在店堂里打出条幅，上面写着："这个世界上还没有与村上春树相对应的文学奖。"这是在安慰村上的粉丝还是在安慰村上本人？如果是在安慰村上的粉丝，那就是阅读的天灾；如果是在安慰村上本人，那就是创作的人祸。那么今年10月,这家书店将怎样打条幅呢?是不是还会再出现"天灾"与"人祸"的雷语?但不管怎么说,笔者也算是个村上粉丝,也几乎每本书必读。可不,2014年4月出版的村上短篇集《没有女人的男人们》也刚读毕。尽管六篇中只有三篇还具可读性,但我也知道有限性本身并不是罪,因为它是一切存在物的构成要素。问题在于如果将有限性人为地扩展成无限性,那就是文化的灾难了,说得再大一点就是文明史的灾难了。

2014.10.6

当人生没有出口,村上春树会疯吗?

明天的前天,是前天的明天

一切又都是那么的熟悉。村上语境,村上文体,村上构思,村上孤独,村上绝望,甚至是村上式的死。长篇写累了,写烦了,那么就来点轻松的短篇?就像刚做完爱,坐在远处星月低沉的窗前,轻轻晃动着手中的酒杯,凝视着白兰地的色泽,一嗅它的浓烈之味。但短篇就一定轻松吗?

时隔九年,村上春树在2014年3月推出短篇小说集《没有女人的男人们》,半年就卖掉50万册。中国翻译文化重镇上海译文出版社重夺村上的版权,将在2015年3月底推出由6名译者合译的中译本《没有女人的男人们》。

没有女人的男人们是个怎样的状态?是更快活还是更痛切,是更喜剧还是更悲剧?对没有女人的男人们来说,这个世界对他们意味着什么?村上说是意味着"与月亮的背面一样,无声无息"。而这"无声无息"又指向什么?显然是指向失去生命意志和生命气息的死。那么这里的问题是,是因为失去了女人而使男人们更孤独更凄凉而失去对生的意义,还是原本这个世界使得男人们孤独得更绝望,失真得更彻底从而失去女人呢?

这里的逻辑语境是,何谓先何谓后?如果是失去女人在先,是因为失去了女人而使得男人们无所适从,那么男人们大可不必如此绝望与绝断,因为男人们似乎从来不缺上床的对象。如果是孤独在先,绝望在先,是因为孤独与绝望而使得男人们失去了女人,失去了他们所依存的一切,那么这个世界将如何拯救男人们?或者说,还能依赖这个世界来救人吗?如是这样,村上的这部最新短篇集,就是一张最玄妙的概念唱片,用积淀岁月的留声机,放出嘶嘶哑哑的返回人之初的乐声。就像在自驾车里流淌着披头士的《昨天》。而昨天是什么?村上说是明天的前天,是前天的明天。

什么是村上元素?

对村上存有争议与喜欢读村上的书,构成了近年来读书界的"村上现象"。而村上现象则是由"村上元素"构成的。那么,什么是村上元素?或者说,村上小说的最大看点是什么?

在笔者看来可概括成两个字:疗伤。

疗什么伤,就是疗现代人的疲惫,慵懒,无聊,彷徨,空虚,妄为,孤独,悲哀,焦虑之伤。用什么疗伤?充满霉味的小旅馆,死掉歌手的唱片,冰冷的大杯啤酒,敲得你心烦的爵士乐,做爱,深入进去的温暖,自慰的液体状,同性抚摸,外来语，没有名字的主角，死亡，而且是接二连三的死，莫名的死。生命的感觉除了荒谬还是荒谬。但这一切通过人和事，在村上的笔下，又竟然是如此的透明如画，清澈如水，说不出的贴合与慰藉。这就令读者有一种"只有那风景，不断地在我脑海中浮现，执拗地踢着我脑中的某一个部分"（引自《挪威的森林》）的感觉。而生命的死亡在村上的笔下也失去了凄美。那种日式的樱花凋谢所带来的凄美之感，在村上那里难以寻觅。生命在消耗中完成死，而且这个死随时随地都会发生。

告别了武士样式的死，迎来了幻灭的绝望之死。这就像2013年4月出版的长篇小说《没有色彩的多崎作和他的巡礼之年》的开首句："从大学二年级的7月到第二年1月间，多崎作几乎只想着死这一件事。"这就与川端康成的长篇小说《雪国》的开首句"穿过县界长长的隧道，便是雪国"完全不同。因为想到了死，而且是最具青春年华的年轻人，竟然每天也在思考死这件事，可见现代人病得不轻，可见现代人需要疗伤。而疗伤的目的是为了在死亡线上救人。因此，疗伤的自觉，成了村上理性的自觉。村上自以为用他的笔，能告诉人们一个观念的真：要成长，伤痛就得大一些，伤口就得深一些。

于是，在以往村上的小说中，有了这样既怪异又新颖的描述：如在做爱前还在阅读康德的《纯粹理性批判》，还在谈论康德的"出类拔萃"。而进入的那种"软乎乎"的感觉还不如读康德的感觉来得爽（参阅《1973年的弹子球》）。这个看似糟透的细节，实际上就是作者看似糟透了的心理暗示：万物都是乖戾的。于是从卫生间的窗口看一轮秋月，就像从厕所看富士山一样的猥琐，"任何东西都好像没有价值没有意义没有方向"。他在过去的一个短篇里写"我"在割草的过程中有几次阴茎勃起，而且还"挺硬的"，但并没有发生对女主人的性侵之事。用一堆无用的感觉，用一种乖戾的失意，表现出一种村上式的无聊：一种失去实感的无聊，一种将实感被虚无所占领的无聊。这就是现代人的都市感受性？这就是现代人的精神背向？所以在村上看来，现代人需要接受疗伤。他虽然没有自称自己是疗伤大师，但他说过"洗去汗斑冲掉污垢，使其一丝不挂，然后再排列好抛出去"的话，说明他心中还是有一个"雪云散尽，阳光普照"的世界。

疗伤不再是村上主题

如果说疗伤是村上一以贯之、挥之不去的恒定主题的话，那么在《没有女人的男人们》这部短篇集里，我们惊讶地发现，疗伤不再是村上主题。这个转向在令我们惊讶的同时，也为村上本人注入新的元素。

在短篇集的小说《独立器官》中，村上借52岁的美容师渡会之口不断追问"自己"究竟为何物？"我"究竟为何物？当然是没有答案。也不会有答案。但村上的追问也表明了一种转向。他用"活死人"的概念，引出所谓的"我"所谓的"自己"是否就是"一个真正的不得不埋于地下，绝食变成木乃伊，但由于不能抖落尘世烦恼，不能彻底变成木乃伊，故又爬出地面来"的人？

也就是说，人一出世原本就是一具不得不埋于地下的木乃伊，但由于种种缘故，人又悄然地爬出地面，拒绝做木乃伊的命运。但不管你用怎样的方法逃离，最坏的还是会如期而至，命运还是会不动声色地碾压过你的头顶。

从疗伤到追问，自己再次确认自己的身份，周遭再次确认你的身份——这种现代语境下的身份认同，一旦遭遇"我"究竟为何物，再推而广之人究竟为何物时，当这一古老的哲学命题看似还有最终的诠释，看似还有"又一村"的美妙前景的时候，村上则毅然决然地把它推向了自己（任何人）都不能相助相救的深渊和峭壁。当然，村上绝不会傻乎乎地重复西西弗斯推石头上山的思路和行径，而是确信"失去"和"孤独"这两块巨石，终将会砸死人，砸死在这世界上所有的过路人。谁都不能幸免，谁都无法逃离。

在最新短篇集里，渡会死了，美丽性感的M死了，家福的妻子死了，木野没有死，但他最后放弃一切，来到自己更为迷茫的精神荒原，等于是行尸走肉。年纪轻轻的"二浪"（考大学二次落榜）木樽最后去了美国的科罗拉多州的丹佛做寿司，也是一种精神的死。羽原与不是太太、不是恋人、也不是情人的"山鲁佐德"一次次做爱，但每次做爱之后便讲一个故事的她，最后不明原因地消失了，当然也可理解为一种对这个世界的"不在"。

身在这样的世界，人的无力感将人推向了更为深刻更为绝望的失去和孤独。这里，失去使你加倍的孤独，孤独又使你快速地失去。在小说《昨天》中，村上写道："我也是每天晚上从圆形船窗眺望外面的冰做的满月。然而,没有人陪伴在我身边。我一直是孤单一人眺望它,没有能够和任何人分享那月亮的美丽与冰冷。"

在小说《驾驶我的车》中,家福在妻子病死时49岁。妻子除他以外的男人至少有4人。上床的是一起拍电影的演员,而且都比她小。家福不懂的是,自己深爱的妻子为什么要和别的男人上床?他一边在火葬场拾妻的遗骨,一边在无言中深思这个问题。在妻子去世后,他也碰过几个女人,但发现还是同妻子交欢时有那种"浑融无间的快慰"。后来他与高槻(与他妻子上床的一位演员)握手。但那手指曾抚摸过妻子的裸体,而且还是"缓缓地,不放过任何部位"。而高槻则对家福玩起说教:如果真要窥看他人,那么只能先深深地、直直地逼视自己。最后这两位男人久久地相互对视,并且在对方的眸子里发现了"遥远的恒星般的光点"。

这里引起我们兴趣的是,一个一言不发、莫名其妙地被突然袭击,被突然抛弃,被突然受辱的人,在其眸子里为什么还有"遥远的恒星般的光点"?家福的妻子为什么偏偏患了子宫癌?村上想暗示什么?家福为什么又认定与自己的妻子上床的那位男人并"没有恶意"?高槻为什么还有相当底气说出首先要深深地,直直地逼视自己?究竟哪里出了问题?是体内细胞在当代的变异?还是肉体的节奏在体内发生了某种颠倒?显然,无论是细胞的变异还是节奏的颠倒,都不是疗伤所能解决的。这里,疗伤不再具有任何的积极意义。因为疗伤并不能回答这么一个简单的问题:"但你太太为什么和那个人上床,为什么非是那个人不可?"这个问题是家福的个人女司机渡利提出的。最终家福失去了一切。最后连他本人所剩的那么一点点意志都被"大浪连根卷走"。

孤独不再是找个夜店的消解

作为小说家的村上,还是最终放弃了先前颇有信心的自我疗伤的"挖洞"作业,那么剩下的一个问题是:现代人在最终意义上还有被救赎的可能吗?用村上的话语说,即便想要砍断被缆绳拴住的两艘小船,但能觅到可以"砍断缆绳的刀具"吗?

问题的可怕之处在于,村上在这部小说集里,给我们描绘了一幅岌岌可危的没有明亮未来的生命体验图景。也就是说,人只能继续而且程度不断加深地迷失在因无法分辨而不得不失去一切的漫漫长夜里。

木野是小说《木野》的主人公。当他出差提前一天回来,目睹了他的妻子与一个男人在床上。戏剧性还在于这位男人还是木野的同僚,且是最知心的好友。善于写交欢场面的村上,将景色置换成木野一开门正好与妻子照面,他看到了妻子那"漂亮的乳房在上下剧烈地颤动"。问题是木野没有尴尬,没有发怒,当然更没有发生斗殴,而是背着还没有来得及卸下的旅行包,永远地离开了这个家。第二天,向公司提交了辞职信。不久,开了家小酒吧,但并不是借酒消愁,而是要将自己孤与独。当然需要有个猫，而且必须是野猫。后来在酒吧邂逅一位女常客，有一天与他上了床。在床上，这位女人拉着木野的手，引向被烟头烫伤的身体，并让他一处一处地触摸所有的疤痕。从乳头到性器间，疤痕就像用铅笔绘成的一个图形。这个图形暗示什么，没有人知道。木野当然无法理解性行为中变态男人的心理，更无法理解能忍受如此痛楚的女人心理。在木野的眼里，这一切有如"不毛的荒疏行星上才有的光景"。

妻子和同僚睡，但木野就是涌动不起愤怒和仇恨。这是因为不能令人幸福，甚至也不能使自己幸福的人，不应该有也不会有疼痛与愤怒、失望与看破的感觉？这里，村上是否在反刍这么一个问题：自己（人）一旦失去了深度和重度，妻子即便与他人睡了，也是"没有办法的事"？这个世界就是被冷冷的秋雨所浸濡的世界？你听，还有人在不断地"咚咚""咚咚"敲打着玻璃窗，试图将人诱入到更为深幽的暗黑迷宫，使你失去一切。最后村上借木野之口自语道："没错，我受伤了，而且伤得很深。"实际上这里暗示的是在这个世界上存活的生命体都受伤了，而且伤得还不轻。如木野的妻子，与木野妻子上床的同僚，被人用烟头烫伤的女客人，神秘兮兮的神田，还有那位与神田有关联的姨妈。甚至还有那只不知去向的灰色流浪猫，还有那多次出现的令人生疑的浅褐色的蛇。在这个世界上，只要是生物体无一能幸免。

点题篇《没有女人的男人们》中，"我"被深更半夜的电话铃声吵醒，一个男子用很低的声音向我宣告：她死了。自杀。她是谁？原来她14岁的时候是我14岁时的恋人。都是情窦初开，邂逅相逢的年龄。以致当时只要"西风"一起，我就会勃起。这位女孩后来"水手"无数。再后来离开了我。那么这位男人（她的丈夫）为什么要在深夜将这个消息首先通知我？是知道我和她的过去？或者她已向她的丈夫坦言过我的性器形状漂亮？因为当年"在下午的床上，她常常欣赏我的阴茎"。为了对我的阴茎表示敬意，她的丈夫才给我打电话？或者，她说出了自己当年在中学的教室里给了我半块橡皮？就为这个，她的丈夫记忆至今，嫉妒至今？因为她的丈夫也知道，她即便有装满两车的"水手"，都不及这半块橡皮来得令人惊心。

渡会是《独立器官》中的人物。这位52岁的美容院经营者，笃行铁杆独身主义。但身边不缺女人，更不缺已婚女子和有男友的女子。他优雅且有教养地幽会于无数女人之间。被他拥抱的女人，也被其他男人拥抱，这个事实并不能给他带来嫉妒。一旦对方流露出结婚意向，他便得体地闪身而退。他的秘书后藤为他打理一切，包括女人的生理期什么时候来，都悉数掌握，以便错开安排，避免尴尬。但就是这位情场老手，生来第一次陷入情网，一个比他小16岁的有夫之妇，将他彻底逼入绝境。但这位有夫之妇最终没有倒向他，也没有跟定自己的丈夫，而是去了第三个男人那里。这位美容师最后不吃不喝，让自己衰竭而死。为谁而死？为这位情妇？为自己的被耍骗？都不是。是为自己不知究竟为何物而死？是为自己不知人的个体生命体验究竟是什么而死？渡会临死前得出一个惊人的见解："为了编织谎言，所有的女性都天生地装置着类似特别的独立器官的东西。"她们在大小事情上都随意驱动谎言的装置，而且可以做得"面不改色，声不变音"。这个揭示，就是将人彻底边缘化和无救化了。因为即便再疗伤，也不能将天生的独立器官加以生物的变异。

所以如果说村上在2000年出版的《神的孩子全跳舞》的短篇集中，还在苦苦寻求一度深受伤害的心灵如何再获新生的话，如果说那时的村上还悲天悯人地将答案压在温情和爱心下的话，如果说那时的村上还坚信要生存下去便只能不停地"跳舞"的话，那么，在13年后的《没有女人的男人们》短篇集中，村上则宣布将放弃这种执着，并将这种寻求视为一种无用和无聊。这说明村上对寻求本身产生了绝望。在他看来之所以任何的寻求都毫无意义，则在于意义本身已经失去了意义，或者更干脆地说意义那玩意儿原本就不存在。在《昨天》中，木樽将自己的女友硬性地介绍给在早稻田大学文学部读二年级的"我"，还美其名曰为"文化交流"。第二天木樽还向"我"追问：你们接吻了没有？在《驾驶我的车》中，家福和与他的妻子上过床的高槻喝酒交朋友，而表现出真诚与善意的反倒是高槻，充满恶意与虚伪的反倒是家福。这种心向与逻辑的颠倒，正是现代人朝向孤独的反面而行的一个有力佐证。也就是说孤独不再是一般的寂寞，不再是找个夜店消解一下的欲望，甚至孤独不再是一段孤守的时光。离谱，反常，怪异，闻所未闻，日常的非日常化，这些都是现代语境下的孤独文本，或者说这些都是村上笔下的无救无助的孤独之人。也就是说，一旦变成没有女人的男人们，其孤独的色彩就会深深浸染你的身体，"犹如滴落在浅色地毯上的红葡萄酒的污点"。

村上就是东洋的尼采？

阅读村上的《没有女人的男人们》，不知怎的总令笔者想起尼采的《查拉图斯特拉如是说》。尼采这本书的副标题是"为一切人又不为任何人所作的书"。书中有段写道：一天早晨，查拉图斯特拉面对着黎明的太阳，这样说道：看啊。我像积蜜太多的蜜蜂一样，我已经厌倦了我的智慧；我需要一双伸出来领受这智慧的手。我想要将它送出去。对于人们而言，我也只是介于丑角与尸体之间。

在走钢丝表演之前，查拉图斯特拉曾面向观众说：我教给你们怎样超越人，人类是必须被克服的东西。但是，查拉图斯特拉被观众嘲笑与敌视。这让他真正体会到，我依旧是在小丑与死尸的夹缝中挣扎的角色。查拉图斯特拉追问：你是那个能挣脱桎梏的人吗？你追求什么呢？是自由吗？但你一旦获得解放，你的最后一点价值也就会跟着丧失。

而村上的《没有女人的男人们》，是否也是"为一切人又不为任何人所作的书"呢？村上通过没有女人的男人，表明人生活在这个神秘、与现实疏离的世界，是多么的无力与无重，人甚至对奇幻的现实都无法奋力反抗一下。于是只能像《山鲁佐德》中的"她"一样，讲述着一个又一个没有发生没有结果的故事。重复着一千零一夜。跟不是自己丈夫的男人做爱，这样的日子并不难维系，这样的平静生活也不难保持，但前提条件就是一个：只要你愿意。

毫无疑问，小说中的她与他，都被抛入了一个荒凉的空间，一个如冰的世界。如果你一旦不想维系这种生活，一旦不想保持这种平静，事情就会像查拉图斯特拉所说，你的最后一点价值也就会跟着丧失。这从逻辑上说确实是荒谬的。但一切与所有本身都是荒谬的。寻觅者往往迷失自己。孤独中孕育的往往是罪恶的源头。而且还必须记住这一条：灵魂比肉体死得快。

这样来看，村上当然有他的深刻性，当然有他的高度。这个深刻性，这个高度就是当人们追问《没有女人的男人们》意义何在的时候，也就是在追问《查拉图斯特拉如是说》意义何在。而村上所要表明的不也就是人生有入口、但难有出口这一主题吗？这恰恰也是逼疯尼采的一个主题。从这个意义上说，村上亦如东洋的尼采。或者，村上就是东洋的尼采。

但留下一个问题是：村上会疯吗？

2015.03.12

村上和他的提问者：网上的惊世骇俗

点击率超过1亿的网上交流

世界在原地踏步
甚至走上了回头之路
然而
发条鸟依旧不知所踪

这是网站上被人们所喜欢的几行文字。尤其在论及村上春树的时候，人们都喜欢借用其来表述"不知所踪"。诸如世界的不确定性啦；情感论的非情感论啦；过夜之后的茫然若失啦；还有那位宣称所有女人都是独立器官的53岁男人，是否死于非命啦；甚至在食用完奶酪黄瓜三明治，仍然不知道世界的尽头冷酷仙境为何味啦。

但是这一回，这只发条鸟的踪迹终于变得清晰，变得明快，变得激昂。2015年1月15日下午3点开始，65岁的小说家村上春树重开与读者的网上交流。接受提问至1月31日结束的17天，共收到37 465封信件，其中2530封是用14个国家的语言写成的。1月16日村上开始回复信件至5月13日结束。他从37 465封信件中回复了3716封信件。总天数为17周119日的网上互动，其点击率超过1亿，最终用户数达234万。

村上的回复换算成字数大约有几百万，过目的信件字数大约有上千万。这恐怕是有史以来没有其他小说家做过的事，村上做了。是着眼于什么？是为下一部长篇的预热还是今年10月又要启动的诺奖？或者是为自己的创作活动做个总结而暂时搁笔？而这次活动的主办者新潮社，则在回复的3716封信件中精选了473个问答编辑成书。书名为《村上之家》，于7月24日在日本各大书店首发，并同时推出3716问答完整收录的电子版。

不太鲜明的天堂远景图

从话题看，提问可谓是五花八门，村上的回答也是尽可能地放平自己，不伪装感情，用其一贯的构思小说的思路和小说的语言，将提问时空化和逍遥化，并在时空化和逍遥化中将一种无奈和无聊化作且听风吟。当然这绝不是东野圭吾《解忧杂货店》中的"没错，就是这样"的"平行宇宙"的人生问答。

你看，一位34岁的主妇想探寻天堂的模样，问如果不相信有死后世界的话，那么人死后将魂归何处？村上当然不相信有天堂之说，他的小说死人不少，但都没有天堂的展现。于是他只能说：人死了之后，就是好好地睡觉。天堂也好地狱也好，都不会有夜总会。不想被谁打扰,只想静静地入睡。这种感觉就如有时想吃油炸牡蛎。而我们知道,牡蛎对村上而言,则是带有一种古生物般的味道,有飞跃原生林、俯视苍凉的地表之感觉。问题是在回答一位40多岁的女人提问时,村上又说人生最后想听的曲子是巴赫的G弦上的咏叹调或者是比约克的新世界,其理由是感觉听了能上天堂。看来在村上的魂绕之处,还是有一幅隐隐约约不太鲜明的天堂远景图。

一位38岁的处女提问:我在20多岁时交往了一位男性,但很快分手。30岁时身体变得无法行动,现在体力差得连恋爱也谈不成了。38岁还是处女,眼看都要绝经了,却还没有做过一次爱。感到人生就要结束了,我不知道要怎样接受这样的自己。村上的回答带有本体论色彩:人活下去这件事本身就是一件很大的成就。近来尤其觉得如此。根本不存在"普通的人生"这种东西。就算和很多人做过爱,又如何?最终还是落得寂寞的人大有人在。这就令我们想起村上《1973年的弹子球》小说里男主角和双胞胎女子的性爱。双胞胎没有名字,只能以运动衫上的数字208和209来加以辨认。男主角只知道进入的"温暖",但温暖过后还是寂寞。"你们走了,我觉得非常寂寞。""我们也是呀。""但还是要走吧。"这里,走是本体,故寂寞也是本体。所以如果有所谓村上式性爱的话,其本质就是寂寞,翻云覆雨后的寂寞。从这个意义上说,38岁处女又如何?上床男人一大堆又如何?

有趣的是一位36岁搞零售业的处男,要村上谈谈对于没有性经验的男人是个怎样的看法。这位提问者说，你的作品里的主角没有不做爱的。这仿佛表明人到了一定年纪还没有性经验的话，就"太不像话了"，所以阅读后总是很难受。村上对此回复道：作为小说家，把性这种东西当作灵魂与灵魂互相连接的通路来描写很重要。小说家的责任，正是要认可和尊重所有读者的个性。有人可能有"村上就是这样的家伙啊"的想法，那就请怀着这样的心情，轻松地读我的书吧。

完全的勃起究竟是个怎样的状态？

一位38岁的女性公司职员问：人为什么不能杀人？当然知道不能杀人，但就是不知为什么，其明确的理由我至今没有找到。虽然年岁在增长，但对这个问题还是不能回答。村上的回答很有意思。他举出与自己对过话且颇具默契的心理学家、心疗医师河合隼雄的话说，人在心与肉之间存有魂。人如果做错事了，其魂就会遭到破损，或者说遭到腐蚀。村上说"不能杀人是否就是因为这方面的原因"？不能杀人是因为魂的存在？换句话说，无魂者才杀人？或者说，是杀了人才成为无魂者的？这之间究竟谁为先谁为后？村上并没有给出更多的说法。这就令笔者想起河合隼雄说过的这样一段话：有人通过杀人才能治愈自己，这类人是非常可怜的。跟这类人相谈就是我们的工作。我们会跟他一起寻找，有没有既能让社会接受，又能表达自己的方式呢？这里河合究竟是用杀魂术还是用解魂术呢？不得而知，但能知道的是有相谈者这样说过,我见到河合先生后,最不幸的就是没办法自杀了。

一位35岁的男性摄影师这样挑拨话题:最近避孕套太厉害了,基本上就和没戴一样的感觉。日本的技术真是炸裂啊。问村上有何感觉?村上也圆滑地说:我之前在事务所说起什么的时候,曾举例表述总觉得现在摸不着头脑,就说"好像戴着两层避孕套做爱似的"。我的女助手在旁歪着脑袋想了好一会儿说,"那个,春树先生,那实际上到底是种什么感觉,我是不知道的。"哈哈,你看,女助手成了木星人,村上想在木星上用一下日本最具科技含量的避孕套。

还有更异怪的问题。一位31岁的女性问:完全的勃起究竟是个怎样的状态?小说中常有描述,但我是女性只能想象。是不是像钟表的指针那样,咕噜咕噜的回转状态?村上则奉劝她:请不要执着于这样的想象。可以明确的是,勃起并不是像钟表的指针那样咕噜咕噜状态,并反问那位女性:你是从哪里获得想象装置的?

诺奖又不是赌马

在提问是女性恶还是男性恶的问题时,村上这样认为,有恶妻的说法,但没有恶夫的说法。是男人比女人更恶,是男人比女人更具致死性?可以这样理解。但如果说男人的恶是坚硬的地壳般的东西,那么女人的恶接近流动的熔岩状。前者是意图性的,后者是本能性的。

　　这就令人想起村上短篇集《没有女人的男人们》中的《独立器官》中的一段话："为了编织谎言，几乎所有的女性都天生地装置着类似特别的独立器官的东西。为了编织谎言，几乎所有的女性都是面不改色，声不变音。之所以这样，是因为那个时候的她并不是她，而是她身上装置的独立器官随意地驱动了起来。"这是否就是村上的女性观？不得而知。但是对突然有可爱性感气质绝佳的双胞胎美女来造访这件事，村上则认为自己并没有这个福气，因此会怀疑是美人计，是陷阱。从这个意义上说，村上对女人的忠诚度存疑恐怕是个事实。

　　当然也有形而上的问题。一位26岁的男性公务员问活的意义何在？村上的回答令人吃惊。他说死了以后再思考，这就是我的回答。还活着的时候，是怎么也看不清楚生的意义的。死了以后再慢慢考虑吧，这也不迟。这里，笔者将村上的回答归纳为"村上意义"。何谓村上意义？也就是说死虽然像有人绕到背后悄悄地把电源切掉一样简单，但生的本身则是个等死（准备死）的过程。这个过程是否就是为"下一阶段"的生？是否就是新生的开始？如是这样，等死是否就是生的一部分，它与生为同格？如是这样，存活的意义是否就是好好地准备死？是否就如同《挪威的森林》中所说，死并非是生的对立面，而是作为生的一部分永存？或者就如同西方哲学中的一句名言：哲学不是别的，只是准备死。这就与我们的人生观教育大不相同。在德育课上如果有学生问：老师，人为什么活着？老师说，等你死了以后再思考吧。

那么这位老师可能会面临下岗的危险。

平时一向不善袒露自己的村上，其另一面始终是万千读者和粉丝的一个谜。而这次网上互动，使我们有机会窥视到了村上鲜为人知的另一面，读来令人生趣。如他也有没读完的名著《追忆似水年华》《亚历山大四重奏》等一大堆，坦诚恐怕难以完成了；想写非纪实作品，但准备量太大而生畏；承认自己的偏好有点怪，基本不向别人推荐什么，但《绝命毒师》这部美剧是个例外；说自己20多岁的时候很消沉，与交往的女孩分手，孤独又不安；他首次披露自己有很多同性恋朋友，说自己是同性恋的赞成派；他经常穿粗呢外套，其品牌有保罗·史密斯和汤米·希尔菲戈的；在他的眼里，绝无仅有的美味是在苏格兰艾雷岛捕获的鲜活小牡蛎，浇上艾雷的单一纯麦威士忌，然后"嗖"地一口入嘴；他说小说家是他的本职工作，就像是执脱鞘之刃奋勇砍杀的战场；他怀念的人包括乔布斯，说他还活着的话，雨伞的进化就可拜托给他了；他说他的临终曲想听草原上风吹过的声音；他说现在唯一的奢侈就是买画，用因为自己还活着的理由去保管它，欣赏它；他也常到神保町买旧书，图书馆也借书，只是想在保留一本的情况下才去买新书；就其建筑，他说他喜欢京都的诗仙堂，一个人静坐，眺望落寂的庭园；喝啤酒下酒菜是藕切成薄片放醋浸泡，油锅稍炸一下即可；人生的最后晚餐想吃烧锅面，一个人，一边读着日刊体育报一边呼呼地吃面条；最后的辞世句[①]

---

① 辞世句，日本的一种文学形式，人临死前咏诵的短型诗。

是养乐多（棒球队）在最后之日也是输；他绝对不想做的职业是外科医生，说用钢钻将人的脑袋钻个洞，想来就手发抖；他说作品完成的瞬间如同做爱一样，完事了也就完事了；他现在用ipod听朗读，才对太宰治的小说有感觉；他说自己是用"斑纹"构成的，内心还有很多孩子的成分；他在开车看电影看棒球赛的时候戴眼镜，但不是老花镜，也不戴无形眼镜；谈到友情，他说友情要在彼此还活着的时候常保温存；他对每年陪跑诺贝尔奖感到困扰，说这又不是赌马；他的厨房手艺是将卷心菜切成极致的细丝……

被人舔舐是一件愉快的事情

当然了，村上还透露自己正在读1997年死于中风的美国人朱利安·杰恩斯的名著《诸神的沉默——意识的诞生与文明的兴亡》。非常厚的一本书，多少次的阅读都有不同的理解。书的开头，杰恩斯设问：意识是自我本身，无所不包，但又什么都不是。它到底是什么？它来自哪里？它的意义何在？这可能对村上有启发，更对村上构成思考问题的发散点。所以当51岁的主妇问有没有想变个猫，村上能说想变个风，变个鱼卷，就是没想变个猫；所以有人问怎样让妻子不在我背后一个劲地打嗝时，村上能幽默地说打嗝总比放屁要好得多；所以当一位29岁的女性说好喜欢村上，村上能说太好了，让我们都能活得长久些；所以一位26岁的男性说妻子总是抚摸自己的乳头，我该怎么办时，村上能训诚道：这个问题还来问我？不应该反过来才是？

  这位写了大半辈子的小说家，其心灵深处有一种内在叙事的能力。他时常回首过去的美好时光，说以前经常给喜欢的女孩写信，把信装进信封，贴上邮票，拿着一直走到邮筒那里。那是非常美妙的事情，也是非常古老的故事。而现在的Line和Twitter倒是令人不快的东西，对我来说是没有必要的东西。从邮票到邮筒，由此联想到93版1000日元上的头像是夏目漱石。有人期待村上，问想上10000日元、5000日元还是1000日元？村上对此实话实说，他说他在意的是邮票，带有草莓味的邮票上有我的头像，被人们舔舐是一件很愉快的事情，但纸币谁去舔舐呢？非常的奇妙。这正如他在回答一位26岁的上海女性提问时，说自己就是一个"猫奴"，抚摸着柔软的猫肚子，就有一股幸福感。

  看来人之可爱，确如尼采所说，在于其过渡和没落。

2015.08.19

"8·15"日本战败日：历史的记忆与失忆

大江的记忆与村上的失忆

2013年7月，大江健三郎的小说《水死》出版中译本。在这部小说中，大江借助英国学者弗雷泽写的文化人类学巨著《金枝》里的杀王意象，隐喻人们必须杀死自己体内的"昭和精神"。

何为昭和精神呢？就是超国家主义精神。《水死》的主人公以二战即将结束之际去世的大江父亲为原型。故事讲述日本即将战败时，父亲接受青年军官的策谋，欲飞往帝都东京轰炸皇宫，炸死天皇以挽回战败投降的悲剧结局。但在一个洪水肆虐的夜晚，父亲携带"红色皮箱"，独自乘坐舢板顺流而下，却因翻船溺水身亡，那只红色皮箱后被警察送回。

这个故事情节当然是个隐喻，隐喻什么呢？原来，日本走向战争，走向战败，走向种种的社会危机，均来源于一个地方，来源于一个有着护城河围绕的一块方圆之地——皇宫。当然皇宫仅仅是空间的表征，但它还操纵着时间。奇妙的是它在操纵时间的同时，又在着实地控制着空间。能操纵时间控制空间的是种什么力量呢？或者说是种什么精神呢？大江说就是绝对天皇制。日本人只有奋起斩杀存留在日本人精神底层的这个无所不在、庞大无比的"王"，才能迎接给日本带来和平与安泰的民主主义这个"新王"。

大江在这里提出几个问题，日本虽然战败了，但是战争时期的昭和精神，也即是超国家主义的幽灵还在日本人心中游荡。大江在担心将来一旦听到"天皇陛下万岁"的口号（实际上安倍等人已经于去年4月在冲绳举办的"主权恢复日"的庆典上，高呼过了）再次响起，日本人是否还会疯狂地去杀人与自残？越想越觉得这个前景可怕。因此他写小说《水死》，就是要将超国家主义这个"幽灵之王"杀掉。

1969年8月，大江开始在《世界》杂志上连载《冲绳札记》。这本小册子后来在岩波书店出版，一路畅销了十多年。战争不仅仅是残酷、血腥、压榨、悲剧和荒谬的代名词。战争还必须和看似真实的谎言做斗争，还必须为了还原真实，与谎言做理性的厮杀。这是读《冲绳札记》最直觉的感受。因为在茫然地，或者黯然地思考"日本人是什么？能不能把自己变成不是那样的日本人？"这个问题的时候，有时会发出冷笑，连自己都讨厌的冷笑。

大江在《札记》里写道：

"某天凌晨，古坚氏突然死去。他生于冲绳、长于冲绳，他的死也清晰地昭示了冲绳。接到他死讯的那天凌晨，我想到自身的死亡问题,想到袭向友人的死有可能也正伺机袭向我,那如死亡的恐惧一样的恐惧、无力感、孤立感和悲观情绪扼住我的喉咙,让我不顾体面地流着泪水:在死亡来临之前,对日本人是什么,能不能把自己变成不是那样的日本人的日本人这样的命题,我能交出自己的答案吗?"

当今年的"8·15"再读这段文字的时候,又让人着实感到如何将战败日还原成祭日,还原成对"满洲事变"开始,到日本投降为止的15年中战死的250万日本人的祭日,这就是战后69年日本人意识形态总决战的最丰盛的成果。套用东京大学教授小森阳一的话说,"这确实是一个用意深远的政治谋略"。而东京大学的另一位学者高桥哲哉早在2005年就出版了《靖国问题》(筑摩书房)一书,将这个意识形态总决战概述成"情感的炼金术",通过号称具有"神格"的天皇对靖国神社的参拜,把250万死者的遗属的悲哀转化成看似沐浴着"神的光辉的喜悦"。从这一意义上说,靖国问题的逻辑从本质上说并不是为战死而悲痛,而是把对战死的悲痛如何巧妙地转换成欢乐,否则国家就无法在新的战争中动员国民上战场。这也是在每年8月15日的靖国神社里,总是看到游人如织的场景。约会的青年男女与出游的家庭,带着轻慢与轻松,喧腾着,笑闹着。而死者静默着,沉睡着,在阴湿的土壤里消解成无人知晓的无机物。有一些老兵还穿着当年的军服,神气活现地在阳光下拍照留念。有几个是为战死者而悲痛?更有几个是为受害者而悲痛?

在"追悼"与"彰显"之间,日本的政治家们总是在笨拙地玩弄历史情结与历史情感的游戏，他们总以为他们有他们的生死文化，他们有他们的传统物语，而一切的责难与批判都是非日本文化圈的人因误解而生。他们想不到的是揭穿这些谎言推翻这些不实之词的，恰恰是来自于他们体制内的"公知"。于是，"8·15"的战败日就成了公知们的记忆日，政客们的失忆日。对此大江说出了这样的话："我们新一代文学家须在可怕的孤独中进行暧昧的战斗。"

村上春树在2003年出版小说《海边的卡夫卡》。其背景是时任日本首相小泉纯一郎在2001年8月13日参拜靖国神社，这是他在位的第一次参拜。此时日本国内的民众和文化界沉浸在一种如何面对20世纪战争的历史迷惑中。于是，村上小说的寓意便是：或许是我杀了人，我却没有记忆（失忆），由此获得虚幻的精神慰藉。简而言之，村上作品中至关重要的关联性人物中田是一位在战争中失去记忆的人，是他在"失忆"的状态下杀死了卡夫卡的画家父亲（他乔装改扮成狂人琼尼·沃克）。相反，离家出走的卡夫卡没有杀人，却在梦境醒转之时发现衣服上沾有血迹并获知父亲被杀。

对此评论家小森阳一说，对《海边的卡夫卡》的解读其实无法脱离日本社会的现实语境，它包含了特定的隐喻。比如小说写一块入口石，这块入口石先保存在神社，后来又从神社搬了出来。主人公卡夫卡少年最后走进了死者的世界。在这个世界里主人公遇到了从日本军队里逃亡出来的士兵。这里显然的话语语境是，昭和天皇作为最高统帅者发动战争，而为天皇而死的士兵作为英灵被祭祀在靖国神社。但从战争中逃亡出来的士兵就无资格被视为英灵，所以只能在死者世界里徘徊。可见关于战争、天皇制等一些问题，在小说里都有所暗示。

小说中还出现了男性强奸女性的故事情节。小说把这种强奸归结为无奈之举，无形中也就等于将随军慰安妇问题归为无奈之举，这就迎合了当时一部分日本人的心理。因为《海边的卡夫卡》发表时，正好是日本关于历史教科书和慰安妇问题争论得最为激烈的时期（参阅《村上春树论——〈海边的卡夫卡〉精读》，平凡社，2006年）。当然不能就此说村上在反战的历史认识上有问题，不能说村上的那句"我永远站在鸡蛋这边"的信誓旦旦是伪善的，但通览他的几部重要作品，"集体失忆"确实是他的意识深层里喜欢玩弄的一个东西。

从《挪威的森林》到《1Q84》，从喜欢做爱的绿子到喜欢用针尖杀人的青豆，你能从她们的身上读出什么是"8·15"的信息吗？你能从她们的身上读出什么是战败吗？再推而广之，类似于村上小说的当代日本文学，从全体性上看都将战争意识放置于一个"集体失忆"的容器中。这就为当今日本社会越来越坚实地走向右倾保守的道路，有意无意地提供了一种集体逃避的方式或迎合大众的"媚俗"途径。这种"原风景"的丧失，使我们更加追忆一些早年有良知的日本作家。如活了100岁的女作家野上弥生子，在战后的1946年发表短篇小说《狐》，写一位知识分子不愿支持侵略战争而在乡村养狐。在小说中作者借主人公萩冈的口，说出了负罪意识：相信总有一天，日本要用同样多的鲜血偿还欠下中国的血债。

为什么日本人也嫌弃东条英机？

东条英机被日本人称为"东洋的希特勒"。但是他没有像希特勒那样干净地自决，这至少是他在日本没人气的理由之一。其实，1944年塞班一役，日本兵大败后，东条家就接到无数个要他切腹的电话。第二年的8月15日日本战败投降后，作为当时最高位的军人东条英机理应自杀，这是当时日本人的普遍想法。连美国人都这样想：我们接下来就盼等他早些切腹自杀。因为在担任陆军大臣时的东条英机，曾发布"战争训"说："被生擒做俘虏是军人的最大耻辱。"但他就是不自杀。

在战败后不久，东条英机委托医生在自己的心脏部位涂上黑墨。入浴消失后，自己再用墨笔涂上。看上去好像有了死的觉悟。但是快一个月了，东条英机还活得好好的。于是，在1945年9月11日，依据麦克阿瑟的指令，美军对东条英机发出了逮捕令。午后4时，美军抵达住宅。东条英机走进里屋，拔枪向心脏部位射击，但离心脏太远了。一个多小时后，医生赶来时，他还有意识。原来，东条英机根本没有自杀的念头，只想演戏给外界看看。

日本女学者崛江珠喜在《纯爱心中》（讲谈社，2006年）一书中说，东条英机作为近代军人，整天带着枪，即便不常使用，但射击方法不至于忘记吧。如要自杀，手枪在口腔中发射，这是军队的常识。她写道,东条英机被日本人嫌弃的一个最大理由,就是贪生怕死。他的三个儿子,一个也没有上战场。他的老婆胜子那种多嘴多舌的社交态度,也令人不快。她还想做"东美龄"。

这里,日本人加以对比的是,同是陆军大将,明治时期的乃木希典,他真有死的觉悟。日俄战争,日本人虽然胜利了,但在旅顺有6万人的伤亡,乃木希典是责任者。对遗族而言,他是"极恶人"。事实上,在旅顺开战最激烈的时候,日本国内要求乃木希典自杀或辞任或战死的信件就有数千份。回国后,乃木希典认为自己对死者负有道义责任,故对明治天皇提出了切腹的请求。1912年9月13日,在明治天皇大葬的夜晚,乃木希典和他的太太静子先后自刃。这与其说是随天皇而"殉死",还不如说是对日俄战争所承担的一种责任。

此外,乃木希典的两个儿子胜典和保典都在日俄战争中丧身。况且在胜典战死不久,保典好不容易被任命为后方的卫兵长,但他坚决要求上前线,结果战死沙场。乃木家后续已无香火。两个儿子的死也多少挽回了他的一些声誉。这也是日本人仍把乃木希典视为"战神"的一个原因。作为祭祀,日本全国仍有五座乃木希典的神社。和乃木希典相比,东条英机真是丑态毕露。

《昭和天皇独白录》在1991年由文艺春秋出版。这本由天皇在1946年3月至4月(这期间美国已经明确不追诉昭和天皇的方针)的口述、寺崎英成记录的独白录,第一次披露了昭和天皇对首相时代的东条英机的信任。昭和天皇说，我很同情东条，但是没有强行为其辩护的意思。这句话在平成年间流传之后，日本对东条英机的舆论有了点变化。

1992年读卖新闻出版社出版了东条英机的孙女东条由布子（本名岩浪淑枝）的书：《东条英机一族的战后》。以这本书为契机，以东条英机为主人公的电影《自尊：命运的瞬间》于1998年在日本全国上映。演员津川雅彦扮演东条英机。东条由布子带着她的女儿们去看祖父形象的电影，她感慨万分地说，真是时代变了。战后整整50年，"东条"就是一个禁忌，就是一个罪恶的符号。东条恶就是日本恶，憎恨东条就是憎恨日本。现在电影将其形象有所修复，是个好事情。显然，这位孙女嗅到了为其丑态毕露的祖父战犯翻案的可能性：日本的政治生态发生了变异。东条由布子是东条英机的长子东条隆史的长女，1939年出生，祖父被判绞刑时她才6岁。

在进入2000年之后，关于日本首相参拜靖国神社问题，当时的东条由布子经常在媒体上露面，其直言不讳的讲话方式受到广泛关注。2005年东条由布子在接受媒体采访时说："希望中国和韩国不要干涉日本内政。不考虑分开祭祀甲级战犯。如果小泉首相对英灵怀有敬仰之情，希望不要说那场战争是侵略战争。"她曾参拜为供奉战死在菲律宾的日军士兵而建立的"比岛观音"（菲律宾在日本简称比国），还致力于彰显建有"殉国七士之碑"的"军国主义圣地"爱知县三根山。2013年2月15日东条由布子因间质性肺炎在东京的医院去世，时年73岁。日本年轻的学者林英一在《战犯之孙》（新潮社，2014年）的新著中，将东条英机的孙女东条由布子排在第一位论述。

可见，"8·15"对今天的日本来说，决不能简单地归结为战败日或投降日，我们需要警觉的也正是这点。随着集体自卫权的解禁，随着武器向海外输出的解禁，宪法第九条的废弃也只是个时间问题。当年司马辽太郎说过，统率权是个魔法杖。扭曲明治国家宪法的是统率权。历史是否会重演？这是我们今天谈论"8·15"的最大看点。

为什么要授予轰炸指挥官一等勋章？

在美国航空宇宙博物馆里，悬挂着一枚勋章。这是日本国天皇授予美利坚合众国空军大将卡齐斯·鲁美伊的一等"朝日大勋章"。上面标有日期：昭和39年（1964年）12月4日皇宫。盖有昭和天皇的印章。当时的内阁总理大臣是佐藤荣作，总理府赏勋局长是岩仓规夫。

其实，决定授予鲁美伊勋章一事，是佐藤政权之前的池田勇人内阁决定的，而且尽力最大的是当时的防卫厅长官小泉纯也，即前首相小泉纯一郎的亲父。

为什么要授予鲁美伊大勋章呢？他是何许人也？原来与空袭东京有关。

美国B29轰炸机开始轰炸东京是在1944年（昭和19年）11月24日。在空军司令官亨塞卢的指挥下，大白天进行相当高度的精密轰炸作战。不巧这天日本上空吹刮强劲的偏西风,轰炸战果很不理想,轰炸机的损伤也很大。华盛顿统合参谋本部对司令官亨塞卢表示失望,他们决定启用曾在德国进行过精准轰炸的少将鲁美伊为战略空军司令官。一开始鲁美伊也参照亨塞卢精密轰炸的方式,但设定的11个目标只炸毁了一个。终于鲁美伊果断地下结论,对纸和木的日本都市,进行1800米超低空的夜间无差别空袭。

1945年3月10日午夜零时8分,投下了约有2000吨的M69燃烧弹,东京下町一带成了灰烬。炸毁房屋27万户,死者10万人。接着,3月12日在名古屋,14日在大阪,17日在神户,19和20日在名古屋,29日在九州,4月13日在东京,15日在横滨和川崎,连续地进行无差别地狂轰滥炸。就是这样的恶魔,竟然还被日本人授予一等朝日大勋章。应该记忆的他们失忆,应该失忆的他们记忆。对这样一个国家的政治家,对这样一个国家的哲学和伦理,你还能期望他们重新审视"8·15"吗?你还能期望他们重新梳理罪恶之源吗?

作家坂口安吾在1942年3月发表《日本文化私观》。他这样批判道:《三国志》里的憎恶,《查太莱夫人的情人》里的憎恶,喝血撕裂也不足以解恨的这么一种情感,日本人基本没有。昨天的敌人今天的友人,这种往好里想的,或许就是日本人共有的感情。不能把憎恶贯彻到底,立即忘记憎恶,还迎奉犯过憎恶的人,带有这样的民族性,是不能进行战争的,也是不能反省战争的。

1941年日本在偷袭了珍珠港之后，日本《文学界》杂志开了一次非常有名的座谈会，主题是"近代的超克"。这在当时的日本知识界引起了相当大的轰动。近代超克，就是否定近代超越它的意思。次元是什么？不知道。小林秀雄（1902-1983）参加了座谈会。座谈会的发起人是河上彻太郎（1902-1980）。他们都是当时日本知识人的代表，特别是小林秀雄。他们所说的近代不是江户时代和明治时代的近代，而是欧洲的近代。他们要"超克"欧洲的近代。但是明治维新后日本嫁接了欧洲的近代，这在他们的身上有所表现。击沉了美国军舰，被认为是对美国和欧洲的胜利，所以要超克，迫不及待地超克。

当时夏目漱石在伦敦染上了忧郁症。他带病回国，开设英国文学的讲座，但还是感觉不好，于是到报社拿工资成了一个普通的社会人。看来欧洲的近代还是很难超克的。明治维新以后，日本的知识界都染上了忧郁症。他们吞下这个难以治愈的病，所以要谈超克。这个座谈会在战后不被评价被封杀，就在于它为战争作了思想上的协力。这就使人联想到福泽谕吉。司马辽太郎说，我喜欢福泽谕吉，但是我讨厌他的"脱亚入欧"。因为当时的"亚"，就是中国和朝鲜。至今为止被尊敬的中国和朝鲜要脱离它，一定是发生了要脱离的原因。

福泽谕吉是幕末的幕府里的下级官员。因为需要他做口译，外游了两回，两回都经过了上海。那时的上海基本上也被殖民化了。西洋人的耀武扬威，上海的高楼大厦，中国人奴隶般的生活，给他留下印象。他看到的西洋人（基本是英国人），用拐杖在敲打苦力。福泽谕吉对尊王攘夷也相当讨厌。"我的儿子一定让他成为神父。"这是他很有趣的想法。问题是他的儿子根本没有成为神父。他之所以要这样想,是因为如果是神父的话,就不会被西洋人殴打了。这是一种很奇妙的危机感。亚洲在停顿,中国和朝鲜在停顿。必须从这里脱身,必须投向欧洲,必须从朱子学的独断中逃离。这是他当时的想法。因此司马在《叫作昭和的国家》(NHK出版,1998年)一书中说,什么叫亚洲?谁也无法定义。但在福泽谕吉的眼里,亚洲就是停顿。极端的语言表现了极端的思想。停顿是欧洲人用的语言,但他喜欢。

实际上,这才是一切罪恶的祸根。何为停顿?即便停顿与你有何相干?何为超克?为何一定要超克?但以停顿与超克为口实,往往就是干预、侵略、战争的顺理成章。日本战败已经69年了,但日本人总是一副心有不甘、意有不从的样子呈现在世人的面前,好像世人忘记了他曾经扮演的是救世主的角色。正是顺着这个思路,日本人才会做出给狂轰滥炸者授予勋章的"蠢事"。因为日本人感到正是因为你的轰炸,才迫使我止住再战的脚步。美空军司令无意中扮演了救世主的角色,大勋章就给了救世主。这就和两个原子弹一样,日本人并不为此憎恨美国人。

"8·15"与"3·11":同一逻辑的通道

"3·11"东日本大地震是日本战后史的必然归宿。把"8·15"和"3·11"搭在同一逻辑的通道上,这是日本作家兼学者笠井洁在《"8·15"和"3·11"——战后史的死角》（NHK出版，2012年）中，对这场天灾和人祸所做出的最具新意的反思。如果说日本二战中的战败可以概括为科技的失败和经济生产力失败的话，那么，战后日本对美国的万事乖顺，以此追求所谓的"和平与繁荣"，则是冷战意识形态的再出发。签署日美安保这个"潜在的核保有"与日本经济发展不可或缺的电力供给，就在这双重的意义上，日本在荒凉的乡村，在"和平与繁荣"的交叉位置上，建造了极具象征意义的战后繁荣支柱——核电站。因此，不对"8·15"以后的战后日本史作彻底的批判，就不能真正反省"3·11"的历史教训。

笠井洁在书中指出，看看围绕是否接受波茨坦公告的战争决策层的丑态，"8·15"显露出的日本人心性和共同体意识，丸山真男把它概括为"军国支配者的精神形态"。这种日本人特有的心路历程，作者则把它定位为日本式意识形态——"历史意识欠缺"。以"8·15"为终结的那场"无谋的战争"背景，确实有丸山真男所指出的战争决策层的"村落心性"。但这还不是问题的全部。对看不到世界大战历史图景这个历史意识的欠缺，才是日本对美国发动必败的太平洋战争的最大要因。

随着冷战的结束，一个新的时代到来，怠慢于从根本上再检讨核电政策的战后日本，犯了同样的历史意识欠缺的错误。因此作者认为如果不对日本式意识形态作深刻检讨的话，围绕"8·15"和"3·11"的反省也会堕入日本文化论的庸俗变种中去。

检视从丸山真男到三岛由纪夫为止的战后日本思想，再审视从1960年日美安保到70年代高速经济增长，再到80年代末的泡沫经济破灭，再到福岛核电站事故的战后日本史，我们看到其根底部是历史和地理的宿命病理在这个国家起作用。荒凉的"原子能乡村"最深层之处泛滥着日本式的意识形态。"8·15"和"3·11"则是这种日本式意识形态所带来的两大历史破局（可理解为一种国家战略的彻底失败）。这里的逻辑力量在于：战败的历史结果必然催生出福岛核电站这个国家肌肤上的"恶瘤"。而对战败的"8·15"还没有能真正反省的日本人，在追求所谓"和平与繁荣"的战后社会中，又撒上了"3·11"灾害的种子。照笠井洁的说法，这才是一般人不易看出的"日本战后史的死角"。

"3·11"破局的意义就在于证实了日本在战前和战后所犯的罪行与错误，具有惊人的一致性。当然，问题的深刻性还在于，欠缺历史意识的日本人，他们还没有意识到要摆脱这种深入到根部的"败北的精神构造"。而一旦无法摆脱这种"败北的精神构造"，日本人还将在同样的道路上不思悔改地迈进，等待着他们的将是更大的破局。

这就使人联想到1969年日本激进的年轻人组建联合赤军，1972年发生震惊内外的浅间山庄事件。之后在1995年发生奥姆真理教徒制造的地铁沙林杀人事件。这些事件的本质就是对战争事实与历史问题没有彻底清算的日本，其暴力行为通过一种方式被沿袭被继承了下来。对日本军人在战争中的残暴行为没有通过语言的方式进行清算，其结果就是暴力结构和暴力倾向残留在当今日本社会之中。快20年过去了，沙林事件的主犯麻原彰晃还活在监狱里，虽然早就判了死刑，但就是不执行。

这就是弥漫在日本社会的一种相当危险的精神倾向：对暴力的清算总是迟到的，总是不到位的，对受害者的牺牲与痛苦的同情，远远不及对加害者的同情。这就又回到大江健三郎的小说《水死》。看来"杀王"意象才是日本的正道。杀死日本人骨髓里的"昭和精神"，才能出现新时代精神的"穴居人"。

2014.08.15

观念日本

日本人其实也不知道天皇是做什么的

"税金小偷"的尖骂声

在战后70年的今天，令我们印象深刻的是由美国人设定的象征天皇制，在赞同与反对声中也悄然走过了70年。70年，从昭和到平成，从裕仁到明仁，在日本人的意识层中，天皇究竟为何物？天皇制究竟是用来干什么的？没有人知道。他们不知道天皇的起居所叫吹上御所，不知道天皇的办公地叫表御座所，不知道天皇的宴会地叫丰明殿，不知道天皇在城楼上挥手致意的地方叫长和殿。他们不知道一个老人的死去为何能改变时间之轴——一世一元。他们甚至不知道天皇为什么会享有刑事豁免权，为什么皇室成员的成人是18岁，而一般国民是20岁？他们只知道占据东京一等地的皇宫，在享用他们的税金。虽然昭和天皇去世的时候明仁亲王（现天皇）交纳了4亿2000万日元的继承税，但一般日本人根本不知道。于是在2013年4月发生了这样一件事：从东京车站外出滑雪的皇太子一家，被一位上了年纪的男性撞上。这位男子高调骂道："税金小偷！""从皇室滚出去！"虽然这位上了年纪的男性可能属于"更年期"发作,但也反映了部分民意:皇室的存在还有意义吗?

但日本人真的是在思考这个问题吗?

好像又不是。

2006年9月6日日本皇室41年首次添丁。小亲王的诞生,使得日本的出生率在当年出现了6年来的首次回升。也有统计显示,日本皇室每诞生一个小生命,日本当年就会多出生2万多婴孩。皇室的出生何以能撼动民间的生育?看来皇室还在国民的心中。而皇太弟秋筱宫的次女佳子去年退出学习院大学,并成功报考东京国际基督教大学,这所以前并不有名的私立大学人气突爆,报考人数急剧上升。社会上也刮起一股佳子偶像热的旋风。这又与什么有关联呢?日本人看到富士山就有到家的安顿感,而和善敦厚的明仁天皇,在皇宫广场上身着不算时尚的双排扣西服,向新年朝拜者真诚地挥手致意,日本人也真有了一种心理上的安定感。所以有日本人写诗,将天皇比作富士山。倒不是为了生出雄伟,而是为了寻找精神上的"甘え"(撒娇)。

一方面不知天皇为何物,不知天皇制是用来干什么的,但另一方面天皇家的一举一动又牵动亿万国民的心,正是在看似矛盾和背离中,日本的象征天皇制走过了70年。正如与皇子出生与干权诞生一样,天皇制也在暧昧模糊中伸缩自在,诉说着自己的话语权。

象征天皇制——杀王与祭神

《源氏物语》中乱脉的皇统系谱至今令我们记忆犹新。臣籍下降的光源氏与父桐壶帝的皇妃藤壶犯下情事。其情事怀胎的皇子冷泉却作为桐壶帝的亲生儿子即位。表明皇统系谱可以人为操作。《源氏物语》驱动了想象力，虽然是虚构的，但虚构威胁现实。虚构的潜在暴力在现实的历史境况中勃发令人可畏。这也是在战前《源氏物语》被日本警察查处的一个原因。那么，乱脉的皇统系谱，又何以成了国民统合的象征呢？

发生在1936年2月26日的"2·26"事变，是日本政治心脏至少有500年没有发生过的兵变。兵变者们袭击多名军政大臣并胁迫天皇亲政。4天后兵变被镇压，十多名军官遭到处决。他们高呼"天皇万岁"的口号倒下，而下令镇压的恰恰是昭和天皇本人。对此三岛由纪夫在1966年发表小说《英灵之声》，想要搞清楚的一个问题就是：在大阅兵的时候，陛下是神；"2·26"事件发生时，您怎么又变成了人呢？自杀攻击队起飞的时候，陛下是神；仗打败了，您怎么又变成人了呢？

在小说结尾处，亡灵唱起了民谣，亮出主题：既然天皇为了逃避责任，把自己变成了人，那么靖国神社也只不过是野狐狸变出来蒙骗路人的破祠堂罢了，而在那里接受天皇祭祀的所谓英灵，也不是什么神明，只是一群孤魂野鬼。都说三岛为了天皇而自杀，是为了天皇的什么呢？天皇从神变人，使得三岛不刺激了？还是天皇又从人变成神，使得三岛不高兴了？其实准确地说，三岛想诛杀的是天皇肉身，想尊崇的是天皇神格。如果这个说法还在理的话，那么在三岛那里，杀王与尊王是同一思想的二元。因尊王而杀王，杀王是为了使尊王思想更加纯化。

和辻哲郎写《尊皇思想与传统》是在1940年。他提出了一个难解的概念：不是神但比神伟大和神圣。他说，天皇不能让天空下雨不能让大地刮风，也不能救济人间疾患。人们在干旱的时候，向火雷神祈祷雨水；人们在患病的时候，向药师如来祈祷平愈。天皇自身也在祭祀神佛。这样来看的话，天皇并不是支配自然现象和人间命运的超强之神。因为神圣所以成神，这才是日本天皇制的逻辑出发点——天皇不是火雷神，但比火雷神神圣。祭祀神比被祭祀神要伟大。

这里，如果说和辻哲郎对日本天皇制还具有理论贡献的话，就在于他先验自明了一件事：日本不存在终极之神。被称为绝对"无"，才是无限流动性的神圣母胎。因为即便是被视为皇祖神的天照大神，也必须依据他神（伊邪那岐和伊邪那美二神）的意志行事。何况天照大神的子孙们（皇孙们），他们更不属终极之神了。因为不是终极之神，所以天皇制反倒生出更大的包容性和亲和性，更能为国民心情所收纳所感受。祭祀支配自然与人生之神的天皇，比支配自然与人生的神还要来得神圣。这确实是难解的地方。不是神但比神伟大和神圣。至此和辻哲郎巧妙地完成了天皇至圣性的论证。

一场交易生出的文明"怪胎"

70年前,维护天皇制这个国体,并以此为优先的大日本帝国的统治层,与企图利用天皇的权威加速占领的美国人麦克阿瑟,做了一场交易。交易最终在象征天皇制、放弃战争条款和冲绳要塞化这三点上成交。这三者的密不可分在于:宪法九条是说服国际社会的,冲绳要塞化是说服美国的,象征天皇制是说服日本的。而交易背后更为隐藏的意义被日本人读懂了:保存天皇制这个国体,等于免除了昭和天皇的战争责任。没有把昭和天皇交上国际法庭,也使得占领军避免了因历史断裂而造成的失控。而麦克阿瑟本人强烈的反共意识,也将天皇制作为抑制东亚共产革命的一个国家装置发挥着机能作用。

成功嫁接了旧式天皇制与美式民主的日本,一方面使得日本人放弃了灵魂的拷问,使得日本人在历史问题上总有不时地越线,但另一方面倒也生出人类文明的"怪胎"——天皇制民主主义。形象地说就是外国首脑访问日本的时候,出面主持欢迎仪式的是天皇,而参加首脑会谈的是内阁总理大臣。尽管总理总揽国家的行政大权,但形式上仍然是天皇陛下的一臣民。民主主义讲法律面前人人平等,讲国民主权的原理,但象征天皇制讲不同身份者的存在,讲法之外的特权存在,讲不构成人权享有的主体存在。

观念上的2600多年,法理上的1500多年,日本皇室至少在这些时间带上连绵不断,这在世界文明史上也是绝无仅有的。不是万世一系但至少也是千世一系了。日本学者山本七平说过,资本主义的外在形式的确遍布全世界,但是只要日本的社会结构不发生变化,无论是颁布宪法还是引进议会制度,天皇制都不会发生变化。而战后经济发展总是通过天皇制神话被言说,这被小森阳一称为是"象征天皇制的日本型共同体主义企业"。虽然日本天皇制并不具有普世价值,虽然在本质上它也是孤独的、原始的,甚至也是落后的,它或许只能适应日本这块风土人情,但它作为人类的一种制度文明的历史并没有被终结。这里如果我们一味地纠缠于战争中的天皇,而将能抗衡和变形民主制的天皇制加以抹杀,不也是一种观念上的强权吗?不也是扼杀了一种可能性吗?

现在,在东京中心部的巨大空间中,没有人在执掌政治权力。但是在这个巨大空间居住的天皇家成员,他们具有文化的、社会的、宗教的影响力。宪法上规定他们具有"象征"的意义。但一不小心想象中的多样化的权力,可否有转化为现实的可能?这是大江健二郎所担心的。但是大江的这个担心被天皇次子秋筱宫的一语所击破。在2011年11月30日的46岁生日会上,秋筱宫向记者感言道:"建立天皇退休制度是时候了。"而正好在那段时间内天皇身体欠佳。在这个背景下,秋筱宫的发言是否有逼宫之嫌?而根据皇室典范,天皇属于终身制。这么重要的皇室成员说出这样的话,虽然令人意外,但是否也亮出了改革皇室典范的一个思路:要永续,就必须有退位?而如果有退位的话,大江的担心还能发生吗?这也表明现在的日本皇室也不是铁板一块,它在万世一系的重压下，也在探寻令国民更乐意接受的行为模式。

在皇宫所在地兴建亚洲和平纪念馆？

天皇应该穿西服还是应该穿和服？日本文化名人永六辅提言天皇应该穿和服。但穿和服的天皇却没有基本的人权——战后日本宪法剥夺了天皇家的基本人权：没有选举权和被选举权，没有信教自由，没有结社自由，没有职业选举自由，甚至连户籍和护照都没有。

这粗粗一看虽然是对现代民主的嘲弄，但"现人神"的天皇没有人权，却拥有皇室特权。有日本人说天皇家与用非法手段获取生活保护费者属于同罪。这里的计算主要在于天皇制的成本其实是非常高的。每年的维持费用超过200亿日元，够2万贫困人一年的生活费。战后保留天皇制换来日美同盟、驻日美军军事基地等费用，一年是2000亿日元。而皇族没有皇位继承权的女性，只要年过20岁，每年就能得到900万日元的费用。日本的动漫每年在世界上能拥有10万粉丝，但天皇家的海外粉丝每年5人还不到。从这个角度出发，有日本人在网上留言说应该让象征天皇制安乐死，因为它是日本的一个"荷物"（负担）。更有担任过内阁总理大臣辅佐官、民主党议员辻元清美提言道：废除天皇制后，在天皇所在地的皇宫兴建亚洲和平纪念馆。

在日本一般而言，左翼讲天皇制，右翼讲皇室。前者最初是日本共产党在1923年发明的用语。日本人相信语言中蕴藏诅咒力,叫"言灵信仰"。《冲绳新闻》以前说过"天皇制"这三个字对冲绳人来说,就是"军鞋的响声",就是"战争",就是"住民屠杀"。而《朝日新闻》早在2006年5月4日的社论里,自信满满地说在日本天皇制的支持者至少在80%以上。但《朝日新闻》"本音"则是要打倒天皇制,它只能用这种"言灵"诅咒天皇制。

但日本也有不同声音,这种声音说天皇是神道的法皇,废除天皇制,日本这个国家也就消亡了。因为从历史上看,无论是公家、藤原家、源氏族,还是平家、足利、德川,他们全部都是天皇家的亲戚,其源头最终都可追溯至天皇家。从这一意义上说,权力者可以时常变更,但权威者则永恒不变。这从皇室成员名字的一个特点可以表现出:即男性带有"仁"字,女性带有"子"字。如明治天皇名睦仁,大正天皇名嘉仁,昭和天皇名裕仁,今上天皇名明仁,皇太子名德仁,皇女如成子、和子、厚子、贵子等。带有仁字是自第56代清和天皇(850—881年)开始的。皇子皇女诞生后在正式命名之前先有宫号,如昭和天皇称迪宫裕仁,今上天皇称继宫明仁,皇太子称浩宫德仁。这正如前首相中曾根康弘说,日本历史上有两大杰作:一个是政治上的天皇制,一个是精神上的物哀(日本人的感受性)。天皇作为权威存在,总理大臣作为权力存在。总理大臣被捕,国政也不会乱。什么原因?有天皇制的存在。

这样看来,神的人化(神是天皇的祖先)与人的神化(天皇是神的子孙),虽然导致的是人神边界的消失,但是日本学者山口昌男在《天皇制的文化人类学》（岩波出版，2000年）中所说，天皇制不仅仅是制度和意识形态，它还用美学和宗教规定了日本人的精神构造。权力的中心与权威的边缘支撑着天皇制的美意识。而这个美意识将来或许有一天可以解明宇宙论的模型。这就与早在1989年英国历史学家将日本的象征天皇制列为人类三大谜史之一的这一思路相符。因为象征天皇制展示的是一种游刃有余的文明形态，展示的是一种将权力与权威如何收纳于文化与宗教之中的智慧。

是安乐死还是万世一系？

或许由于不能一统天下，或许由于不能君临天下，或许由于没有"后宫佳丽三千人，三千宠爱在一身"的荣华富贵，皇位在日本人的眼里，并不诱人。日本历史上即便是独裁者，即便是权力者，想打倒天皇取而代之的人，几乎没有。即便是藤原氏，即便是源赖朝，即便是北条泰时，即便是织田信长，即便是丰臣秀吉，即便是德川家康，他们一个也没有考虑过要杀死天皇，自己立位的问题。

在《古事记》和《日本书纪》的记纪神话中，以天照大神为开端的"天上王权"和以神武天皇为开端的"地上王权"，被观念性地注上了"血的继承"和"灵的继承"。与这皇统继承的双系统相对应，天皇的即位礼仪也有双系统：即位式和大尝祭。这里，日本人聪明的做法在于：从恒久的观念看，血统（皇子出生）不可避免地带有脆弱性和不稳定性。为了从根源上解决这个问题，就必须在宗教上设立一个"装置"。这个"装置"能作为一个象征的符号，在虚幻和错觉中发挥现实的作用（王权诞生）。日本人把这个"装置"就称为大尝祭。大尝祭的效用和妙用就是从灵魂的角度而不是血统的角度，宣称天皇灵的亘古不变。这样，从皇子出生到皇权诞生，从即位式到大尝祭，天皇的正统性和恒久性，得到了维系。

这正如津田左右吉在《日本的皇室》一文中说，一开始谁也没有刻意地设计天皇的万世一系。但当感觉到的时候，已经延绵至今了。日本125代皇室，没有一个是亡命国外的。正是在这个意义上，明治思想家德富苏峰说："天皇不存在的日本就不是日本。"而当老资格的宗教哲学家山折哲雄在其《天皇和日本人》一书中，呼吁"皇太子殿下，请您退位"的时候，这就如同散落在30万棵古木森林之中的皇宫，在夕阳的余晖中，虚构着模糊的景象：象征天皇制究竟应该让它安乐死呢还是应该让它万世一系？

2015.05.07

日本人不喜欢德川家康的深层原因

三英杰当中,日本人最喜欢谁?

日本战国时代的"三英杰"织田信长、丰臣秀吉、德川家康,这三人当中,日本人最喜欢谁?人气度高的首先是信长,其次是秀吉。至于家康,则比较复杂,爱憎交错太多,但基本倾向还是不喜欢。

听说在大阪有个"家康咒骂会",专门定期开会诅咒和戏骂家康。大阪人不喜欢家康,是因为家康残忍地断了秀吉的后代,连8岁的小孙子国松丸都被斩首。更不忘在大阪城陷落后,仅割下的首级就达1.4万多个。但除大阪之外的日本人,为什么也不喜欢家康呢?是不喜欢他的近乎神经质的用心太深?睡觉的床榻下面用木条封死,怕有刺客潜伏。食物都要用火烤一下,怕有人下毒。不玩妓女,怕有梅毒,女人都从熟悉的身边人下手。性交的时候忍精不射是他的专长。最晚年的时候,叫少女与他同床,倒并不是为了发生肉体关系,而是想吸取少女身上的充满青春气息的能量,以此来恢复自己的精气。为此家康精力绝伦。61岁生赖宣，66岁生市姬，德川将军家中寿命最长的是15代将军庆喜，77岁。其次就是家康，75岁。

这些固然都是不喜欢的因素。但在笔者看来，家康在死之前封神，将自己比照为东照大神，博弈天皇家的天照大神。也就是说，东有东照大神，西有天照大神。就像天边同时出现了两个太阳一样，这对日本人精神世界的震撼是空前的。这恐怕才是不被喜欢的深层原因。

为什么不说人话而说神话呢？

我们阅读山冈庄八的《德川家康》，阅读山本七平的《德川家康》，阅读司马辽太郎的《霸王之家》，阅读隆庆一郎的《影武者德川家康》，在这些作家的笔下，德川家康显然是人而不是神，因为我们看到了他夹着尾巴做人的场面，看到了他吓得小便失禁的场面。但如果是人的话，那为什么在临死前留下的遗言，又不说人话而说神话呢？这是个谜。

位于日本栃木县日光市的日光东照宫，2015年5月17日迎来了德川家康"400年式年大祭"。今年的大祭活动中包含了巫女舞和流镝马仪式，并重演了当年武士队伍从静冈的冈崎把家康的神灵移送至日光东照宫的盛大场面。据报道，当日德川宗家18代传人德川恒孝和德川御三家等人参加了大祭。悲凉的雅乐演奏之后，日光东照宫宫司稻叶久雄献上了日本天皇的币帛料并诵读祝词。

这里值得注意的是日本天皇的币帛料和祝词。德川家与天皇家从原本的紧张关系到今天的和解，令人浮想联翩。死去的家康会想到天皇送上币帛和祝词吗？恐怕做梦都不会想到。这位曾让天皇不死不活的政策制定者（如《禁中并公家诸法度》的十七条），想用德川教取代天皇教，自己做日本的主权者和真君主。

这就又回到了家康的遗言。1616年1月21日，家康在打猎的途中，突然腹痛难忍。三个月不到死去。4月2日，感悟死期的家康，把宗教担当南光坊天海和金地院崇传，以及政治担当本多正纯叫到枕边，用尽最后的力气，说了以下的遗言：

我死后，遗骸在久能山收纳，神像朝西放置。葬礼在增上寺举行，牌位立在三河的大树寺。过一年后，在日光山建寺堂迎接神灵。镇守关东八州。

相当奇妙的遗言。奇妙在哪里？一般而言，遗言总是与财产分让和家训有关。但家康的遗言，则散乱地涉及静冈的久能山，江户的增上寺，爱知的大树寺和栃木的日光山。这些看似不得要领，无内在联系的遗言，究竟想要说什么呢？这里，增上寺是被指定为家康入关东之后的德川家的菩提寺。大树寺是松平氏先祖代代的菩提寺。这两寺的选择在情理上应该没有太大的疑问。问题在于久能山和日光山，这两山与生前的家康并没有特殊的因缘。

1616年（元和二年）4月17日，家康死去。遵照遗言，遗骸先葬于久能山。一般说久能山具有宗教的（補陀落山久能寺这个观音灵场，在中世就是信仰的集中地）和战略的（武田信玄曾在这里筑城，之后落入德川氏的手中，是兵家攻守之地）意味。问题是具有宗教和战略意味的并不只是久能山，那为什么一定要选定久能山呢？

神像朝西放置。这是家康的指令。对于这个指令，一般的解释说是为了"西国镇护"。"西国"如何定义？一般的思考当然是指西国的大名，也就是萨摩和长州，这对德川政权来说是假想敌国。事实上萨长也是讨幕的先锋。但从地图上看，我们就会发现，如果以久能山的方位为东，萨摩和长州则位于西南方角，绝不是寺塔指向正西的方位。所以问题也不在于"西国镇护"。

指向御所意味指向了天皇

从地理上看，久能山位于北纬34度57分。从这里直线朝西画线的话，必须经过骏府南部，经过凤来寺山，经过冈崎，直至京都。而骏府、凤来寺山和冈崎都是家康生涯中非常重要的地方。

骏府是家康的屈辱地，12年的人质生涯就在那里度过的，辞去大将军职位后的人生最后时光也是在骏府度过的。再朝西的凤来寺山，是家康的母亲于大祈愿生子的地方。这个寺的本尊叫"峰之药师"，自古就是生子的灵验场所。这也是后来家康将本地佛定为药师如来的一个要因。凤来寺再直线朝西，就是家康的诞生地：爱知县冈崎市的大树寺。1542年（天文十一年）12月26日，家康作为松平广忠的长男诞生。因其缘由，冈崎城周边的地名也有叫康生町的。大树寺再直线朝西，就是创祀于2100多年前的日吉大社。日吉大社再往西就指向京都。指向京都意味着指向了御所，指向御所意味着指向了天皇。

这样，逻辑地看，久能山（埋葬地）——凤来寺（出生祈愿地）——冈崎大树寺（诞生地）——日吉大社（祭祀最高神之地）——京都（御所与天皇），全在东西一条直线上。

这是偶然的还是计划性的配置？日本学者尾关章对此解释说："就像在死和再生的模式中反复无常的太阳，总是从东方升起一样，家康自喻神，为了再生，就必须在东面的世界里被埋葬。"（参见《浓飞古代史之谜——水，狗，铁》，三一书房，1988年）所以这条东西线，又叫"太阳之道"。这里，从东（久能山）的埋葬地到西（大树寺）的诞生地，死者复活的意图相当明显。神的再生即家康的再生。家康的复活即神的复活。这就是东西线配置的意义所在：正东和正西连接，才是春分与秋分太阳东升西落的神圣之线，故也叫"太阳之道"。

再联想到天皇家的伊势神宫，如以从大和朝廷为参照系，也处于正东的位置。日本文化学者吉野裕子在《大尝祭——天皇即位式的构造》（弘文堂，1987年）中说，喜欢联想的日本人，将东面的大海与天空设想成一体的理想乡——常世，并把这个理想乡——常世拿来植入现世，所以从大和的视角来看，最正东的伊势神宫表示东的神界＝常世，面向正西则是人间界＝大和。

为什么一定要迁座日光山？

在破解了东西线之谜之后，再来看看家康的遗言中，为什么要特地指定一年后再将遗骸移至日光山？为什么一定要迁座日光山，不迁不行吗？

这确实也是个谜。这个谜比上述的东西线之谜更具魅力。日本的学者们为解破这个谜，寻找到了至少十多条的理由。但专攻神道学的高藤晴俊在《日光东照宫之谜》（讲谈社，2010年）中则表述得最有分量：要解破这个谜，还必须回到向王权挑战的东西线的配置上。东照宫在江户之北的方角，与北极星的关系才是最重要的看点。

这就令笔者想起吉野裕子在另一本书《阴阳五行与日本的民俗》（人文书院，1983年）中，有一节专门讲中国古代的宗庙祭祀。她在书中说，古代中国的易书《五行大义》中有这样的叙述："北方至阴，宗庙祭祀之象。"什么意思呢？就是说从阴阳五行的立场来看，在北面方角设置宗庙是最适合之地。中国的许多宗庙也都是在北郊被祭祀的。为什么是北呢？作者吉野裕子说，依据中国人的思考方法，死者的魂魄是游离的，魂上天成神，魄下地成鬼。而北方角则是魂魄一线收。在日本，德川家康在江户的正北设置日光灵庙，就是在实践中国哲学。

日光东照宫是在实践中国哲学？我们暂且不论这个问题。我们再从道教的角度看北极星（又叫不动星），在古代中国被视为主宰宇宙之神。这个思想无疑地影响了日本。如"天皇"一词的语源,就是将北极星神格化后的"天皇大帝",具有鲜明的主宰宇宙之神的意思。所以日本人在宫殿的营建上,基本都采用这样一种构造:在北端的中央设置大内里(皇城),朝南的则是朱雀大路。这个构造就是天皇以北极星为背景,朝南御座,故有"天子朝南坐"的说法。警卫天皇的武士叫"北面武士",说的就是警卫人员通常都放置于北面。天皇家的伊势神宫,其内宫是神灵化的太一(北极星),外宫则与北斗七星相习合,也表现出了浓厚的北极星信仰。

家康在遗言中选定日光东照宫,表明他也具有北极星意识。这在《东照宫御实录》附录卷二十二中有记载。1614年(庆长十九年)3月,京都的五山和尚来到骏府,家康命令御用文人林罗山,就孔子《论语》中的"为政以德,譬如北辰,居其所而众星共之"为题,让这些和尚写北辰的文章。

这里,如果我们从地图上看,就会有个惊人的发现:江户城位于东经139度45分。而镇座日光东照宫的恒例山位于东经139度36分。经度只差9分。这样如以江户城为视角的话,日光东照宫为正北方向。这表示什么呢?日本学者高藤晴俊说,这表示了"打理政治的将军"居住的江户城与"主宰宇宙之神"的北极星,同处于一条南北线上。而日光东照宫就营造在这条线上。

作为在久能山而再生的东照大权现,镇座在江户城的正北面,因而其神格与主宰宇宙之神具有一体化的意味。这里,因为东照大权现升格为主宰宇宙之神了,所以必须迁座江户城的正北面——日光东照宫。这是否就是迁座的最大理由？再从日光东照宫主要社殿的配置来看，如阳明门、唐门和本殿等，确实都是在南北线上朝南而建的。奥社宝塔也是朝南而建。每当夜晚降临，以北极星为中心的众星发出耀眼的光亮，在视觉上给人回转东照宫的感觉。这一雄壮的宇宙论，通过日光东照宫的媒介，江户城与北极星南北相连的轴线，叫作"北辰之道"。

再往深处看我们还发现，日光山与久能山连线的中间有富士山。"富士"发"不死"之音，表不老与长寿。久能山——富士山——日光山。在久能山的家康，越过富士山镇座日光山。这条线也叫"不死之道"。

概括地说，如果久能山——冈崎的东西轴，属于太阳之道，那么江户——日光的南北轴，属于北辰之道。而久能山——富士山——日光山，则属于不死之道。太阳之道——北辰之道——不死之道。

这就与"黑衣宰相"天海的设计相符：德川家康＝药师如来＝大日如来＝天照大神＝释迦＝山王权现（天台宗最具信仰的神）。也就是说家康作为山王权现是统治全宇宙的大神。

像家康这样的伪善者，世上没有第二个

在日本，神社、大社、神宫和宫是有区分的。神社是祭祀土地神的社，大社是神社的巨大化，神宫和宫是用来祭祀皇室祖先的。从历史上，皇室祖先以外的人物，作为祭神的神社用宫号来

称谓的只有两个。一个是天满宫，一个就是东照宫。天满宫是为了祭祀菅原道真，其目的是镇魂，不让其怨灵作祟。东照宫呢？当然是为了祭祀德川家康。为什么要祭祀他呢？是不是为了镇住丰臣家的怨灵作祟，反向地先祭祀家康？因为家康的手上沾有丰臣家的血。1645年，日光东照社升格为东照宫，表明家康与天皇家趋向了同格。家康的遗言，还有将三池刀（家康的爱刀）的刀锋面朝西边埋葬的咒术中，朝西是哪里？是京都，是御所。表明家康即便死后也要永远地诅咒天皇家。为什么要诅咒天皇家呢？因为他想做全日本的"天照大神"。

日本战国时代最后一位天皇，108代的后水尾天皇，对德川家可谓是深仇大恨。何以埋下这深仇大恨？最为卑鄙的就是德川幕府杀死了后水尾天皇与其他女官所生的子女，只留下天皇与正妻和子（二代将军秀忠之女）所生的子女，目的是为了让和子所生之子能够顺利成为天皇。为此，一切妨碍德川家外戚地位的人都要被除掉，气得后水尾天皇用"三十六歌仙绘卷"配和歌来诅咒德川家。而107代的后阳成天皇，则书写了阳明门的勅额"东照宫大权现"，本想诅咒德川家的，但讽刺的是东照宫反而逃脱了日后官军的破坏，勅额成了守护者。

秀吉死后被赐予丰国大明神，但家康灭了丰臣家后收回了大明神封号还不算，还派人爬上京都的东山阿弥陀峰，摧毁了丰臣墓碑，而在死之前就定格自己为神君，并以东照大权现的神号，接受来自四方的朝拜。照司马辽太郎的说法，与其说家康是个天才，毋宁说他是一个怪胎。像他这样的伪善者，世界史上没有第二个。日本人对家康的不喜欢，深层的原因是否就在这里？

可能是德川家的后代也看出了问题，于是德川家的第21代子孙德川义宣，在1981年8月号的《历史读本》杂志刊发文章，宣称德川家康的遗言是伪作。理由是从口语的叙述来看，遗言有多处不自然的地方。很显然，在思路上只有宣称这个遗言为假，才能为家康洗白，才能和解德川家与天皇家的关系。从这点看德川家的后代没有做错事。但宣称也不是件容易的事情。从近20多年的对日本近世的研究来看，没有研究者提起那篇文章，更没有研究者认为家康遗言是假的。显然，这个宣称没有起到效用。

祭祀天照大神的伊势神宫，每20年迁宫一次。与此对应，祭祀德川家康的日光东照宫也是在镇座20年后大改筑一次。但问题在于笑到最后的还是日本天皇家。德川政权以一种大政奉还——王政复古——明治维新的形式，在1868年终焉。270年，在三大幕府政权中寿命是最长的，但与天皇家的寿命相比，还是小巫见大巫了。所以有了日本天皇家送上币帛和祝词的一幕，因为咏唱春江花月夜的还是天皇家，复活与再生的还是天皇家。

2015.06.27

日本人是喜欢左还是喜欢右？

日本人的左右感觉

日本文化中的许多点与线，如果留意观察和思考的话，就能生出一些料想不到的意义来。比如，日本的自动扶梯，行人一般都是站立左侧，留出右侧供有急事的人利用，但在关西的阪神一带，则是反过来，站立右侧，留出左道。这是为什么？还有，日本人自杀者中有很多是跳楼死的，在跳楼的瞬间，自杀者一般会脱下鞋子，以站立跳下这个点为基准，将鞋整齐地放置于左侧。这是为什么？又如在空荡的电车里，日本人总喜欢抢坐长长座椅的两端，留出空荡荡的中间段。对两端的席座者而言，其判定位置的视角不同，左与右发生着变化。日本人为什么要在意这个变化？这就引出了一个非常有趣的话题：日本人是尊左还是卑右？是尚右还是鄙左？

这还真的不好说，但有一点可以肯定，日本人的左右感觉绝不是左联是辞旧、右联是迎新，左联是百花齐放、右联是万紫千红的二元对立。他们不喜欢完全均衡与左右对称，对正统性和规整性天生地有着想去打破的冲动。这就如同日本人经常在电视节目里提出一些看似无聊的问题一样，如搅拌纳豆的时候，你是左旋还是右旋？抱胳膊的时候，你是右手放上还是左手放上？组合左右手指的时候，哪个大拇指朝上？

日本人对左右感觉的把握，最为人们所津津乐道的就是在政治层面上的一些"怪异"行为。如从世界范围来看，护宪派属于右翼，改宪派属于左翼，但在日本正好相反，改宪派的立场属于右翼，维护宪法九条的人士则属于左翼。这其中大江健三郎就被贴上左翼人士的标签。今年夏天去世的日本学者鹤见俊辅也属典型的护宪左翼进步人士。还有围绕天皇制的问题，左右也在经常错位。如明治期间，维新志士们则将维护天皇制的江户幕府视为左翼的存在，大有欲将摧毁而后快的盘算。但是前几年废除天皇制的强烈呼声则来自于左翼势力，如2010年去世的东京大学名誉教授沟口雄三，就是历数天皇制罪恶最为激烈的左翼学者。而从最近的冲绳基地搬迁问题而引发的运动浪潮来看，反对向边野古搬迁的为左翼力量。而当年反对美军进驻的则是一批实实在在的右翼人士，如率先亮出向美国说不旗号的石原慎太郎就是典型。

尚左是日本人的基本倾向

《论语·宪问》里有一条语录："微管仲，吾其被发左衽矣。"这句话的大意是：如果没有管仲，我们恐怕要披头散发穿左衽的衣服了。管仲是齐国桓公的宰相，抵御了夷狄的入侵，守卫了国家，是个有功之人。中国古典里有：言东夷西戎，南蛮北狄，被发左衽之人。这是从汉人的视野来看的。古来汉民族的服装为右前（右衽），周边的蛮族，北方的游牧民族的服装是左前（左衽）。

与此不同的是日本。在古代，男女都是左衽的服装。高松冢古坟（7世纪末）壁画中的女性，都是左衽。与此对比，唐的永泰公主之墓的壁画中，也有左衽的女性像。从左衽到右衽，日本是从什么时候变化的呢？不是很清楚。但奈良时代的大宝律令（701年）里，明文规定了上层贵族的服装为右衽。之后的养老令（719年）又规定了庶民的服装也是右衽。所以一直到现在，日本的服饰都是右衽。江户中期的伊势贞丈在《安齐随笔》中还不忘怀古，特地写上一句我们国家上古的衣服是左衽，走的是从左到右的一条路。

日本上古时代尚左这是没有疑问的。《古事记》里写伊邪那岐与伊邪那美的"国造"。伊邪那岐最后得到三柱神：洗左目生出天照大神，洗右目生出月读命，洗鼻子生出建速须佐之男命。阳神左施，阴神右施。左眼是日神（阳），右眼是月神（阴）。建速须佐之男命从鼻子出。鼻子要出气，要打喷嚏，所以性格也暴烈。

从黄泉国返回的伊邪那岐为了去掉身上的污秽，将身上的衣服都扔入河里当作祓禊。扔完衣服扔手缠（套在左右手的一种装饰），诸神诞生了。左手手缠诞生的神有：奥疏神，奥津那艺佐毗古神，奥津甲斐辩罗神。右手手缠诞生的神有：边疏神，边津那艺佐毘古神，边津甲斐辩罗神。都是难以理喻的神，但其特征来看都与海有关。左是与深远（奥）有关的神，右是与边际（边）有关的神。而奥与边，表示的是大海的海面（冲）与海滨（浜），意味着远处的东西与近处的东西。再引申为则是左手指向远处之物，右手指向近处之物。而指向远处之物则与非日常有关，指向近处之物则与日常有关。这里，左与右其实又分出了非日常与日常，晴好与污秽，诸神领域与人间领域，抽象世界与具象世界，不能把握的世界与能把握的世界等。这种"奥与边"的距离感一旦有了左右感觉，其思维的定向就会慢慢生成。

如有日本《诗经》之称的《万叶集》，有一首歌曰："不常见君常思念，持弓左手搔眉痒，相逢之事当可成。"这是一位女性的叹息之歌：很想见心上之人，但就是难以相见。怎么办？便用左手搔左眉。

古代日本人相信，突然之间的眉毛搔痒，是能见到恋人的预兆。这里，奥妙的手法是左手，知晓未来的是左眉。对日本人来说只有左才能触动圣域，右仅仅是日常化的一个表征。日本葬礼等仪式之所以很重视向左回转的做法，也是死与不净在以前被视为非日常的圣域，属于尚左思考的表现。文中开头所说的自杀者要脱鞋并放置于左侧，就是因为要去与现世不同的世界了。那个世界那个空间当然是非日常的，非世俗的，但绝不是断与绝（日语都表现为たつ）的完全的死，所以要脱鞋"あがり"（这个语感有"请上来"与"请进来"的意思，如日本人常对站在玄关的小孩这样说"靴をきちんと揃えてからあがりなさい"），所以要放置左侧以表神圣。

大化元年（645），日本人在官职上开始定格左大臣和右大臣。大宝律令以后，太政大臣之后是左大臣，再之后是右大臣。也就是说左大臣是二号人物，右大臣是三号人物。显然，左比右伟大。日本飞鸟·奈良时期的政治家石上麻吕，就是先从大纳言升任右大臣，又再升任左大臣。兵卫府也是这样。左兵卫府在前，右兵卫府在后。左近卫府在前，右近卫府在后。兵库也是先左兵库，后右兵库。

再看京都这座城市，左京在东，右京在西。这是不可思议的。一般而言，地图都是东为右，西为左。而左京右京的来源，又与宫中的位置关系相连。这是生趣的地方。如当时的平安京，大内里在北中央，从这里出发朝向正南有都大路。以大内里为直线，左半分的街道为左京，右半分的街道为右京。当时的平安京左京比右京繁荣，这个结果是与原本的左京比右京更为优势为前提而生出的。

日本古都建造模仿中国。藤原京（694—710）、平城京（710—784）、长冈京（784—794）、平安京（794—1868），这些古都都是正面朝南，左为东，右为西，从原型上说来自中国的阴阳五行说。依据五行说，东之方角，即左为阳气发生之地。东为木德，指王者之德，好仁，表现春的生命。所以还是左的好。日本古代尚左，显然与太阳崇拜有关，日出东方，就是左。所以天照大神从左眼出世。

尚左与左脑有关？

左，在日语中读"ひだり"。而太阳升起，日语也读"日出り（ひだり）"。而如果左为东的话，那"东"的日语读音为"ひがし"。从词源上看显然是"日＋向か＋し（ひむかし→ひんがし→ひがし）"这样变化而来的。逻辑的表示就应该是：左—日出—东。

那么右呢？右，在日语中的发音为"みぎ"，是从"握"的日语发音"にぎり"这个词源发展而来的。大凡需要握的东西都使用右手（当然左撇子是个例外）。右与握连在一起，这在逻辑上也是通的。

中国的《周礼》第六篇《考工记·匠人》条中有记载都城方位的文字，如中央宫室的左，即东，是祭祀祖先灵的祖庙（宗庙）。中央宫室的右，即西，有祭祀神灵的社稷。前方，即南面有朝廷，后方，即北面有市场。这样来看，建都1200多年的平安京，就是按照中国战国时代的《周礼·考工记》的思路来设计方位的。以宫城平安宫南中央的朱雀门到朱雀大路为中心，其东侧为左京，西侧为右京。天皇端坐于中央的高御座，皇后坐在右对面的御帐台。平安朝以后的御所紫辰殿南阶之下的东面种有樱花，西面种有橘树。东左西右。天皇举目，首先观赏到的是左近的樱。皇后举目，首先观赏到的是右近的橘。天皇与皇后，哪个更显赫？当然是天皇了。所以天皇举目首先能看到的是左近的樱。这里，不在乎樱与橘，而在乎左与右。

日本钱汤（公众浴室）的入口，左为男汤，右为女汤。这是德川以来的习惯。在一个大男人主义的社会，左总是向男人优先开放。在日本，行人在左侧行走，这是源自江户时代武士们必靠左侧行走。其理由在于他们的佩刀，要想快速拔出插在左腰处的武士刀，就得保证右手活动的空间，由此武士们即便擦肩而过也不会互撞了。日本的相扑有个"番付"，是等级表的意思。东与西分开，当中写有"蒙御免"三个字。左侧为东，所以也叫东横纲。右侧为西，所以也叫西横纲。东横纲要比西横纲上位，东横纲降级就是西横纲。日本神道规定，在神前出步的时候，必先左足开步，退从右足。所谓的进左退右便是。新娘子在进入新房玄关之际，也是左足先开。

日本学者春山茂雄曾经认为，左脑是个人脑，右脑是祖先脑，人类大脑进化五百万年的精华都在右脑，人的重大决策几乎全由右脑最后做出。因此，要有高超的思维能力、丰富的想象力、强大的创造力，一定要重视人文文化，重视右脑。但是日本脑科学研究者角田忠信通过对日本人大脑结构的研究，发现了一个惊天的秘密：日本人的大脑分工不同于欧美人。他在畅销书《日本人的脑——脑的运转与东西文化》中认为，欧美人的脑结构是左右分工明确。左脑为理性之神，右脑为感性之王。而日本人的脑结构则是将理性与感性的认知都混杂于左脑来处理。无论是元音发音，还是笑声、哭声、风声、虫声等情感音，都首先进入左脑。如隔壁人家在弹钢琴，琴声首先传入西方人的右脑，通过感受不认为这琴声是对我家的干扰。但如果是日本人的场合会如何？隔壁人家的琴声，首先传入日本人的左脑，马上理性地反映出这琴声就是噪声，噪声就是对我家的干扰，必须制止这种噪声。所以，钢琴杀人事件只有在日本才能发生。所以，在日本租房子的时候，首先被问的一个问题就是家里有人弹钢琴吗？

同样是琴声，为什么西方人与日本人的反应不一？就在于日本人的脑平衡出现了很大的问题。可以这样说，整个日本人的大半行动判断都是通过左脑来决定的。这会带来一个怎样的结果呢？在体质上容易发生歇斯底里症，身心容易接受新兴宗教，即文化认知上的差异。这里，我们感兴趣的是，既然日本人的大半行动判断都是通过左脑来决定，那么尚左是否也与此有关呢？

在日本，江户时代活跃的雕刻大王左甚五郎，大作家夏目漱石，歌舞伎世家十二代目市川团十郎，他们都是左撇子。一个有趣的话题是宇宙飞行员野口聪一，他也是左撇子。由于飞船上没有左手作业的工具，他只能在飞船外面作业当助手。人类的发掘调查表明，在远古左撇子占一半人数。之后发生显著变化，现在习惯使用右手之人占据了90%。但是从左右脑的关系理论来看，从事感性艺术领域的左撇子，其比例高得出奇。所以左在日本总是一个很丰富很有意思的话题，如日本便利店内的商品摆设就有向左回转的倾向，这是因为人的习性是向左运动。抢夺犯80%也是左转逃走的。徒步也好，自行车也好，摩托车也好，汽车也好都是如此。日本警察说借此能提升60%的破案率，以至有大学教授提出要建立一门左右学，来研究左右文化历史的变迁与意义。

左好还是右好？

中国有左顾右盼的成语。日本倒没有学中国，它来了个颠倒：右顾左盼。如汉字素养非常高的森鸥外的文章里就有"右顾左盼"的用法。还有民俗学家折口信夫也有这样的用例。在日本有"左团扇"的说法，意味悠然度日有福人。显然是个不坏的用词；有"左孕"的说法，有表明生男孩的意思，也是个不坏的用词；有"左封"的说法，表书信封口在左上方，在日本属遗言等凶事用，看上去左的尊贵受到了质疑，但从非日常的角度来看，左仍有其不可替代性；有"右は京道，左は伊势道"的说法，表右是通往京都的东海道，左是通往伊势的参拜道，意味人在歧路何去何从。显然这里的左右之意都不坏。

有"左前"的词语，表大襟向左扣的意思。在日本，为了与活人相区别，死人的大襟都是向左扣的。这当然是不好的缘起，故该词语也带有负面之意，如表示衰落、衰败等。在用例上有"左前的会社"，就表示衰落的公司。日本在葬礼上还有"左柄杓"的说法。一般的情况下人们用柄杓从左舀水。但葬礼的时候是用柄杓的外口，也就是从右边舀水。照理说方向完全不一样，无所谓嫌弃与否了。但日本人还是很在意，就是不喜欢"左柄杓"的说法。在食事上，有"左膳"这个词。在日本东北地区，如从左边开始食膳的话，表好运会丢失的意思，显然属负面之词。还有"左迁"这个源自中国的词，表示失足后的贬官，流放等的意思,如日本历史上著名的菅原道真,官至右大臣,但在901年遭谗言左迁太宰府,两年后郁闷身亡。此外还有"左党"一词。但与政治无关,只表示一群酒徒或酒友之意。

右也不是全不好。如有"右腕"的说法,表示最可信赖之人,好帮手之意,属积极向上之意。日本中世纪的军记物语中有这样一对词,"弓手·马手",表示"左方·右方"。如《保元物语》中有"左右开功策马靠近"的描述。正如字面所示,左为"持弓之手(的方向)",右为"持马缰之手(的方向)"。你看哪个重要呢?左手持弓杀敌当然重要,但右手持缰把握方向是不是更重要?舞妓艺妓用左手将和服的左端提起走步,这叫"左褄を取る",所以舞妓艺妓也叫"左褄"。而一般正经人家的女孩是用右手提和服的右端。日语有"右左"一词。但这与好坏优劣没有关系,只是以发音优先为考量。日本人如果面对五音文字且分两个意思的情况下,一般取二音三音的读法。"右左"就是一例。再如"西东",而不念"东西"。

到底是左好还是右好?这也头疼了日本人。所以他们干脆来上这么一句:"右と言えば左。"就是说当你言右实际上是说左,当你说左实际上是言右,表明人都是反向说话的。这就有点类似《诗经》的说法:"左之左之,君子宜之,右之右之,君子有之。"换言白话就是:该左就左,该右就右,君子无可无不可。在中国,孔子时代是尚左的。孔子说,左手为上,右手为下。礼,左手为先。而老子索性给左右下凶吉定义:"吉事尚左,凶事尚右。"在西方,英语的"right"表右,但内含正确与正义的语意。"left"表左但并不表示其他。所以世界上首脑会议的站位总是右侧优位。再从西洋图画的表现来看，具有代表性的蒙娜丽莎画，属右配置向左，这是受基督教神之御手为右的思想而来的。而日本神护寺所藏的源赖朝（镰仓幕府的开启者）肖像画，则是左配置向右，这是日（天照大神）出左（东）的思想而来的。此外，印度尼西亚人和印度人在观念上将右手视为清洁，叫净手，左手视为不洁，叫触手。面对上司和高贵之人总是驱动右手，反之左手则显无礼。再深入引申，净手是取食的，触手是方便时使用的。左手与右手，净与不净的构图。

在左右问题的表态上，最为滑头的要属佛教。它用一个没有方位的"空"字，替代了前后左右的尴尬。而日本人喜欢佛教，在很大程度上恰恰就是喜欢这个"空"字。色即是空，空即是色，用这个左右不对称的换位思考，才能将残月与落花视为美。

2015.12.20

奥姆真理教犯了思想罪？

"被尊师想念"与"被尊师赞扬"

如果要问战后日本恐怖史上最血腥、宗教史上最暴力、思想史上最惊心动魄的是哪天，答案肯定是1995年3月20日——在东京地铁释放沙林毒气，致十三人死亡、六千多人受伤的杀人事件。

二十年了，它带来的问题仍悬在人类理智的门前：信仰究竟在什么地方出了问题？人又是在什么时候开始执迷不悟的？为什么在一个科学昌明的时代，一个看似不堪一击的"人会空中飘浮"的宗教神话，能击破众人的心？

奥姆真理教的教祖麻原彰晃（本名松本智津夫）在事件后两个月被捕，2006年被确定死刑，但至今还未执行。是日本法务大臣的签字还没有轮到麻原，还是另有隐情？就在人们猜测纷争之际，《停止的时钟》在3月20日这天出版。作者是麻原的三女儿松本丽华。

有日本人说，丽华是个重情义的女人。沙林事件那年，她十一岁。一个十一岁的小女孩,在朦胧中体验了什么叫瓦解,什么叫崩溃。也是在这一天,资深记者、著名学者田原总一郎说,他十一岁的时候,经历了8月15日战败的"玉音"播放。在第一学期,老师还说那场战争是正义的,但到了第二学期,老师又说那场战争完全错了。大人的说法转了一百八十度,还有何信用可言?是国家欺骗了国民。十一岁的丽华,是否也遭遇了周围大人们说变就变的欺骗?田原总一郎在问。他是在用自己的十一岁对照丽华的十一岁。自己的十一岁,是国家在犯罪,丽华的十一岁,看似是父亲在犯罪,但其背后是否有国家犯罪的影子?

今年已经三十一岁的丽华一边写书一边痛忆,"父亲被捕至今已二十年,我好像也死了二十年。自父亲从我眼前消失的那天起,我的时钟便戛然而止"。父亲被逮捕后的第九年零四个月,丽华才与他见面,他看上去好像是一个被毁坏的"人形"。曾经给予女儿温情的那个父亲,已经荡然无存。从那以后直到2008年,她总共探望了父亲二十八次。但每次除了听到父亲从喉咙发出杂音,其他什么也没有。她说父亲被彻底"击毁了"。这应该是父亲的本来面目吗?她现在也想每月见父亲一次,但就是不被允许。当听到父亲穿着尿布出庭的消息,她最初的感觉是,父亲从世俗中被解放了出来,进入了圣人的状态。

十一岁的丽华背着父亲是杀人恶魔的重负,无法上小学,无法上中学,无法上高中。大学倒是考取了好几所,但最后都被拒绝入校。二十岁的她走投无路,将原本给她发放过入学通知书的文教大学告上法庭。讲法理的法庭判定该大学"出身差别"的做法违宪。胜诉的她最后接到了该大学的开学通知。她同时还将拒绝她入学的和光大学与武藏野大学告上东京地方法院，要求赔偿精神损害。

1995年3月，奥姆真理教开始导入日本的省厅制度，虚拟国家构成，细化阶级。"正大师"是教祖麻原"尊师"称号的次级称号。十一岁的丽华就被父亲宣称为アーチャリー正大师（アーチャリー是梵语，意谓先生）。沙林事件后，其他"正大师"都被抓了，丽华成了教团中唯一一个"正大师"。

在这位"正大师"笔下，奥姆真理教被描述得像日本的村镇，自己的父亲就是憨厚可亲的村镇长。她在书中写道：

> 事件与裁判，对我来说都是无法忍受的。我继续保留我的观点。都说我父亲策划了事件，但我没看到过父亲亲自下指示的模样。父亲面对弟子们显然不能自圆其说的证词，就失语患病了。我的母亲，作为妻子和母亲的她，如果能对在病中接受审判的父亲稍有点责任心的话，我或许就有其他想法。但母亲什么也没有做，所以守卫父亲的事情只有我们这些孩子来做了。我是相信父亲的。在没有亲耳听到父亲说些什么之前，我绝对不会断罪父亲。即便世界上都将他视为敌人，但我还是将他视为我的父亲。

意味深长的是，丽华在书中提出了这么一个奇妙的观念："被尊师想念"与"被尊师赞扬"。这个"被想念"与"被赞扬"是不是这场大事件构图中的关键词,是不是为其父亲辩护的最好托词?

你即便死了情又何堪?

就在丽华说出"被尊师想念"与"被尊师赞扬"这个奇妙组合的同时,麻原的四女儿松本聪香,这位在1989年出生、沙林事件发生时只有五岁的女孩,在2015年3月19日接受了富士电视台安藤优子的采访。下面是采访节录:

问:在沙林事件二十周年之际,你最想说的是什么?

四女:想对被害者和遗属说声对不起,请接受我的谢罪。

问:今天想对作为死刑犯的父亲松本说什么?

四女:想听到父亲对被害者真正谢罪的声音。

问:在法庭上他对当时的一切罪行都沉默不语,你是怎样想的?

四女:自己做的事都不敢正视,表明我的父亲是个没有胆量、没有情分的人。

问:由于父亲的原因,你的人生变得如此苦难不堪,你是怎样想的?

四女:如果说不憎恨的话,那是说谎。我有过一百次以上的自杀行为。

问:你姐姐出版了新书,你是如何看的?

四女:姐姐还没有对被害者谢罪,而且书中的一些说法,据我所知与事实不符。

问：如何看阿莱夫（奥姆真理教解散后派生出的一支宗教团体）？

四女：我认为阿莱夫危险。因为肯定杀人的教义没有变，所以很危险。

此外，在3月17日接受共同社采访时，聪香说，父亲的死刑绝对应该执行。

一个认为父亲的死刑判决应该立即执行，一个认为父亲是否与事件有关还存疑。四女儿和三女儿的认知差距究竟从何而来？是麻原将只有两岁的三女儿带去印度修行的缘故？还是麻原从一开始就轻视出生在静冈奥姆教团设施内的四女儿？不得而知。但是有一点可以肯定的是，在沙林事件十五年的时候，四女儿聪香出书告白：《我为什么成了麻原彰晃的女儿》（德间书店，2010年）。

为什么成了麻原的女儿？她在书中这样写道：

> 沙林事件的那年，我刚五岁。父亲的虐待和与妻妾同居的异常生活，刺痛了我幼小的身心。周围最高干部的言行、悄悄进行中的恐怖计划，都使我不寒而栗。而当我去监狱探视父亲时，父亲用右手遮住自己的嘴，用只有我能听得见的声音，悄悄地叫我的名字。之后，又很快恢复到原先的痴呆状。这次会面使我感觉到父亲是在"诈病"。

一个说父亲是在有意识地装疯卖傻,一个说父亲变得痴呆是被折磨所致。究竟四女儿的说法准确还是三女儿的说法准确?四女儿聪香在书中还透露了父亲荒淫无度的生活,如强逼女信徒吞服他的精液,身边有一百名情妇,私生子女至少有十五人。而这些在三女儿丽华的书中一个字也找不到。

在谈到写这本书的动机时,聪香写道:"我十五岁的时候才知道事情的全貌,十六岁便从家里出走。离开奥姆的庇护想自立。执笔写书的理由是想对被害者谢罪,是想对支援过我的但现在又联系不上的人表示感谢。我一直记着一位校长对我说过的一句话:'你的命只有一条,而你父亲杀了那么多的人,你即便死了情又何堪?'"

思想是奥姆的真犯人?

姐妹两个对事件、对主犯这种主体性认同上的差异,令日本社会惊讶:奥姆教事件真的结束了吗?法庭对麻原的审判、对奥姆教的审判触到本质了吗?二十年后的今天,奥姆教思想在日本究竟还有多大的影响?会有麻原第二诞生吗?

这令人想起日本研究基督教思想史的宗教学者大田俊宽。他在2011年3月出版《奥姆真理教的精神史》(春秋社),在书中就奥姆教产生的土壤问题这样设问:奥姆教真的是1970至1980年代日本精神状况的产物吗?他做出了否定的回答。

他将自己的学术视点放置在信仰基督教的"鬼子"身上。他说奥姆真理教是对罗马主义、极权主义和原理主义宗教崇拜的产物。如果说这三大主义构造了近代西方，那么奥姆真理教用这三大主义构造了当代日本。从本质上说它们都是反时代意志的集合体和混合物。所以在奥姆真理教的真正罪人究竟是谁的问题上，大田既不认可"麻原独断说"，也不认可"弟子暴走说"，他的视野投向了无实在的在——思想。大田认为思想是奥姆的真正罪人。

大田举例说，对麻原审判采用的是一审终审制，没有二审、三审。为此法庭受到日本舆论的尖锐批评。之所以如此，是因为在审判过程中，麻原早早就将自己封闭于一个妄想的世界中，不能自拔。在这个状况得不到任何改善的情况下，继续审判只能是徒劳的、无意义的。麻原的思考被厚厚的妄想层所覆盖，从某种意义上说，他只是被妄想所驱动的人。从这个事实出发，大田得出这样的思考："奥姆教是从灵性进化论思想潮派生出的一个宗教团体。""奥姆教思想的根干是灵性进化论。"

大田在书中论述到，如果挖掘灵性进化论源流的话，19世纪后半叶活跃于俄罗斯的布拉瓦斯姬夫人必须纳入视野。当时基督教信仰受到了达尔文进化论的打击。在这样的背景下，布拉瓦斯姬夫人将交灵术和进化论融合，创了一个叫作神智学的新兴宗教。神智学认为，从真正的意义上说，人的进化不仅是肉体水准的进化，还应该包括灵性水准的进化。人有七个阶段的进化，当物质进化达到极点，就会转向灵的进化。更通俗地说，从物质到精神，就是神智学教义的全部。

对此大田得出一个看法：从这点来说，奥姆教也擅长向一般人提供非现实的快乐世界。其体现者就是麻原和他的干部。奥姆教内部经常使用"种的转换"这一语言，表明当代人类被物质的欲望所束缚，需要肃清这些，推进灵性的建设。这是不是奥姆教的布局？其最终目的是否也想尝试物质到精神的大转换？2012年6月，奥姆教的最后一名逃犯高桥克也被逮捕。在他的个人物品中有一本日本思想家中泽新一的《三万年死的教义》（角川书店，1993年）。而中泽新一的另一本书《彩虹的阶梯》（中央公论社，1993年）则是奥姆教信徒喜欢看的书。据原信徒野田成人交代，教团中除了麻原的书，就是《彩虹的阶梯》。不记得麻原对这本书是如何评说的，但其信徒确实用这本书作某些参考。

对此，大田最后的结论是：奥姆教的本质是思想的问题。为什么长达十七年的审判不能触及奥姆问题的本质？就在于在日本现行的法制体制下，无法对思想问罪。再加上日本人有挥之不去的战时"近代超克"的历史记忆，也成了奥姆教的一个思考原点。不过大田再三强调，奥姆真理教的产生绝不是日本佛教内部导出的东西，而是随着"鬼子"的近代思想终焉而形成的一个"怪胎"。当然，并不是说日本佛教界就此可免责了。

对死的恐惧和对现实生活的不满，是任何主义、思想和宗教的出口。当时的奥姆教设施里就贴着这样的大标语：人会死——绝对会死——必定会死。这和描述死体慢慢腐败最后成白骨的"九相图"一样，只有一个目的，就是让你时刻意识到死。意识到死，你就会恐惧，但信仰可以减轻恐惧。为此很多宗教都宣称自己的这套东西能保证在"极乐净土"和"天国"的轮回转生，保证死后的场所。奥姆真理教也不例外。而对"没有终止的日常"社会无法忍耐的弱者，就将伪装成父亲的教祖麻原视为唯一依靠。这是不是大田所强调的思想是奥姆教的真正罪人的真意？这是不是追问奥姆教事件有没有结束的真意？

最终用来收尸的容器

森达也这位出生于广岛县的著名知识人，在沙林事件六个月之后，最先将镜头对准了奥姆教的信徒。他用两年多的时间，推出追踪奥姆的纪录片《A》，将一枚硬币的正反两面呈现在观众的眼前："他们"（年轻的奥姆教信徒）和"我们"（警察、媒体、受害者、正义的你我）。当权力、正义、公愤毫无遮挡地毫无顾忌地对准他们的时候，如何将"他们"的卑劣、"他们"的虚伪、"他们"的阴暗、"他们"的残暴，用一种真诚和真实表现出来？他们是否也有话要说？如果剥夺了他们的话语权，是否也反映我们自身存在的暴戾和缺陷？

森的拍摄手记这样写道：

奥姆教的信徒，当然还有沙林事件的实施犯，如果与他们见面的话，就会发现他们也是善良、善意和纯粹的人。看不出是恶人和被洗脑者。如果从这个视角展开的话，我们只能得出一个结论：善意的他们干出如此凶恶的事件，肯定是体系本身出了无法修复的故障。或者更明白地说，是现行体制的必然。他们知道播撒沙林的理由是因为麻原的指示。

麻原又为什么下指示？森说，这里有一个死与生转换的宗教思想在内。死后去天国或净土，如果真是这样的话，现世受苦还不如死去的好。如果用这个想法套在他人头上的话，那么，这个人干了坏事，干脆把他杀了。这个发想也就是奥姆后期的"ポア"（Phowa）思想（原为密宗术语，表示一种禅定的训练。后被奥姆真理教引为其教义，认为杀死恶人让其高境界地变身，故是正当的）。当初人们嘲笑奥姆教的这个思想，但是奥姆教的信徒却很认真地思考这个"ポア"是否具有宗教的成分。本来麻原应该在法庭上说话，但是他完全被摧毁了；在漫长的审判中，如果得到适当治疗，麻原稍有恢复的可能性还是很高的，但是这个社会没有这个选项。即便有这个选项也没有给麻原。其结果就是社会危机意识的高涨，反社会的集团化在加速。这与当今的日本国家状况是相连的。

问题的难点在于，池鱼听道，飞鸟在道场盘旋的蛊惑人心，又恰恰证明，精神的磁场有时根本让人无法拒绝，更让人无法不为此鼓噪甚至献身。森的纪录片追踪过一名叫荒木的信徒。有一天他在街上被警察盘问。围观的人群中有一位老妇人劝他从良。说到现在还执迷不悟，实在是"黑的白不了"。当荒木问她做一回"正常人"是什么意思时，她理直气壮地摆出弱肉强食的道德经：做老板指挥别人。而荒木对此的回应是："这样的话，我情愿做一个传道人。"

从这个对话中,你看得出究竟是谁出了问题吗?是主流价值遭遇了挑战,还是遭遇了挑战的主流价值行将变身?如果是这样的话,这与将滥杀无辜称为善行的麻原时代,在本质上有什么不同呢?

这就令人想起,沙林事件中最后一个被审判的被告人高桥克也曾经说过的话:"在逃跑过程中我多次想,把末日裁判提前降临给普通人,用这种手法惩罚世界究竟好不好?"杀了那么多无辜之人,在十多年后思考的重点竟然是"好不好"的问题。这就如同麻原宣称自己能空中飘浮打坐一样,把自己装进去的同时也把全体都装了进去。或许为此故,研究沙林事件的国选律师、法律家、宗教家中岛尚志在其出版的《奥姆教为什么没有被消灭?》(好书房出版,2015年)一书中,提出五大设问:一、为什么现在奥姆信徒不减反增?二、既然属于颠覆国家的罪名,又为什么对各个犯罪者做个案来审理?三、麻原一审公判累计二百五十七次,但还是没有追踪到事件的本质,检察方的重大失误在哪里?四、林郁夫有两个命案被判无期,横山真人没犯命案却判死刑。这是为什么?五、高学历的年轻人关注奥姆真理教的两个至今未提及的原因究竟是什么?

这五大设问在笔者看来可以归结为一个问题:奥姆真理教科学技术厅大臣村井秀夫曾经开发出一种叫作PSI的修行装置,设计者将电流的波动与教主麻原的脑波协调一致。教团以一百万日元强行卖给信徒。为什么要与麻原的脑波一致,为什么要强行卖给信徒？原来这种强行的脑波一体的修行装置，就是要信徒相信教主绝不会犯错，任何质疑他指令的人精神与肉体都得死。而恰恰是在这一点上，有日本学者指出，在外界还没有真正理解奥姆真理教时便草草结案，只会令世界失去一个窥探宗教极端组织的良机，尤其是窥视哪些人最易受极端主义影响的良机。其实森的纪录片就可理解为朝着这种窥视的一种努力。在窥视中，我们发现犯罪人的罪名与刑罚其实并不重要，重要的是如何在窥视中证实现代文明的价值所在：在回家的路上，人人都有说话的权利。

这正如村上春树在《约定的场所》中所说的：那些人并非处于"尽管身为精英"这一语境中，恰恰相反，可能正因为身为精英才一下子跑去那边的。当人们无法从现实事物中发现价值的时候，奥姆真理教对他们就是一个理想的"容器"。尽管这个容器最终也只是用来收纳尸体的一个道具。

2015.04.28

像风一样逝去,留下的是情爱

死因是怪怪的前列腺癌

精神的意淫没有能使他益寿,肉体的欢愉没有能使他延年,他的生命终止于伞寿。这应该是个很不错的期望年岁了,但对于一个始终有情爱在燃烧的人来说,还是显得仓促了些。

4月30日在东京都内的自宅,渡边淳一去世。死因是前列腺癌。

渡边在日本素有"日本情爱大师"之称。这当然是溢美之词。如果通俗表述的话,就是"下半身作家"。渡边的看点就在这里。而他最著名的口头禅就是"喜欢女人"。那么,他的前列腺癌与"情爱"与"女人"是否有关?这当然不得而知。但是他说过这样的话:写男女情爱小说,需要有健康的身体。因为只有健康的身体,才能随人物冲动而冲动,随情节高潮而高潮。

被确诊为患上前列腺癌的2010年,渡边76岁。他在接受记者采访时说,尽管是76岁了,尽管是患上不能情事的病了,但喜欢女人不变。2013年10月24日,他坐上轮椅,出席了银座妈妈桑们为他举办的80岁庆生会。他对自己能迎来伞寿感到吃惊,并开玩笑地说,坐上轮椅,就再也不能偷偷地密会了。而不能密会,对人来说则是致命的。渡边对情爱的独到见解是:每个人的情爱只限于自己的一代,因此是永远没有进步的领域。所以情爱永远是文学的主题。读者也不会厌倦这个主题,因为它总是在一代人所理解的情爱世界里,将情爱表现出来。对于他的去世,日本文坛表现出一片惋惜之声。

直木奖获得作家藤田宜永说,在日本,为男女恋爱倾注全身精力的作家已经不复诞生了。

日本笔会会长、作家浅田次郎说,人上了年纪就会变得木讷些,但渡边的作品一直具有青壮年所具有的能量,他是小说家的样板。

与渡边有30年交情的女作家林真理子说,他始终坚信对女性的喜欢,对酒的喜欢,真是一个作家不可或缺的食粮。在书卖不出去的出版界又失去一位领袖。这不是一个作家的死的问题,而是整个文坛将会在冲击中崩溃。

在电影《失乐园》中扮演女主角的黑木瞳说,得知讣报,一个人在哭泣。这位纯爱先生到最后都是非常的洒脱,非常的绅士,让人感受到男人的美学。

临近快乐的峰巅,会有一种可怕的感觉

毫无疑问,渡边在日本是一位畅销书作家。

人们或许将他的畅销归功于情爱与情色的描写。确实从情色描写的角度来看，渡边的情爱小说与官能小说有一致的地方。就是极尽能事地将情交描写得再新颖些，再出奇些，再激烈些。读《失乐园》，读《爱的流放地》，读《紫阳花日记》，甚至读历史小说《天上红莲》，都能强烈地感受到一种来自情色的刺激与兴奋。以致他的《失乐园》刚出中译本时，被删去所谓涉"黄"的三万字。

但问题是小说描写情爱与色情就能畅销吗？不见得。日本每年要出版很多的官能小说，但很难有畅销的记录。日本读者对这类小说的兴趣似乎也不是很大。所以问题还是在于要有一种哲学，要有一种观念上的观照。这才是畅销的推手。

那么渡边的小说暗地里涌动了一种怎样的观念呢？我们注意到他的作品总是放置于感伤与无常这个大主题之下。岛国人的存命，偶然性是他们的必然，必然性是他们的偶然。因此，无常观是他们最大最深厚的生命哲学。

岛国人的感受性来自于景色怡人的四季。但好花不常开，好景不常在。今天还轰轰烈烈的樱花，明天就飘洒如泥，生出的自然是一股感伤的情绪。既然一切是稍纵即逝的，既然一切是无常不测的，那么在感伤与无常之间，如何捕捉现实当下的人生快乐？如何享受鲜活肉体的那种欢快？

色香终散尽，人生本无常。这是岛国人才有的思维定向。因此在渡边的笔下，生与死，性与爱，青春与老迈的描述，实际上就是感伤与无常的文学化和人物化。在渡边的笔下，《失乐园》

被观照成一种非常稀有但很有力量的纯爱。而到达顶峰的纯爱，没有比死这件事更纯粹更清朗的了。如果两人欢爱的结果是最后在一起，过着一种平淡无奇的生活，或者成了一对时有争吵常有翻脸的世俗夫妻，那纯爱而引发的性爱，就将失去它的全部意义，或者这种性爱将不堪忍受世俗之重而变得猥琐。所以小说中两个人最后选择以最纯粹的方式完成纯爱，那就是死。如小说中有这样的着笔：

"好可怕……"

久木听了不由自主地停下了动作，悄悄窥视着凛子的表情。

久木宽阔的后背覆盖了凛子那纤巧而匀称的身体。透过床头昏暗的灯光，只见凛子紧蹙着眉头，眼睑微微颤动，像是在哭泣。

凛子正临近快乐的巅峰，她的心灵和肉体已经挣脱了一切束缚，一步步沉入了愉悦之中。

这种时候她怎么会说出"可怕"来呢？

久木轻声问道："你说怕什么？"

耳畔热乎乎的气息使凛子浑身倏地一抖，她没有吭声。

"你到底怕什么呢？"

久木再次追问时，凛子才懒懒地低声说道："我只觉得身体里的血在倒流，简直要喷涌出来了……"

哦。原来如此。

临近快乐的峰巅，会有一种可怕的感觉。而这种感觉作为男人的久木是无法体味的。小说最后写道：凛子紧紧贴了上来，久木用力搂住她那灼热的身躯，真切地感受到了凛子的新变化。这是种怎样的新变化呢？就是体验到了绝顶性爱的身心变化。毫无疑问，这种变化是死亡之路的通行证。

原来纯爱是要献身的

渡边说过，男人总是渴望成为女人的第一个男人，而女人则希望能够成为男人的最后一个女人。这就道出了男女在体验情色上的差异。2006年推出的情色之作《爱的流放地》，就是渡边试图对这种差异做出解构的一种努力。小说先在《日本经济新闻》上连载一年多，受到白领男女们的热烈追捧。"因为爱她所以杀死她。"这是令日本女检察官织部美万分不解的一句话。

小说写一位上了岁数的小说家村尾菊治，爱上了喜欢读他的作品的入江冬香。三十多岁的冬香是一位已婚少妇。他们第一次幽会是在八层楼的宾馆，可以从窗口俯瞰整个京都。已经下起了毛毛雨，京都的街道被蒙蒙烟雨打湿了。即将到来的情色二人世界，天气若是太晴朗，便了无情趣，秘密幽会以阴天或雨天恐怕为最适。小说这样描写道：

"他先是轻轻地触摸她的乳头，尔后在其周围画圆般地爱抚，然后又返回到乳头来。两个乳房都在受着刺激，冬香缩了缩脖子，难耐地摇晃起头来。她那隐忍不发的风情，让菊治觉得可爱无比。看来冬香对自己的爱抚反应十分敏感。菊治为冬香的单纯感到高兴的同时，这意外的发现也刺激了菊治的好奇心。至少一个月以前，在饭店的咖啡吧里，和祥子一起见面的时候，他绝对想象不到冬香在床上会有这副陶醉的神态。当时，冬香忽然举手至额前，遮挡刺眼的阳光。于是，菊治脑海里浮现出戴着低低压在眉间的斗笠跳风盆舞的女人，而此刻的冬香与这一印象大不一样。但是，菊治就喜欢女人出乎意料的另一面。平时把各种各样的情感悄悄地深埋心底，平静度日。这样的女人受到男人意想不到的爱抚时，就会变得沉醉而放纵。"

看来，菊治想要窥探一下隐藏在文静外表下的另一个冬香。想到这些，菊治内心的情欲之火燃烧了起来。他要进一步挑逗冬香，让她疯狂到极点。越是外表上端庄、贤惠的女性，他越是想要彻彻底底地剥去她们的假面具。

二人完事后，冬香仍然躺在床上，稍稍侧身背对着菊治，衬裙右肩头的吊带已滑落到了胳膊上，裙底边也微微卷了起来。这种毫无防备的姿势更是别具风情，菊治轻轻把冬香抱进怀里。冬香慢慢翻身似的转过身来，菊治又往怀里搂了一下，她便紧紧依偎过来。这是两个人交合后的第一次拥抱。现在已不需要再有任何犹豫和踌躇了。菊治把紧紧贴着自己胸前的冬香的吊带衬裙，从头上脱去，冬香也没有任何反抗。菊治再一次面对面地紧紧抱住赤裸的冬香。

刚才躺在菊治怀抱里的冬香，无论是那雪白柔软的皮肤，微微张开的嘴唇,还是那灼热的私处,全都曾经被她丈夫抚摸,任由其施爱,最终生出三个孩子来。菊治越想越难受,越憋气,他赶紧打消这些怪念头。

一次次的情事,一次次的高潮,一次次的最新体验,冬香也由最初的提心吊胆变得越来越大胆。在她生日那天两人来到箱根再次偷情。在他们激情交缠冲向高潮的那一刻,冬香突然向菊治提出"如果你爱我的话,就请把我掐死吧"的要求。冬香说完,菊治的手伸向了她的脖颈。不过就在冬香快要断气的一刹那,菊治松开了双手。"杀了我吧!我幸福得直想死!"

冬香的这句话成了菊治心中的一个魔咒,每次菊治以最直接的方式爱对方的时候,冬香的心中就会升起赴死的激情,一次比一次清晰,一次比一次强烈,越陷越深……

就在这天晚上,冬香在达到高潮后感到前所未有的激情难耐,又一次让菊治掐死她;而这一次,菊治也被冬香的忘情感染,伸出因激动而颤抖的手,伸向冬香那白皙滑腻的脖颈,一点一点用力……

原来,不伦之爱才是纯爱,而纯爱是要献身的。从肉体到精神,从精神再到肉体,这种升华的过程,是不是就是成年人纯爱的方程式?在爱和性达到最高潮时死亡,是很美好的。它不同于情死,也不同于情杀。这是让爱留住,让高峰体验留住的最完美的方式。这里,死不是爱的毁灭,而是爱的重生。

渡边淳一的情色主义是:如果说男人的情欲只是偏向好色的话,而女人的情欲一旦开启那道"最爽"之门,是所有男人在性爱中无法体验到的。和丈夫做爱，女人只有自然反应的性快感；与情人偷情时，女人是用身体和心一起做爱，是情欲的彻底拨动和最完美的表现。法国思想家乔治·巴塔耶曾写下："情欲是人将死之前高涨的生命力。"而渡边的小说则对这句话作了可重复的验证。

她为何同时交往复数男性？

原本是执刀医的渡边，看过太多的血肉，看过太多的死亡。或许他总是习惯性地向人的最深处窥望，或许他才更深地领悟到肉体何以死亡，死亡的肉体何以安魂这一人类面临的共同困惑。而性爱与死亡相连，则是人性中最本质的东西。他说，阴茎与阴道、雄激素与雌激素的差别，决定了男女情感表达方式的不同。我的小说就是要把这种不同揭示出来。两人爱到你中有我，我中有你，但男人的爱与女人的爱仍有本质的不同，认识到这一点，才是爱的最高境界。

《魂断阿寒》中的纯子，只有18岁，但她仍然懂得只身前往白雪皑皑的阿寒湖，以沉睡入雪地的方式结束自己的青春胴体。这让人惊叹不已。这需要一定的理解力和相当的观念观照才行。渡边说，这位纯子就是自己高中时期的初恋对象。他说，我至今还记得接吻时她瞳仁的样子。但后来渡边才发现，这位纯子在与他交往的同时，还与另外5个男友交往。这促使渡边思考的一个问题是，她究竟最爱谁？她为何同时交往复数男性？

这里的问题难点在于，纯子在这样的年纪就能如此坦然地周旋于男子之间，这是为什么？而渡边笔触所到之处表明，这与其说是一种青春的猎奇和骚动，还不如说是渴望成长，渴望遇见自己瞬间美，渴望得到真爱的一种极端。于是这种灵魂里最深层的悸动，最终以极端的形式表现了出来——与白雪融为一体的自杀。这是救赎自己的最终手段。她不爱我们，她最爱自己。她喜爱表演，甚至主动去堕落，冲破一些道德观念。她仿佛在和人说，只有这样我们才能看到艺术，才能在生与死的边际体验绝对的安静与新鲜。

渡边万事从下半身思考问题，有时倒也柳暗花明。如《源氏物语》里留有一个有趣的问题——为什么源氏与六条妃子发生了多次情事之后，与她渐行渐远？作为身心成熟的"未亡人"六条妃子来说，为什么对源氏没有更强的吸引力？小说没有这方面的交代。或许作者紫式部是个女人，她厌倦事事巨细的性描写。而渡边给出了一个颇为有趣的见解：六条妃子的"秘所"有问题。也就是说，在情事方面，她的"秘所"不能吸引身经百战的源氏。源氏交际佳丽无数，但就其知性的天分来看，数六条妃子最高。是否知性之女，"秘所"必有其功能性的欠缺？活着就是生命的意义，感官的欲望才是我们每一天无法回避的事实。这一存在主义哲学，在渡边的笔下，化为无数鲜活的生命个体。

日本人将很难再复制一个情爱大脑

这几天,北海道札幌市的渡边淳一文学馆,前来吊唁的人络绎不绝。其中有吊唁者说:他像风一样逝去了,留下的是情爱。

生灭灭已,寂灭为乐。这是佛教的境界,也是渡边的境界,这个境界后人是无法复制的。从这一意义上说,日本人将很难再复制一个渡边淳一的情爱大脑,将很难再有超越《失乐园》《爱的流放地》的情爱作品。

是的,天下最好的东西往往与最坏的东西相似。纯爱与情色:一个是无心,一个是刻意,完全的异质,但日本人则能异质相容。于是诞生了适合他们风土的,我们看起来有点另类的情色文化。这就有点像轻舟从雾袋中穿过,到了湖边,才看见那么一条细痕。或者干脆说:午夜,曲倦灯残,星星自散。

这就令人想起雪莱的一句话:同人生相比,帝国兴衰,王朝更迭何足挂齿;同情爱相比,日月星辰的运转与归宿又算得了什么。

有雪莱这句话相伴,渡边淳一可以安然闭目养神了。

2014.5.6

无印良品是性冷淡的代言？

故事的真相究竟如何？

日本人是这样冥想他们的侘寂意象的：男女在雪地交欢，但却又落樱遍野，雪地一片绯红；深夜的院子里，"吧嗒"一声响，哦，是一颗熟透的梅子落地；头上插着花梳的女孩，提着纸灯笼在游走，湿漉漉的草丛边，倏地跳出一只青蛙。日本人说，这种融于自然的美，但又是不完全的美，便是幽玄的诞生，更意味着发生的瞬间。

所以对日本人而言，当从习惯了瞪大眼睛到处寻找创新和意义的热度中冷却下来时，一个有足够的心情和时间来审视身边事物的余暇时代也就开始了。日本著名的设计家，无印良品艺术总监原研哉说过，柳宗理（日本民艺运动的创始人柳宗悦的儿子）设计的水壶，就是冷却下来后对日本人审美意识的再纠结再凝聚。这样想来，在日本创生，在中国走红的无印良品，是否就是冷却中的一只水壶？

住宅是个容器，在这个容器中放置什么，怎么放置，表现了对生活的理解。显然这是再也熟悉不过的启蒙和扫盲用语。问题是当原研哉肩负重任为无印良品拍摄"地平线"系列作品的时候，为什么想到了玻利维亚的乌龙尼一万多平方公里的盐湖和蒙古大草原？地平线和分界线。两个太阳，两个月亮。而人的身影就像孤海寂空中的小星点，可以不入视野，但怎么也离不开视野。这是要想表现什么？世界的普遍性和人的不可测性？地球和人类在某个时点的终极组合？

但这与无印有什么关系呢？更与无印的单个商品有什么关系呢？人们的视野还是将无印良品与优衣库相比。当然一个是服饰店，一个是杂货店。但就重叠的服饰部分来看，确实相差不多。都以棉麻为素材，舒适与透气是其共性。都以纯色、格子、水玉和条纹为其样式。但在优衣库，大妈们可以像买白菜一样挑选衣服，无印良品则基本看不到这样的光景。那么谁更处在地平线？人们甚至拿无印与宜家相比，宜家在物我分离中将实用进行到底，无印在物我一体中将物用观念化。那么谁更处于分界线？

在奢华与普通，昂贵与便宜之间，无印良品开始独立行走。完整的香菇总是贵的，而在食用的时候，总是要分裂它的完整性的，那我先分裂它，不就便宜了吗？有原因的便宜（わけあって安い）便成了无印的经营理念。但问题是进货的香菇可能本身就是碎的，价格当然高不起来。而当碎香菇爆卖之后，无印可能不得不将整香菇折碎了来卖。这是否就是故事的真相？但不管怎么说，无印良品是在1980年出现的品牌。当时是流通业者东大生堤清二提出的概念，设想是把生产或流通过程再精简，去掉多余的包装部分，制造出廉价亲民的商品，最原始的40项商品因此受到欢迎。如一件汗衫，一双袜子。纯情中稍带寒酸，但确实便宜。1983年在青山开设旗舰店，这是最为令人怀念的无印岁月。

小文艺眼中的"性冷淡"

尽管原研哉代表无印良品宣言所谓的"欲望教育"是未来人的最根本的教育，但人还是在欲望上出了问题。无印仅仅是因为便宜吗？是否还有其他原因？对此堤清二说，便宜是必要条件而不是绝对条件。绝对条件是品质。品质必须像品牌，但不冠品牌，故又曰"反体制商品"。反什么体制呢？反大量生产大量消费的体制，反淹没自我与个性的体制。这个体制的黑手又是谁呢？毫无疑问当然是全球化。

品质必须像品牌。这句带有黑格尔所说的"绝对真理"的广告用语，硬是把无印良品送上了野心勃勃的扩张之道。原本是想打节制和极简这一生活王道之牌的，以示对奢侈和繁杂的厌弃和反动。但为了做品牌，为了争抢消费者，就必须开发再开发，扩张再扩张。截至今年5月无印在日本共有401家门店，7000多个商品。这个集合型的连锁店和商品群，是否就预示着一个新生活时代的到来？这是有疑问的。如果按照无印所宣称的注重"生活概念"来看，那么显然这个生活是昂贵的、奢侈的。一双河和田涂漆筷子为1000日元，一个木制深盘开价1800日元，一把曲木椅33000日元，连一个小小的球体吊灯，都要25000日元。一个普通日本人家庭，怎么有能力用无印良品打造自己的家呢？新生活又从何谈起呢？

无印总是说自己表达了一种节制，一种对物欲横流的节制。小文艺者们又把它形容为"性冷淡"。但是当打开无印良品厚厚的商品目录（笔者手头正好有一本2015春夏无印良品商品目录），怎么也看不出对消费的节制和对欲望的冷淡。吃穿用行住无所不在的商品，是节制了还是抑制了？与宜家，与优衣库，甚至与百元店大创的商品目录都没有什么本质区别。说有区别的话就是价格比它们都贵。

都说无印具有简约的风格。但简约的一个基本要素就是要把价格降下来。不能说我这个商品是简约的，但价格却很贵。从这一意义上说，无印其实并不简约。设计上的简约是为了开出经营上的高价。这里就生出一个霸王逻辑：期望并享用简约就必须付费。谁叫你超前消费这一生活美学的？这也是近年无印在日本人气渐衰的一个原因。因为很多在国外生活过的日本年轻人，他们认为简约首先就是价格的简约。吃汉堡就是付汉堡的钱，吃牛排就是付牛排的钱。而吃的是汉堡，付的是牛排的钱，这有多冤。所以诸如买无印不要在意它的价格，买它是因为它的理念、它的简洁、它的大方的说法，就是被商业经理洗脑成功的最好范例，或曰品牌中毒现象。

因为很显然，日本大创的百元店也有集理念、简洁、大方于一体的商品，但如果在100后边加个0，你还会购买吗？在无印良品的发展史上，有个小资料说上任不到两个月的松井忠三，为了重振业绩,一把火烧掉了价值百亿日元的积压产品。为什么要烧掉而不打折处理或者捐赠给贫困地区?这又如何解释无印对生活的理解呢?

现在无印良品在日本遭遇的尴尬是:富人不会买,穷人又买不起。那么就面向不富不穷的消费群。问题是去掉两头取中间的消费,绝不可能引导一个消费潮,更不可能代表一个消费时代的到来。因为任何社会都是穷人占多数,抛离他们的消费不可能是全民与亲民的消费。这样看来原研哉再三强调的欲望教育,其本意是否就想吊起人们对无印的胃口?是否就想强行灌输只有对无印的欲望才是未来的理想生活?如是这样,私以为既便宜又实用的百元店大创倒是描画了后现代的生活图景:最终"这样就好",最终让欲望归零。空无,极简,质朴,指向的倒是第四消费时代。

在"这样才好"与"这样就好"之间

当然,无印良品是极力想扮演第四消费时代角色的。而将无印良品与第四消费时代挂上学术之钩的是写有《下流社会》的作者三浦展。他在2012年出版的《第四消费》(朝日新闻出版)提出这样一个观点:如果说第三消费时代是大量生产大量消费的时代,是消费行为多样化时代的话,那么第四消费时代则是将消费行为与思考生命的意义相连,或者说是其媒介。这也就是说,如果将效益最大化和经济快速发展视为前现代的特征,那么享受简约生活，不再终日奔波拼命赚钱则视为后现代的特征。这些特征还包括从个人意识到社会意识，从利己主义到利他主义，从私有到分享，从追求名牌到追求简约休闲，从钱到人，从经济原理到生活原理等。而无印良品就是没有商标没有品牌的意思。但是没有商标没有品牌的无印，是否就是商标就是品牌呢？三浦说，这种思考的颠倒就是对第四消费时代到来的春江水暖鸭先知。

扮演消费社会觉醒者的角色，声称不再购买无用的东西，不再购买品牌的东西，远离LV，远离古奇，远离爱马仕，远离奔驰，甚至还要远离资生堂。那么无印就是方向，就是无用中的有用，就是沙漠中的绿洲，就是繁杂中的极简，就是断舍离的最佳绝配？但是欲将跳出一个消费怪圈的时候，往往又会落入另一个消费怪圈，而且是不知不觉的。其实无印也是一种激发你欲望的消费模式，也是一种诱人的商法而已。只是它用所谓的极简，慢慢消磨和麻痹你对繁杂的耐心。

如果接近本色就是良品，如果去掉包装就是简素，如果用最自然的素材就是环保的话，那么一张嗑瓜子闲聊用的小木桌，一个在村头晒太阳打毛衣用的小木凳，是否也是无印了？是否也能开个好价？知乎网上的一个话题就是这样来的：一条橡木长凳经过无印的包装卖到1000元人民币。这是为什么？在中国农村，这样的长木凳几乎家家有，人工拉锯，开料，刨光，榫眼。而无印良品还是机械作业，为什么卖得这么贵？因为有生活美学在里面。生活美学也要用人民币结算？如果生活美学也能卖钱（当然知识也是生产力），那么就与无印的理念相悖。因为无印宣称自己是脱去一切杂念的"白",而且并没有说这个"白"也要卖钱。在"这样才好"与"这样就好"之间,"才好"是纠缠于完美主义,"就好"注目于过得去。你再有钱,天底下也没有"才好"的东西;你没有钱,"就好"就是你的钱袋。当有钱人也执着于"就好"的话,就是高度的自尊在行事了。问题是一条长凳1000元,究竟是"才好"还是"就好"?究竟谁是谁的陷阱?

既然是茶泡饭,为什么还有降价空间?

去年12月12日,无印良品在成都太古里世界旗舰店的盛大开业,其门店装修到金碧辉煌的程度连日本人都受惊不小。而店内商品的价格又至少是日本的翻倍。难道这就是"未来生活形态"的提案吗?难道这就是直抵生活底部吗?当然不是啦。还是利润压倒了一切,赚钱压倒了一切。本来是无印的,去了中国后变得有印了。本来是无品牌的,去了中国后变成名牌了。从禁欲到纵欲,从节制到扩张,截至今年2月,无印在中国的店铺数是133家,预计今年还将新开30家。无印现在的经营者也显然想在中国市场上速战速决地先赚一把再说,以弥补日本市场的低迷与不振。这样做的结果会在中国导出第四消费时代吗?显然不会。无印在中国毫无疑问地是在推进第三消费时代。也就是说无印在中国并没有告别"购物使人幸福"的模式。

问题出在哪里呢?还是本源上的二元论。在日本,无印是节制是慢步的象征。在中国,无印是放纵是快步的象征。看似空无一物，实则海纳百川的地平线海报，只是敲开中国市场大门的一个蒙太奇而已。况且这个海报的制作已经过去12年了，中国的消费者还在为它激动，还为它相见恨晚而情愿掏钱，也表明了信息的不对称。原本在日本，无印就是海滩上的一粒白沙，不耀眼也不出众，30多年来一直默默固守良好生活的小众路线，不奢侈不喧哗更不夺艳。问题是原本属于"断舍离"的生活美学，现在却成了"拥有更多"的消费哲学。原本回归慢条斯理的里山生活①，现在却成了城市生活的一道重压。

据《日本经济新闻》的报道，无印良品在中国降价了。260个商品的价格平均下调20%。终于打折了。原本品牌打折并不奇怪，问题是无印也打折，就将自己原先设定的形象给搞砸了。打折表明有利润空间。而无印本身是要倡导"饱食铁板烧与鹅肝后，忽而觉得，啊，茶泡饭真好吃"的低水准生活。既然是茶泡饭，为什么还有那么大的降价空间？无印是否一开始就将中国消费者锁定成了有钱好宰的对象？号准了中国正处在大款时代、公款时代、小文艺时代的脉？

这里就引出了品牌与人性欲求的话题。其实品牌是个巨大的阴谋，它会将消费悄悄脱逸于满足日常生活所需的轨道而拐入深不可测的符号化的黑洞中。而当品牌就是符号，消费就是将符号化的logo穿在身上的时候，导出的一个结果就是归属感和满足感

---

① 里山生活：里山一词源于日文发音，意指在邻里附近的山林、平原。透过永续的生态保育以及结合当地自然资源的生活方式，与土地产生互动，即是"里山生活"的表现。

会驱使消费者更为狂热且虔诚的消费。要问谁是这个巨大阴谋的始作俑者？其实是无法特定的。文明与进步带来的消费，就像洗脑一样，专洗那种愿意跳入阴谋局坑的人——符号消费。其实消费中的禁欲主义也是一种欲望，一种更为隐蔽的欲望。去无印专卖店，看似是在买禁欲，买本色，买极简，买朴质，但是当一手交钱一手交货，无印的logo拿回家后，你还是一个消费者，还是一个对物的执着的消费者。所有的说法都是华丽的托词而已。只是同样是消费者，你或许更为智慧一些，但同时"中毒"也许会更深些。这就是所谓鬓发的散乱，这是枕头的磨折。而面容的消瘦，则是你自身的磨折。

为什么在经验上和审美上更喜欢日本？

日本"3·11"大地震，看着海浪卷走房屋和汽车。这些物，在自然的强力下一钱不值。这些私家车和私有屋所代表的私物中，内含了多么巨大的风险和空虚。那么人为什么还要以此作为终身追求的目标呢？源于瑜伽的断舍离，原本就是宣称要舍弃不必要的物品，放下对物的执着。拜物教，即物的异化在马克思那里表现为人的异化。而人的异化则表现为宗教的异化，也就是主控自己行为的意识异化。

但是，人总有一种理性中带有自负的原始欲望，总是迷信地运用自己的尖端科技，让自己孤独地置身于一个没有人工痕迹的极度自然的环境中。这一方面引起了设计者的假想与构思，另一方面也勾起了消费者的无限欲望。这就是如果你喜欢泡澡，就不要把浴室放置在不起眼的隐蔽之处。尽管你住的是二室一厅，但也可以夸张地把整个家装饰得像个大浴室。你喜欢三角钢琴，你就把它放置在最中央，四周是隔音墙，隔音地板。这就如同原研哉在《日本的设计》（岩波书店，2011年）中所说，大型的青铜器不可能举起来。换言之，铸造它的目的不是为了实用，而是作为一种象征的存在，显示人们敬畏对象的力量，所以切不能将其单纯地归类为祭器。

从这个意义上说，这或许也是大多数日本人没有为自己的国家失去第二经济大国的宝座而感到沮丧的一个原因。日本人恐怕反而感到庆幸的是终于可以在经济之外，寻找到一个可以为更多人所共有的文明价值。近年海外游客的蜂拥而入，在经验上和审美上更喜欢日本的清洁与文明，节约与简约。脱去经济大国的外衣，穿上紧身文化的内衣，使得日本更具亲和力。而日本人在这方面也总是显得灵性十足。如漆器的荫翳。昏暗深邃的漆器，在残灯明灭的效果下，泛着朦胧之光，气色神秘。漂亮地从艳丽的浮华世界抽身，营造一个"昏天黑地"的美的空间。

如插花。有千万枝，偏挑一二枝；有万千瓣，就选一二瓣。吝惜到在乎一枝一瓣，小气到算计一色一香。

如日本人气茶道师木村宗慎在其代表作《一日一果》（湖南美术出版社，2015年）中说，"不要让果子胜过装点的器皿"。有时甚至要做到"不能太好吃"。这是为什么？1月1日，日本人过新年。这一天的果子是镜饼，器皿是室町时代的黑漆行事坛协几。而这一天的文字应该是这样的："元旦。雪白之姿象征着稻青穗实的瑞穗之国。"

如原研哉从日本传统食物羊羹那里受到明暗交错的启发，才认定白不只是白，白是无限未知可能。

再如中野孝次早在二十多年前的畅销书《清贫的思想》中就如是说："只有把日常生活维持在生存的最低极限，才能走上探求宇宙真理的道路。"16世纪的时候，日本有一位女性这样说："只要世间还有一个人为贫穷所苦，就不能一个独富。"她就是本阿弥光悦的母亲妙秀。妙秀说，当百姓们依然过着食不果腹的日子，如果有一个家族突然暴富，那一定是做了什么违反人情的事情。所以当她放高利贷的女婿家发生火灾时，她忍不住拍手称快。

指向一个文化的无印日本

无印良品的代言人，或许正是在日本这个大文化背景下才敢于宣称如下三点品物哲学：

设计不单纯地是创造的过程，而且还是寻找与发现的过程。通过物品寻找和发现生活环境背后的本质思想。

美意识的相互竞争，世界才变得丰富多彩。

唯有提升人对白的敏感度，我们才能发现这个世界并不是我们所想象的那么糟。

确实，无印良品看到了这点：物总有一天会被时光腐蚀吞尽，但在生命存活的岁月里，它必然有入微的直指人心的瞬间，这个瞬间会感动物的拥有者。当物成了人的经历的载体之后，留下的是高纯度的记忆。感动你，湿润你，质朴你。这就是物与人，人与物最终的互为因果，也是美的根源，物之所以存在的根本。当古典主义的高贵的单纯，静谧的伟大被小即是多、小即是美取代之后，一种全新的生活方式也就诞生了。追求物质本源的哲学空间，使人们记住了无印。

但问题在于：苹果的logo是被咬了一口的苹果。谁咬的？消费者？还是观念的设计者？其实二者都有。但苹果没有宣称自己是救世的最后登场者，没有鼓动自己是引动第四消费时代的领军人，所以苹果可以高价可以狮子大开口。但无印不行。无印现在面临的困境是：疯狂开店与慢生活的错位，断舍离与拥有更多的错位，简约与商品繁多的错位，倡导新生活与高价位的错位。那么出路何在？魔法何在？

在笔者看来，无印的唯一出路和魔法就是放下身段降价再降价。在日本市场。在中国市场。在世界其他市场。至于理念呢？对不起，已经够了。岂止够，已经过剩了。这也是堤清二和三浦展合著的《无印日本》（中央公论社，2009年）中的一个观点：除了物质，什么才能让人变幸福？

是什么呢？是否就是萌芽中的植物，淡黄中带点鲜绿，葱头处鲜绿转为微白，又带点微蓝——文化的无印日本？

2015.09.12

独女与独男：一人主义的后性时代

一人的夜晚必孤单？

都说日本率先步入了一人主义的后性时代。至少在亚洲。

这个时代的最大特征是什么呢？通俗的语言恐怕就是：

我不幸福，如何向你描述幸福？

我没有梦幻，如何向你出售梦幻？

我不想结婚，如何向你表白爱情？

我不想上床，又何以送我玫瑰花？

于是在今天的日本，最热销的是小户型房，最好卖的是单人床，最人气的是小型自驾车，最空闲的是婚庆场所，最滞销的是婚礼用礼服，最难预约的是胶囊旅馆。便利店推出一人配料食材，料理店推出一人烧烤，无印良品推出一人用厨房系列，旅行社推出一人兜风路线，娱乐推出一人卡拉OK，医院推出一人医疗特别措施（如动手术无家属签字怎么办等），电影院不用推，也事实上成了一人影院，因为至少有65%的男女称会一个人去看电影。商家推出专为独身男设计的"大腿枕头"，推出为独男独女共同设计的"棉先生"与"棉太太"。前者身材魁梧给独女带来安心，后者身材性感给独男带来满足。虽然日本人在职场也调情，但不是为了结婚而是为了婚外情。虽然情人旅馆也火爆，但仅仅是身体消费的一个"经济"行为，与婚姻的"前戏"基本无关。这些都指向这么一个数据：在日本年轻女性中，有高达90%的人认为独身是最理想的状态。50岁还一次没有结婚的所谓"生涯未婚者"，男性占了21.5%。而42.7%是东京在住的30到35岁的女性未婚率。

今年7月7日刚去世的日本著名随笔家、词作家永六辅，他最为有名的一首歌，也是日本人都会唱的一首歌就是《昂首阔步向上行》。歌曲反复咏唱的一句"孤单一人的夜晚"，令多少日本人流着泪在大街上吹着口哨，将孤单重叠在月影里，将春夏秋冬还原成凄美的一人夜晚。

问题是一人的夜晚必孤单吗？

未必。

这就像一个人吃冰淇淋更惬意吗？答案也同样两个字：

未必。

"愿意洗我的内裤吗？"

早在十多年前，日本美女专栏作家兼演艺者遥洋子的《我不结婚》（讲谈社）就这样写了：咦，单身？是理想？是无奈？是灰心？是主义？是制度的牺牲者？——然后，是高兴？是难过？

在黑眼珠骨碌骨碌转动的同时，日本人的求婚言辞也十分有趣。当然是来自男方的设问：

"愿意洗我的内裤吗？"

"愿意。"

"愿意每天早上为我煮酱汤吗？"

"愿意。"

尽管海风吹干了汗水，黏答答的肌肤打着冷战，但遥洋子说她还是不自主地抬手摸了摸脖子，在问自己：我愿意吗？我能写下这样的言辞吗？

当然我们在看高收视率的日本爱情剧时，其中的台词也令人吃惊：

"我们二人一起营造幸福吧。"

手中的苹果差一点掉落——做得到吗，二人一起？

"我会给你幸福。"

咖啡几乎喷出来——能吗，你？

"我会爱护你。"

水壶的水差点溢出来——如何爱护？

遥洋子说：如果说这等的天真和不负责就是幸福的话，那么我不结婚，是因为我看透了幸福的真相。

什么真相呢？如：在日本，男友的母亲常会对未来的儿媳这样说："要学会尊重男人。"

未来儿媳则问:"如何尊重?"

答:"比方说,有知道的汉字也假装不认识而问男人。"

问:"如果他也不知道怎么办?"

答:"男人说乌鸦是白的,就要说是白的。"

哦,原来如此。在日本人的眼里,有这等智慧的女人才是聪明的女人。而真正聪明的女人则是傻瓜,如考进东京大学的女生,就是一等傻瓜,因为她们不知道幸福为何物。

快乐是M系的一个妄想?

多少年前,作家酒井顺子的《败犬的远吠》成了畅销书。书中的一个主要观点就是女人如果没有男人没有孩子就是人生的"败犬"。这当然是射向不婚女人的冷箭。日本女人在检讨自己是否是一只"败犬"的同时,又被另一种说教所迷惑。这个说教来自日本著名女权主义学者,东京大学教授上野千鹤子。她在《一个人的老后》(文艺春秋,2011年)中,提出了一个"快乐寡妇"的概念。什么意思呢?是说"只要送走啰唆的丈夫,人生就有如再度染上春天的色彩。今天泡温泉,明天逛街,后天看舞台剧。"从这个意义上说,"二度单身"和"始终单身"其本质是一样的。这位1948年出生的女学者并不年轻了,但她前几年为《朝日新闻》写专栏,提到一名年仅十五岁的少年写信向她求助。求助什么呢?说来非常的不可思议。少年在信中说自己性欲太强,担心自己会"忍不住"攻击班上的女同学或路上的女孩。

对此，上野千鹤子向他提出的建议也令人震撼："找个经验丰富的熟女教你做爱，就算是跪在地上求她都好。"上野还说：我曾有朋友这样试过，你求十个老女人，总有一人会答应的。她还说自己如果再年轻几岁，也愿意让你成为一个大人。这里，这位上野教授是一种怎样的思路呢？与这种思路连接的又是怎样的一种学术情绪呢？在我们这里恐怕是难以理解与接受的。

就是这位教授，在2010年出版的专著《厌女：日本的女性嫌恶》（纪伊国屋书店出版）中，声称在二元制的性别秩序里，深植于人们心理深层的便是厌女症。在男人视野里，女人总是以双重身份息憩着：母亲——娼妓，圣女——荡妇，妻子——情人，结婚对象——玩弄对象，生殖用女性——快乐用女性。男人们通过对女性精妙的定义，在成功回避自我人格分裂的同时，也使得"厌女"有了个客观标准。所以上野说，男人为了成为性的主体而把对女人的蔑视深植于自我确认的心理机制中，这正是"厌女症"的精神基础。

明明厌女却又喜欢女人。这个看似难解的矛盾恰恰在于女性一旦被工具化和被支配化，那么包括裸体、迷你裙、口红、高跟鞋、紧身裤等女性符号，就能引起男人的反应。所谓喜欢就是喜欢这串符号。所以风俗店的女孩天天换，但男人们还是天天上门。这表明男人寻欢的是女性符号。而当男人一旦明白过来他所喜欢的只不过是一串符号，他就会从厌弃这串符号开始厌弃所有女人。所以如果问厌女症能否消除这个问题的话，其实也就是在问：男人的欲望最终能消除吗？

2013年，上野千鹤子与汤山玲子对谈的《快乐上等——活在"3·11"以后》（幻冬舍）一书出版。书中提到一个叫熊谷晋一郎的小儿科医生。他是一位脑性麻痹残疾者，每天坐轮椅为患者看病。这位医生用自己的经验写成《康复治疗之夜》一书。书中提出的一个观点就是按摩师决定客人的舒服度。这看似了无新意的观点，引申出的一个问题则是何谓快乐。那么何谓快乐呢？原来快乐就是受动之物——就是M系的妄想。用医学用语表述就是感觉器官的"预测误差"。

上野与汤山在对谈中说道：既然快乐是受动之物，是M系的一个妄想，那么能自控的自慰岂不也能带来快乐？既然自慰也能带来快乐，那么还要结婚干什么？还要情事干什么？日本人现在对男女情事都感到麻烦，都缺乏耐心，是否原因就在这里？作为周边产品的成人玩具卖得最好的一个原因是否也在这里？不断的技术开发不断地挑战和触碰G点，使得成人玩具有了全方位替代"真刀真枪"实干的趋势。抱个"仿真人"回家与电话召妓到家，反倒是后者难以使心绪与情怀释然，就像陷入无边的黑暗洞穴一样，令人不快。而AKB48握手会的聪明做法就在于看透了男人心理的深层，为了反"厌弃"反"厌女"，发明了将对象具象化——活蹦乱跳的鲜活之人在你面前闪动，而不再是一个集合体的干瘪的女性符号。

这种将欲望提升至一个要素，一个具有普遍性和社会意义的要素，显然是传统的一纸婚姻所难以做到的。现在看来用快乐来代替货币的支付也是当今时代的一个形式逻辑。在性的自由市场中,人如何用自己的身体体验更多的快乐？越来越多的人开始思考这个问题。从这个意义上说日本AV女优人选的大增,尤其是一些高学历的白领女子前来应聘,就在于她们并非看中报酬（当然有报酬也需要报酬）的多少,而是看中快乐的成分有多少。AV女优在拍摄过程中在播放过程中在他人观赏过程中体现出的那种快乐,恐怕超出了我们原本的想象。在日本,"素人女"（良家妇女）和"玄人女"（娼妇）的角色日渐混淆,就与AV女优人气度大涨有关。

熟人性爱还有意义吗？

2000年韩裔日籍女作家柳美里发表《男》小说集。小说写了男人十八种器官：眼睛,耳朵,指甲,臀部,嘴唇,肩膀,手臂,手指,头发,脸颊,牙齿,阴茎,乳头,胡须,脚,手,声和背部。小说中的"我"是一位女作家。她回溯了与男人们身体交锋的过去和相恋时的热情与无情。当爱着一个人的时候,身体呈现无限的接近性,对方的每寸每分都无比熟悉。但高潮一过就什么都不是了。身体在哪里,感觉在哪里,心魂在哪里,全然不知。因此"我"有时生出情事其实是对自我的一种撕碎与勒索的想法。更甚者还生出与其和熟悉的男人做爱还不如跟陌生男人做爱更具快乐的想法。与心意相通的男人互诉衷曲,彼此激烈的攻防,就一定是情事的最高？"我"始终对此有怀疑。所以,《男》里写了男人所有的器官唯独没有写男人的心。这是为什么？是男人无心还是心根本就不属于男人？或者，男人真的就是一个随时发情的感官动物？

饭岛爱曾在《柏拉图式性爱》里大声设问：谁？有没有男人肯为我流泪呢？大家玩完就走人。就算爱我，也只有在床上的那个片刻。真是非常的寂寞啊。到底有没有好男人呢？其实，饭岛爱"有没有好男人"的设问与柳美里的男人"无心"属异曲同工。尽管这样的男人都有一种不需要脱下女人的鞋子就可以直接把她的袜子脱下来的魅力。但是，它所凸显的一个话题就是熟人性爱真的还有意义吗？一夜情是否就是未来的男女性形态？这就如同柳美里另一部小说《家庭电影》，诉说母亲离家出走的首要原因，是父亲的暴力和痴迷赛马，其次是父亲的太小气。看来父权的被解构其原因就在于父亲（丈夫）本身的自私和对女性的欺凌。问题是二十年后再相聚，一家人再次围坐在圆桌旁，一切如旧，连尴尬窒息的气氛与二十年前相比也丝毫未变。当然彼此的恨意和焦躁感也没有变化。小说这样设问：问题多多的血缘家庭还是唯一吗？还是不可破碎吗？这就令人想起宫崎骏的动漫片《哈尔的移动城堡》展现出的新型家族形态。没有血缘、素不相识的人居住在一起，像大家族一样共同生活。不是女儿的女孩会照看老人的生活。可能受此启发，有日本女人竟这样提议道：应该提倡共同居住。生下的孩子作为"国家之子"由大家来抚养。凡属抚养过的人都是孩子的亲人，孩子的未来也未必不好。这种不固执于血缘的新型家族关系不是也很好吗？随心所欲的维系是否要胜于虚空失意的家庭构造？

男人无心，但女人就一定有心吗？未必。这就是上帝造人的有趣之处了。村上春树《没有女人的男人》短篇集里的《独立器官》，就将主人公渡会临死之前得出的一个惊人见解，作为对女人亦无心的一个投射。"为了编织谎言，所有的女性都天生地装置着类似特别的独立器官的东西。"这位五十二岁，经营一家美容店的渡会，是个坚定的不婚主义者。不婚不等于没有性，他的身边不缺女人。但就是这位情场老手，生来第一次坠入情网，一个比他小十六岁的有夫之妇，将他彻底逼入绝境。但这位有夫之妇最终没有倒向他，也没有跟定自己的丈夫，而是去了第三个男人那里。这位美容师最后不吃不喝，让自己衰竭而死。他为谁死？为这位情妇？为自己的被耍骗？都不是。是为了自己不知究竟为何物而死。是为自己不知人的个体生命体验究竟为何物而死。熟人性爱的意义究竟何在？甚至家庭存续的意义究竟何在？村上的这部小说，就像一张玄妙的概念唱片，用积淀岁月的留声机，放出嘶哑的返回人之初的乐声。就像在自驾车里流淌着披头士《昨天》的音乐。而昨天是什么？不就是明天的前天？不就是前天的明天？

所以，还是一个人好？

我们并不陌生的山本文绪的《恋爱中毒》，开首句就是"恋爱可以毁掉一个人"。

32岁的水无月美雨，打败了正室，也驱走了小三小四小五。

为了得到想要的男人,她像神一样隐忍。但男人轻慢她,让她陪正夫人一起出游,甚至在她面前大讲与其他情人的逸事。最终她走向疯狂。真可谓愚蠢到无可奈何的爱情,纯粹到无可奈何的爱情。"我曾把情人的手握得太紧了,连他感到疼痛都没有察觉。所以,从今以后,请不要让我再握住谁的手。"最终的结局是夏日依旧是夏日,冬日依旧是冬日。黑暗寂寞的荫翳,夏日带不走;街道浮躁的喧哗,冬日挥不去。小说的情节实际上很老套,观念也老旧,总以为情人要有一个出头的时日。但故事最后得出的结论倒是有意味的:所以,还是一个人好。一个人逛街,一个人吃饭,一个人看电影,一个人旅游,一个人喝酒,一个人醉街,一个人睡觉。一个人的日子固然没有红叶片片那样暖心,没有樱花簇簇那样喧闹,但寂寞着的也是快乐着的。所以山本文绪说"极致的幸福,存在于孤独的深海"。人会在这样日复一日的生活里,渐渐达成对自己的一个和解。哦,还是一个人好。

在《然后,我就一个人》中,山本说,我喜欢一个人在家里喝酒。先把房间打扫干净,再准备好新洗过的浴巾和睡衣泡个热水澡,很认真地洗干净身体的每一处。一身清爽后,悠闲地打开冰镇啤酒,悠闲地看着电视或一本自己喜欢的书。不管喝多少,心情都不会悲凉或寂寞,只是非常单纯地感受幸福。肚子饿了,把别人送的岁末礼品吃了。肩膀酸得难受,忍不住低声叹道,谁来给我揉揉肩吧。谁呢?没有人。但有钱就可以去店里按摩。所以我会拼命工作。没有人再没有钱,那就惨了。那就快结婚吧。

但何谓结婚?结婚是对现实的承担。哦,太可怕了。现实要我承担什么？为什么要我承担？我又能承担什么？最终，婚姻显露出最大的悖论：选择了的会后悔，放弃了的会遗憾。总在身边是累赘，离异又觉寂寞。很多女性主义者都喜欢波伏娃的《第二性》，因为波伏娃终身不婚是想告诉女人一个故事：女人是不需要用婚姻作为枷锁捆绑自己的。但后来我们才知道，波伏娃是多么想与哲学家萨特步入婚姻的殿堂。原来她心里有爱就想结婚。但是爱与结婚是两个故事。现在看来这位女权主义者也什么都不是。因为她在理想与存在之间，还是愚蠢地将婚姻放置在了理想之上。

渡边淳一在《在一起不结婚》中提出这样一个概念：事实婚，比同居更牢靠比结婚更自由。因为不是结婚而是事实婚，赋予了日本女性更大的自主权。不用改变姓氏，可以自由外出工作。一旦感情破裂，没有婚姻束缚的两个人就会自动分开，户籍上也不会留下痕迹，不会当二手货处理。渡边说事实婚还有一个最大的好处就是可以选择自己的墓地。"我想和妈妈待在一块墓地里。"日本女人说，事实婚可以使这个梦想变为现实。因为事实婚在本质上还是一人主义。虽然性爱所具有的专一性和排他性是对偶婚的性心理基础，但只要是心理的东西，就是可以改变的东西。日常的心理咨询不就是要改变原有的心理机制吗？从对偶到换偶，从换偶到游戏，是否就是对专一性和排他性的一个颠覆？女人可以自由地支配自己的身体固然是婚姻的一个前提，但同时也是离婚或不婚的一个前提。

"我一周没有洗衣物了。"

"我是一个月了。换下的衣服也因此长霉了。"

这肯定是离婚或不婚女人的一段对话。

女性更易复数恋爱？

不伦，掠夺爱，外遇，婚外情。日本人最近给它一个统一的说法：复数恋爱。日本男人们写书，向女人们传教复数恋爱如何成功的六大诀窍：

1. 不要让他感到你有其他男人的感觉。与男人相会之前，要检查全身，检查所带物品等。

2. 因为女人都想独占复数男人，所以要知道男人一般都讨厌女人。

3. 与各路男人的意思疏通，完整的日程制定等，要有诚意度。

4. 即便败露也绝对不能承认，但一定要给对方留下优雅的感觉。

5. 如果自己是属于不能复数恋爱的类型，如果没有感到快乐反倒有一种罪恶感，那就立即停止复数恋爱。

6. 要有危机感，要意识到自己年龄的增长，不要怠慢对自我的磨炼。

总之，不满足于一个他，与不同的男人交往，用复数恋爱来磨炼自己，是这些男人写书的最大要旨。日本医学博士衣川端水写书这样说，从生理上说，女性的复数恋爱比男性更为有利。如女人什么时候都有可能上床，但男性就难以做到。尽管随着伟哥的诞生，男性的回数也在增加，但还是有个生理的限定。这是支撑复数恋爱的生理说。以前日本男人还这样说，如果妻子有外遇，绝对会在丈夫面前败露。为什么？这是因为婚外情的妻子回家后，对丈夫的性要求肯定是拒绝的。但现在的日本人妻，外遇回来后照样可以接受丈夫的性要求。而男人的场合就困难了。如果马上要迎合妻子性需的话，会力不从心。为了不在妻子面前败露，也只能努力再战。

衣川博士进一步的研究，得出了一个惊天的结论：女性的大脑更有利于婚外情。由于男女大脑结构的不同，女性更容易接受复数恋爱。连接数理系统的左脑与连接艺术系统的右脑，靠的是细小的神经血管。衣川的表述是男性比女性更为纤细。因为更为纤细，男人的左右脑就不能很好地调和与运营。也就是说要么是左脑，要么是右脑，总之都是单个的脑在分工运作。如埋头于艺术的话，理性就难以驱动。埋头于理性的话，艺术就难有作为。恋爱面也是这样，如果喜欢上了一个女人，其他的女人就难以入眼。但是女性就不同，在喜欢上一个男人的同时还可以再物色其他男人。一心不乱是男性，一心两用是女性。所以女性可以做酒吧女，可以做出张女，可以每天面对不同的男性客卖弄风情。总之与复数的男人交往是女性的本事。

那么，婚姻还有前途吗？

山田咏美，这位嫁给比自己小7岁的美国黑人的日本作家，则让婚姻显露出前所未有的尴尬。在《风味绝佳》里，我们看到大学时代暗恋的女孩竟与自己在殡仪馆工作的父亲暗生情愫；脚手架作业员——做这般低下工作的人，也有一个比自己年长15岁的女友，而他同时与另一个同龄女孩保持着情爱关系；有妻室的下水道清洁工爱上了忧郁的酒吧女孩；迷恋情人并喜欢为情人做饭的主妇，爱上了垃圾清扫工；而跟妈妈一起搬家的那天，上门的搬家人员居然是妈妈以前的情人。这乱七八糟没有一个正经的故事，指向的则是人类的婚姻一定在什么部位患病了，而且还病得不轻。而对婚姻的厌倦，在山田那里则表现为"我仍然想要一张床"。不过，这张床已经不是她以前用惯的，毛毯里除了自己的体温之外，还有另一半的余温，一只胳膊总是舒适地枕在她的脖子下的床。现在想要的床，则是没有任何余温没有任何体味简简单单普普通通只是用来睡觉的床。

在山田的笔下，男人对女人的欲望，就像"见到色泽鲜亮，恰如灌满了琼浆玉液的熟果子，谁都忍不住要咬上一口的"。而嫁给年纪老得足以当父亲的鳏夫的弥生则说自己"是猫，而且是春天的猫"。打开网页搜索山田咏美的《YO-YO》，满视野的是这么两句话：一对男女相遇，相互买春，头一日她买他，下一日他买她，每一日少付一张钱，等到最后，一张钱也不剩，买春便告结束。你看，连买春卖春都显得无精打采。而在另一端虚拟的游戏世界里，四十一岁未婚的田中装扮十七岁的少年。而与他交往的幸子也是一位高中生。"游戏里的她会永远爱我。我也会永远与她交往下去。我们一起上学一起放学然后一起回家。"田中带有幸福感地叙说道。而高桥是一个三十八岁的已婚男人,但他在游戏里只有十五岁。他虚拟了一位女友叫纶子。当朋友问他如何在虚拟女友与太太之间做出选择时,他说会尽量避免这种情况发生。

这里,如果不婚比结婚更快乐,那么是不婚更道德还是结婚更道德?显然是不婚更道德。确实,婚姻防止了乱伦,但同时也抑制了欲望。据说莫扎特写完《女人都这样》的剧本后,很是绝望。因为他看到男女好像是被一种机械装置左右着,无自主性地被驱赶到婚姻之中。而笔者记得黑格尔在《法哲学原理》中也说过这样的话,在婚姻中提到性,不会脸红害羞,而在非婚关系中则会引起羞怯。但现在人的做法与黑格尔正相反:非婚关系中提起性是眉飞色舞,婚姻关系中的性则难以启齿。如是这样,那么试问:婚姻还有存续的必要吗?尼采说,心中充满爱,刹那即永恒。看来还是尼采点中了问题的死穴——婚姻是人类的荆棘。

独女与独男,是否会生出谐音的"毒女"与"毒男"?从不恋爱"中毒"到不结婚"中毒"来看,确实是某种意义上的"毒女"与"毒男"。问题在于他们不恋爱不结婚并不等于没有性。成人玩具与性,仿真人与性,虚拟游戏与性,风俗店与性,是否就是一人主义的后性时代在日本的显现?当我"喜欢"做什么高于我"应该"做什么的时候,包括婚姻在内的一切"文明"束缚(有序)都将面临一场灾难。但灾难有时则是对灵魂的一次洗礼。《深夜食堂》《孤独的美食家》之所以在日本走红,其背后就是"一人主义"这个亚文化扮演了强力推手。不高档但无拘无束，即便一人也能挺胸光顾的食堂，将光棍从惩罚和罪恶中解放了出来。因为我们夫妻吵架的一句经典台词就是：当初怎么瞎眼嫁给你的，该让你光棍一辈子。这里，光棍岂不成了一种惩罚与罪恶？

瞧，日本独女独男何其多。前几天刚刚获得芥川奖的村田沙耶香，就是一位三十六岁的独女。而去年以《火花》获芥川奖的又吉直树，则是一位三十六岁的独男。看来，生的孤独与死的孤独，是否就是一人主义的至福？这个"至福"是否就是看透了一件事：结婚是新一轮的受罪？于是我们看到了诸如《真心不想结婚症候群》《我不是结不了婚，只是不想》《不结婚》《我们这一代不恋爱》《不能恋爱的理由》等雷人日剧的上演。

2016.08.16

爆买日本

爆买日本背后的精神胜利法

挥之不去的还是一股厌中情绪

"新宿已拿下,秋叶原已拿下,涩谷已拿下,池袋已拿下。东京已经基本被我方控制。"这是旅游团国庆爆买日本,中国一些媒体的宣传用语。很是得意,很是爽快,很是振奋,因为这多少验证了国家的富有和国民的购买力。但问题是真的"攻陷"了吗?真的"拿下"了吗?原来还是个我们已见怪不怪的自我陶醉的精神胜利法。因为很显然,砸下大把的外汇(据统计,国庆7天40万中国游客花费1000亿日元),复苏的是日本经济,救活的是安倍经济学。

据2015年5月的统计数据,日本海外游客为十几年来试图摆脱经济停滞的日本贡献了0.1%的GDP。这其中当然包括了2015年春节国人的爆买和越来越凶猛的大大小小的代购。你看,最后的胜利者是谁呢?不战而胜的又是谁呢?究竟是谁被"攻陷"是谁被"拿下"呢?日本人在打出"喜迎中国国庆"、"欢迎中国游客"的标语同时,心中挥之不去的还是一股厌中情绪。

我们的国民性上还处于鲁迅的射程圈内?

其实,市场的全球化,旅行的自由化,一个潜在的意义就是为商业的活性化提供了无限的可能。这本是无可非议的买卖行为,特别是对质量上乘,价格又便宜的商品,确实没有不买的理由。而复苏日本经济,救活安倍经济学,本也没有什么不好,世界经济的一体化也需要一个强盛的日本再崛起。但在刚看完抗日神剧而激愤不已的时候,但在刚为"9·3"大阅兵的雄壮而震撼不已的时候,东渡者们却浩浩荡荡乘船搭机贡献日本去了,这在逻辑上是否遭遇了悖论?这在情理上是否遭遇了尴尬?虽然历史与现实也可以赤裸地栖息于不同的屋檐下,虽然利益是没有记忆的,因为它只考虑自己(马克思语),但是我们还是看到了来自内在的撕裂和反差。

但再作深入思考,实际上这并不构成问题。因为在现代多元语境下,爱国的情怀其本身也展现出多姿多态。那种抵制日货的血性和绝不造访日本的发誓,有时反倒会走向爱国的反面,或者说不能称为现代意义上的爱国。这里能成为问题的,或者说问题还较为深刻的,则是为什么要将很正常的商业买卖行为夸人为"攻陷"和"拿下"呢?为什么要用战争用语来宣扬自己所谓的胜利呢?这又是基于一种怎样的心态?消费能力增强了,这是个事实。但消费能力增强为什么不在国内消费而跑到海外消费?是品物不如人,价格不如人。为什么品物不如人?这里有技术和匠心的问题。为什么价格不如人？这里有什么都昂贵、不宰白不宰的诚信崩盘的问题。

青岛的38元大虾宰客，述说的就是这个理。染发剂要买日本的，面膜要买日本的，眼药水要买日本的，感冒药要买日本的，驱蚊剂要买日本的，牙刷牙膏要买日本的，酱油要买日本的，大米要买日本的，甚至连避孕套和女性生理用品也要买日本的。缘何如此？我们为什么不能提供令人放心的国产货？为什么就不能在民生产品上做出自己的品牌？中国客在日本爆买称舒心、称心、放心，说明他们有不舒心、不称心、不放心的地方。一般的企业伦理和商业之道难道真的没有一点约束力？当然，更为可悲的是这种心态：将放弃自己本国的消费市场，大把砸钱提升他人的消费行为，还美其名曰"攻陷"与"拿下"。这是否就是问题的深层？当年的阿Q不是也有这方面滑稽可笑的举动吗？可叹的是多少年过去了，我们在国民性上还照样处于鲁迅的射程圈内，想来也悲情万分。

日本人做万事的前提

这里，思路的转换是否应该是这样：你为什么要买日货？因为日货注入了匠人的精魂。折服于他人的精魂，将其作为美的崇拜物，这才是不枉砸钱的举动。付了学费就要有所长进才是。买了这么多品物回家，如果这些品物还带有美的品行的话，那么这个美就一直在你的身旁静观静思，无论是带着喜悦还是带着哀伤。如果这些美物多少能触动你一下，多少能逼迫你思考一下你如何在自己的岗位上创生出美物这个问题，那也是一种收获。任何的技术和创新都是连锁式的，只要有一处断链，就不可能有美的产品问世。

日本人在20世纪70年代也爆买欧美，但从结果看，爆买促生了爆创。一个美物的日本，一个创新的日本，恰恰构成了日本这个国家无可挑战的软实力。付了学费一定要有所得，这是日本人做万事的前提。很显然，如果我们还死抱横扫全球无阻挡的土豪心态，那将一无所获，到时候还是爆买不断。就像今年春节爆买马桶盖，国庆节爆买药妆品一样，那明年后年必然还会有新的爆买点。因为年年月月日日都有新品物问世的日本，将永远是懒于创意者或根本无创意者爆买的对象。软银公司开发的更为智能的仿真机器人Pepper，恐怕就是下一个爆买的热点。近来中国游客又盯上了日本医疗。医疗器具的日新月异和至上的服务，被追问的其实是持续恶化的中国医疗的现状。

包裹上收件人的个人信息怎样隐藏？泡澡时怎样玩弄手机？上班族担心自家的狗饿了怎么办？在雨天怎样解放双手任性一把？老人、小孩和手不灵活的人怎样轻松拧开瓶盖？爱喝啤酒的朋友怎样享受啤酒沫的美味？洗手泡沫也能变身"米老鼠"吗？如何使袜子既能保暖也能直接擦地板？既能当手杖也能当雨伞用的眼镜能薄如书签吗？既是手杖又是雨伞的可能性存在吗？

毫无疑问，这些都是生活中的细节吧。而能想到这些细节、解决这些细节的只有日本人。

果然，日本文具制造商推出了一款加密涂改带；东京一家公司推出了能在泡澡时帮你稳稳拿住的手机创意产品；日本智生活研究所推出了解决小狗用餐的"点心球汪滚滚"；日本THANKO公司推出了可以绑在肩上的新型雨伞；日本生活日用杂品公司推出了神奇的电动拧瓶器；日本玩具厂商推出了便携式超声波啤酒起泡器；日本东方乐园公司与花王合作，推出能喷出米老鼠形状的洗手泡沫；日本清洁用品厂商推出了清洁袜；日本眼镜专卖店Zoff（佐芙）推出了仅为1.8毫米的超薄镜片；日本Sanko公司推出了晴天当手杖、雨天当伞用的时尚日用品。

造物有灵且美的根源

爆买吧，一波接一波地爆买吧！显然这些品物都是国人爆买的对象，没完没了。日本漆艺家赤木明登说："这个世界最为沉静的时间，是在黎明破晓前的一瞬。"看来日本人不仅发现了这个"一瞬"，而且还将这个"一瞬"视为造物有灵且美的根源。这就是精魂了。当我们花钱爆买这些品物的时候，我们有对精魂的羡慕之情吗？好像没有。

何谓羡慕？羡慕就是两岁的小孩，渴望和促使她自己去摸到她哥哥能摸到的门把手。羡慕是驱动器，是纯粹的欲望，它催生了努力与伟大。但我们缺乏的就是对注入精魂品物的羡慕之情。对一切都变得无动于衷，变得麻木迟钝的一个结果就是只会计算我的钱袋还能爆买多少东西。

在日本，做东西与制造是两个意思完全不同的用语。前者强调自己动手和经验性，带有技与术的神秘性和不可言传性。后者则是表意机器的大量生产。前者有心，后者无心。前者有情，后者无情。

做衣服的山本耀司，发现和服是仅凭一条腰带就可以千变万化的服装。最终折服他的是发现，没有一颗发现之心，美丽的东西终将会逃匿。穿白色布料衬衫的女人，光亮在其凹凸的酥胸游走。这不经意间的魅力，让山本着迷。而这个着迷恰恰需要那种对美的发现的敏锐性。

平面设计大师原研哉这样骄傲地说，日本没有天然资源，但是引领这个国家繁荣昌盛的资源在别处。这就是用纤细、精心、缜密和简洁来设计品物的环境。这里面充满了智慧和感性。天然资源可以用钱买，但从文化根底发育而来的感觉资源是钱所买不来的。这是即便有所需求也不能输出的价值。

厨房为什么必须要干净？餐具为什么必须要优美？

轮岛漆艺家赤木明登的答案是：对被吃掉的东西来说，厨房是杀戮现场；对吃的人来说，厨房是获得食粮维持生命的地方。夺去其他生命而活下去的人，感恩与祈祷的地方就是厨房。所以厨房必须干净，餐具必须优美。

极致简约造就纯粹之美，意境朴拙传递四季之语。这是当代日本花道第一人川濑敏郎的《一日一花》。425种来自山野的花草，勾勒记忆的灵魂之歌——365次与美的对话；当我们在京都旧街寻找百年果子老铺，穿过暖帘，感受到和果子的精妙之处就是将一种物形抽象简化到一枚烙印里。时间在这里静止，空间在这里见天地见人情。这是日本茶道师木村宗慎的《一日一果》。365天，与憧憬遭遇，良辰宜地，雅器宾至；而日本民艺运动领袖柳宗悦干脆把日本称为"手工之国"，说没有比手更加神秘的机器了。

开始的瞬间也是美物诞生的瞬间

这样看来，无论是一日一花还是一日一果，对日本人来说所谓美物的宗教情怀恐怕就是在落叶和柿子里，听到落叶被踩碎的声音，看到夕阳西下的涌动，心中升起一股无以名状的感动。这样鲜明的一刻就是时间正要开始的瞬间，也是美物正要诞生的瞬间。

如果说普遍性的存在必然会触及生命本质的话，那么即使舌尖上仅仅是一个草莓，含住它的瞬间，也能感受出草莓的鲜活风情。从这个视角出发，如果说国人的爆买还能生出意义的话，恐怕就是将日本的美物带回家，将好心情带回家，感受物品宿营着精魂的瞬间，也使自己的造物变得有灵且美，也享受一次被他人爆买的快感。但如果看不到这种洗练的境界所催生出的情怀，还一味地沉浸于"攻陷""拿下""控制"的意淫之中，实乃不幸。在多元价值观的当下，虽然并无太多指责的空间，但是一个分裂的人格和魂灵还是显现出了"没有精神状态的精神"。我们除了无语还是无语。

2015.10.13

为什么到了日本就喜欢上日本？

问题背后的精神元素

我们始终有一个不明白的问题是：为什么原本不喜欢日本的观光客，到了日本后就喜欢上了日本？这是为什么？他们喜欢上日本的什么呢？对这个问题越作深入的思考，就越能发现其问题背后的精神元素。这就像微弱的光线射入庭园，奇妙的是却能感受到外部与自然的交集。多少年前，日本的兼好法师就说人至迟40岁以前，就应该瞑目谢世，还说这是天大好事。为什么不是越长寿越好呢？难道900多年前的人已经开始考虑今天老老介护的社会问题？为什么那个时代的人就这么看重有限而对无限加以警惕呢？谷崎润一郎笔下的《细雪》，最后一次明确提到姐妹们的年龄是幸子37岁，雪子33岁，妙子29岁。而37岁也是姐妹们思念母亲去世的年龄。可见日本人将美丽和清纯非常认真地定格在相当有限的时光里。一到50岁60岁，再是姐妹花，恐怕都是作家们不愿写也不愿看到的年龄吧。

原来，这一切都与这个阒无人息的神秘国度有关。或许是岑寂的夏夜,木屐踏过板桥的声响;或许是门外的雨滴,哗哗地淋在油纸伞上;或许是青梅带着沉重的声音落地,诱发着奇妙的哀愁;或许是短夜梦醒,蓦然传来的杜鹃的啼声。竹笛的音韵,女人头上的花梳,还有提灯,妆奁,漆画,螺钿。当然还有金丝梅、芙蓉花、花李树、小米樱等富有日本风情的花瓣儿,也都湿漉漉地开放在梅雨季里。突然,草丛中央倏地跳出一只蛤蟆。一个小而美的日本,一个感性概念的日本,非常鲜明地浮现在我们的眼前。原来,这块土地的风物,非常适合用纤细的线条加以描述。

因为非常适合用纤细的线条描述一个感性的日本,所以这反过来又加深了日本人对以小为美的迷恋。早在1000多年前,就有一位温婉美女,这样玩弄她所发现的小就是美:枯黄的葵叶;女儿节的器具;在书中发现那些夹杂着淡紫色或葡萄色的绸绢碎片;去年用过的蝙蝠扇;闻声而跳过来的小雀儿;留着沙弥头发微微侧头看东西的幼儿;穿二蓝罗衣爬行的白胖小男孩;在女人怀中睡着的幼儿;跟在人后面或母鸡后面咻咻地叫着的白色长脚小鸡。当然还有在洁白的檀纸上,用很细很细的笔致,写上和歌。这位温婉美女就是清少纳言。而《枕草子》则是细节日本的经典文本。

从小处从细部对万物重新构思和包装

1979年,世界第一个胶囊旅馆在大阪梅田开业。入宿者竟然能在2米×1米×1.25米的空间里过夜。可叹的是麻雀虽小,但五脏俱全。有电视,有双波段的收音机,有无线网络上网,有不发声响的换气扇;灯光可以调节;有供消遣的漫画和杂志;如果购买电视卡还可以收看成人节目。当然,枕边必放一盒妮飘纸巾。再一查日本旅馆发展史,其"胶囊屋"概念的倡导者竟然是日本当代建筑设计界三杰之一的黑川纪章,时间是在1970年的大阪世博会上。

在当今日本,小而全的典型恐怕就数便利店了。在最大不超过200平方米的店铺里,日本人将"全"做到了极致:24小时营业;路人可以借用洗手间;可以支付公共事业费;可以在ATM机存取现金;可以使用一体机;可以收发快递;可以买到各种门票;可以喝到现磨冷热咖啡。

近藤麻理惠,一位普通的小女人,为什么能登上《时代周刊》?为什么被选为全球最有影响力的100人?就是她用小与缩的生活美学,告诉不知整理为何物的西方人,只留下怦然心动的品物,其他统统扔掉。一本《怦然心动的人生整理魔法》全球畅销300万册。丢掉衣服,肠胃就会通畅;丢掉书本,脑袋就会变得清晰;减少化妆用品,皮肤才会变得光滑。真正的人生,始于丢弃之后。

铁臂阿童木虽然有七种能力,但身高只有1.35米。哆啦A梦机器猫,身高是1.29米,脑袋和身体的比例是1比1。去年诞生的全球最智能机器人Pepper,身高仅1.2米。而机动战士高达的身高虽然达到18.5米,重60吨,地上速度为165千米/时,但以浩浩渺渺的宇宙为参照系，动漫中的机甲也如同桃太郎一样，被严重地缩小了。

多少年前，韩国学者李御宁将日本人的这种缩小趣味，归结为一种以小为美的精神心向。日本学者中虽不乏反驳者，但无可否认的是这一概括还是精准的。日本的便当文化，文库本文化，石庭文化，俳句文化，寿司文化，盆景文化，收纳文化，工艺文化，美少女文化，卡拉OK文化，之所以给人留下印象，之所以有一种观念上的张力，其原因就在于这些文化无一不是感怀于稍纵即逝之美，无一不是着力于眼前的细细小物。就像西方人喜欢在宽广无边的广场上寻求灵魂的安定一样，日本人则喜欢在二贴半茶室内觅得心绪的宁静。就像中国人喜欢"飞流直下三千尺，疑是银河落九天"的浪漫大气一样，日本人则欣赏"春花夏杜鹃，秋月冬雪寒"的优雅小气。多少年前一位69岁的退休老人井村裕保用19年的时间，缩制了西日本著名的历史名城姬路城，模型按1比23的比例还原了姬路城原貌。复制品仅占地160平方米。从大移植到小，是日本人的天性。而以小见大，日本人就会失魂落魄。在战争史上，日本人平原作战很少取胜就是这一原因的注脚。

近世以前，日本的政治文化中心几乎都在盆地。历史上最古老的飞鸟古都，就是倚着大和三山之间的盆地。之后奈良古都在盆地，京都古城也是在盆地中生息了千余年。日本人喜欢盆地。虽然他们也有建都于平原的机会，但他们最终还是选择了盆地。置身于盆地，望着面前的山确定自己的位置，日本人才有安心感，才能"遥望故乡山，默默寄思情"。没有见过大江大河，没有见过平原草地，习惯了在盆地里思考问题，习惯了从盆地看天下。天下在日本人的眼里也成了盆地。因此他们到中国去，总有目眩得失去方向的感觉。因此他们到欧洲去，置身于广场的空间，总有一种失语和失忆的恐惧。盆地思维，当然是一种只看眼前的狭隘思维，因此日本出不了大的战略家和政治家。乱世终结者织田信长最终还是没能逃过明智光秀的追杀。但盆地思维给日本带来最大的恩惠就是他们有了自己的哲学：从小处、从细部对万物重新构思和包装。

什么叫一根筋呢？

纤小必定细腻，细腻必定寄怀，寄怀必定物哀。于是日本人诞生了自己的美学——细节的生活美学。于是日本人诞生了自己的生活哲学——细节的生活哲学。

松浦弥太郎，这位《生活手账》杂志的主编、书店的经营者，原来还是一位专注细节的文笔家。他在《日常的每一天》一书中写道：昨天也好，今天也好，明天也好，总有不变的东西。这个东西就是细节。他在《信的原则》短文中说，写信的时候，特别是用圆珠笔写信的时候，笔压不要太重，文字太重连带着威压感，会给对方产生负担。写信的原则就是不让对方困惑。所以字要慢慢地写。谁会在意下笔的笔压？谁会在意读信人的心理负担？但日本人注意到了。

川濑敏郎,这位当今日本插花界最有人气的大师,在其《四季花传书》中设问:如何点亮古旧民具的一抹秋色?插花家川濑说,为了表现深秋幽静的景象,我用了梅花草的一枝小花,并充分展现它那细长的茎线。在灯具上插花,可把那里当作是点火之处。火光纯洁无瑕,所以与色彩艳丽的花相比,白色的花更适合。花数也要控制,如果仅表现那种一点火焰随着幽静摇摆的情景,一朵花就足够了。在秋天的长夜里,一边想着火的温暖一边眺望着灯具上的花,那样的夜晚真好。原来,答案是用细节点亮古旧民具的一抹秋色。

有的时候,不需要用言语便能感动人;有的时候,一个动作就将你牢牢记住永不忘。在超市购物,日本人收银员总是在你将要转身离开的时候,合掌于胸前,身体微微前倾,轻轻地道声:ありがとうございました(谢谢你了)。仿佛是与你道别,更仿佛是期盼与你再见面。哪怕你只买了一瓶80日元的伊藤园绿茶,这个动作也不会省略,更不会因敷衍而走形。要说温馨,这就是温馨。要说感动,这就是感动。有人会说,这是他们的机械动作。但正因为是机械动作,我们才刻骨铭心,我们才眼睛一亮,哦,原来在至上的服务中还有这个细节可玩。

全球超过100年以上的企业,日本占了3000多家。公元578年,在日本诞生了专营寺庙木工建筑的金刚组,此后历经40代,成为目前世界上最古老的企业——1437年。具有1437年的一家公司,不倒闭、不重组、不上市,堪称世界企业史的奇迹。这个奇迹是怎么来的呢?日本人在一个桐木箱内,发现了一份珍贵的手稿。那是1801年第32代首领金刚喜定在"遗言书"中立的家训，共16条四大块内容：一是须敬神佛祖先；二是须节制专注本业；三是须待人坦诚谦和；四是须表里如一。原来还是在神佛面前的纯粹和一根筋，使他们被历史永远镌刻。

什么叫一根筋呢？有一个车站的出口处，用几种语言标示。但"出口"的日本语，繁体汉字和简体汉字都是一个写法。而在这个指示牌上除了英语和韩语不一样之外，"出口"被写了三次。这在从汉字国出来的中国人看来，不是有点傻乎乎的一根筋吗？但恰恰是有点傻乎乎的一根筋，将日本送上了令人膜拜的地步。更有1400多年的企业，还在枯木逢春。

日本铁路公司和歌山电铁2015年6月24日宣布，该公司下属贵志站的猫咪站长小玉已于6月22日晚病死。16岁，相当于人类的80岁。小玉从2007年开始当猫咪站长，作为动物明星迅速走红，为亏损的家乡电车线路带去了大批乘客。和歌山电铁社长小岛光信表示，小玉将作为永久的名誉站长，被人们记住并代代相传下去。6月28日，和歌山电铁为小玉举行了隆重的葬礼。

日本人为什么会喜欢猫呢？这使我们想起谷崎润一郎的散文《慕猫》。猫被主人呼唤名字，当它懒得"喵——"的一声回答时，就默默地摇摇尾巴尖儿给你看。伏于廊缘上，很规矩地蜷起前爪，一副似睡非睡的表情，迷迷洋洋，美美地晒着太阳。发声是很麻烦的，而沉默又有点不近人情。用这种方法作为答礼，意思是说，你唤我，我很感谢，但我眼下正困着呢，请忍耐一下吧。一种既懒散迟滞，又善解人意的复杂的心情，通过简单的动作，巧妙且智慧地表现了出来。哦。原来善于发现细节的日本人，还是发现了猫具有善解人意的复杂的心情。而这正与日本人的日常行为相符。日本人也是带着善解人意的复杂心情，将万事做好做细。

只有先缩小自己才能进入创造空间

一般而言，"假大空"作为词语的固定搭配，其逻辑的先机就是对以大为美的绝好定性与揭破。这里，大是万事的前提，因此大也先验地内在了假与空。随着欲望的驱动和对伟大的渴望，大必然走向假与空。假大空的对立面是"真小实"，虽然作为固定的词语搭配还未入肌，但其逻辑的先机却不无趣味地闪亮出小必然走向真与实这个事态。日本小学生的理想图，女生第一位是糕点师，男生第一位是电车驾驶员。这在我们这里看来近乎脑残的从小处着眼的理想，显现出的则是最小最原点的心向。安倍上台打出的是"美丽日本"的口号，就是以小为美的日本精神和审美本位的再确立。

世上的事，最令人回味的，是始和终的两端。而日本人做得最好的恰恰就是始和终。香川县小豆岛上，山本康夫是山本酱油的第五代传人。寿司之王小野二郎已经88岁，他一生就做一件事。日本刀大阪月山派的掌门人，是二代目月山贞一。家族祖孙五代连绵不断雄霸日本锻刀界，世人称为大阪月山。记得钱锺书说过门是人的进出口，窗是天的进出口。但日本人不这样说。日本茶室的低矮之门，仅有66厘米见方。在中国人的眼里就是一扇窗，但在日本人的眼里，则是极小思想运动的实验室。从这里派生出极小的露地，极小的空间，极小的茶具，极小的插花，极小的怀石料理。显然千利休鲜明地意识到了这种"极小"所带来的物理之力。

日本人曾自曝笑话，隔壁家扎破了隔壁家的佛龛。欧洲人不解地问：你家的钉子难道有几十厘米长？日本的情人旅馆之所以发达，一个原因就是夫妻在家无法同床，怕声响外泄。隔音差的原因是墙体单薄。而欧洲的墙体动辄就是几十厘米厚。诗人北岛的《白日梦》有这么一段：

我需要广场/一片空旷的广场/放置一个碗，一把小匙/一只风筝孤单的影子/占据广场的人说/这不可能/

为什么不可能呢？这在日本人看来不可思议。日本平面设计大师原研哉这样说过：四个角落的柱子，以注连绳来链接，在内侧围绕出一个"什么都没有的空间"。因为这是个什么都没有的空间，也就产生了"说不定会有什么"进入其中的可能性。这个"说不定"的可能性显得十分重要。因为这样的潜在性牵动了人们的意识，而有了双手合十对神敬仰的动作。

这样看来，只有把自己先缩小，才能进入独自创造的空间。这就正如法国哲学家巴什拉尔所说，小中见大，表明大空间自有大空间存在的意义，但小空间却有着不可估量的魅力。

人真的需要那种美丽而愉快的故事吗？

村上春树的《1Q84》，我们并不陌生。在小说中，女主人公青豆与即将被她结束生命的深田保，有一段长长的对话，二人共同得出了人类"所有的肉体都是无力而渺小的"结论。这里的有趣性在于，通过逻辑实证主义，将笛卡儿身心二元论还原为一种黑暗世界的老大哥，在死之前一直暗中控制世界，但老大哥最终还是被"小小人"控制。看似是在玩弄并不难懂的逻辑游戏，但问题在于青豆与深田保又都确信渺小的人类需要"那种美丽而愉快的故事"。唯有如此，绝大多数人才能维系所谓的"精神正常"。

这就非常接近康德的思路，或者是康德思路的再出发。因为在康德看来，人类除了拥有如此这般的肉身之外，还有一种精神的存在，一种理性的存在。这个存在的重要性在于人不但有能力为其自身立法，而且还能为自然立法，为目的王国立法。所以康德毫不脸红地在《判断力批判》中说："作为自在目的，有理性东西的本性就规定它为目的王国的立法者。"确立人是目的王国的立法者，这就等于宣称人的精神力量无穷大和权力力量无穷大。我们并不陌生的"精神原子弹"一说，从本质看就是以大为美的审美意向放荡出的遮天遮地。这个世界原本是"千山同一月，万户尽皆春"的，但以大为美的极权者硬要将这个"月"，将这个"春"独为己有，这就生出恐惧和孽杀的源头。再联系康德在美学中对崇高的讴歌，对巨大、混乱、狂野和无秩序的赞扬，说这些力学崇高让我们见到了伟大和力量，更是将原本有限度的人类理性用在了迂腐、敷衍、揶揄和张扬的一面上了。其结果就是让堂吉诃德式的骑士精神和理想主义成了一种揪心和残忍的世纪之梦。人真的需要"那种美丽而愉快的故事"来为自己渺小瘦弱的身躯充实和扩张些什么吗？

日本的贫寒，便是它的力量

对此，写下《小就是美好》的作者舒马赫，给出了否定的结论。舒马赫非常惊奇于佛教的生活方式是那样的引人入胜：消耗小收益大。他干脆将这种生活方式纠集为佛教经济学：朴素和非暴力。这里的非暴力是指消解人类间争夺财富的残酷竞争，更是指取消人类破坏自然的暴力行为。释迦牟尼曾教导每个佛教徒每年至少种植一棵树，并且照料它扎根成活。舒马赫说这种行为并不构成康德式的崇高，但有一种令人迷恋的优美。这种优美远胜于崇高带来的感动，更远胜于"美丽而愉快的故事"本身。这是因为从本源上说水总归能熄灭火，史诗也总不会比漫画更深入人心。

日本思想家山崎正和在《世界文明史的尝试》中，将进步的概念不再与未来相连。虽然进步作为修补文明的破绽是不可或缺的，但人类并不以进步的有无作为活着的前提。反过来能够让我们更加充实生活的文明，才是我们有所期待的。

那么，何谓"更加充实生活的文明"呢？这是否就回到了本文的开头，中国的观光客，为什么到了日本就喜欢上日本呢？原来，以小为美的精神心向，延伸出了这么一种生活教义：你不能用失去的青春悼念青春，再用一个老去的观念恐惧老去。套用歌人良宽禅师心满意足的情绪跳跃，是否就是"夜雨草庵里，双脚等闲伸"？

或者，《徒然草》如是说：沿着长满苔藓的小路走了很久，来到山村的深处，见到一个清寂的佛庵。被落叶所埋的引水筒中，水声泠泠可闻，此外便寂然无声。伽棚上，看到散放着摘下的菊花、红叶，才知道此处有人居住。如此简陋的地方，也有人居住，不禁感慨系之。

这里，如果套用当年小泉八云的话语，是否就是"日本的贫寒，便是它的力量。在将来，富足就是软弱的根源"？再联想到日本天皇家的香火之所以能延续至今，不就在于孤守古寺青灯的贫与弱吗？

2015.11.15

鲁迅骂没骂过日本人真的很重要吗?

弃医从文本身发生了短路

《腾讯·大家》日前刊发李洁的文章《鲁迅是否看过日军处决中国人的影像》,称在仙台的东北大学的校史馆里,仅存放的4张幻灯图片中,没有鲁迅所说的围观"呼喊万岁"的幻灯片,便质疑鲁迅弃医从文的动机来自"创作"而感到吃惊。这篇文章使笔者开始思考鲁迅与日本人的一些问题。

其实,东京大学藤井省三教授早在2002出版的《鲁迅事典》(三省堂)一书中,就已经说在残存的15枚幻灯片中,没有发现鲁迅所说的幻灯片。藤井教授的解释是鲁迅可能看了其他的影像,记忆发生了错位的缘故,但没有说弃医从文的动机是"创作"的。实际上鲁迅的问题点并不在弃医从文的动机上,而在于弃医从文本身的逻辑通路发生了短路。

不错,鲁迅是弃医从文的。为什么要弃医从文呢?据他自己说是受了一批毫无表情、神情麻木的看客的刺激,于是想着先救治他们的心灵。一个是病入膏肓之人,一个是神情麻木之人,先救谁呢？从生命最宝贵的视点来看，当然是先救治病入膏肓之人。就是这个浅显的道理，在鲁迅那里却发生了惊天的颠倒：神情麻木之人先救，病入膏肓之人可以后救甚至不救。我们知道"活僵尸"在乎的就是一个"活"字。现在这个仅有的"活"字也被剥夺了，岂不残忍？看着病入膏肓的人患病至死而不救，也不如同杀人？这样推理下去是可怕的。看来鲁迅也被看客们麻木了。

这就引出了另一个问题。这里有个假设。如果鲁迅在藤野先生的指教之下，学医而成，那么他会成为一名救死扶伤的好医生吗？这个问题的转换也就是：当祥林嫂、单四嫂子、孔乙己、阿Q、华老栓、夏瑜等这批病人满身臭味，哼哼呀呀地躺在病床上，鲁迅会不厌其烦地为他们实施回春之术吗？他是否会这样想："活僵尸"还有救治的必要？

这是个有趣的设问。从鲁迅厌恶身边人和身边事到厌恶整个国民性来看，这是有难度的。否则他就不会弃医从文了。一心只想"我以我血见轩辕"而鄙视人的肉体之痛，有资格有能力救治人的心灵吗？肉体与心灵，究竟谁为先？这个不成问题的问题，在鲁迅那里成了最大的问题。但具有意味的是，这个颠倒的一个最大结果就是中国诞生了精神与文化意义上的鲁迅。以前说没有孔子，会万古长如夜，那么能否说没有鲁迅的诞生，是否也会万古长如夜？我们今天谈论近现代中国之所以还有些底气，是否也与出了个鲁迅有关？

在今天遭遇尴尬的鲁迅

不过，一个不争的事实是，鲁迅在今天确实遭遇了尴尬。这种尴尬一方面是来自于他本身的知识话语对中国文化的反复鞭打；另一方面今天承载这种中国文化的主体力量，实在反感这种带有病态的入木三分的鞭打。所以，鲁迅的边缘化和边缘化的鲁迅，又本身是他知识话语中自带的那么一种先天不足。他可能自己也看出了这种先天不足所带来的麻烦，所以他在死之前的一个月写下《死》的文章。其中写道："自问数十年来，于自己保存之外，也时时想到中国，想到将来，愿为大家出一点微力，却是可以自白的。"为什么要这样自白呢？是他意识到自己将来必处尴尬的处境？所以他又留下七条遗嘱。其中一条说："忘记我，管自己生活。——倘不，那就真是糊涂虫。"不忘记他就是糊涂虫？这又作何解？

无疑，鲁迅是20世纪中国最重要的人物之一。不懂鲁迅，就不懂近现代的中国。但这个重要性在笔者看来其实还仅仅是单向度的，它本身并不构成任何的话语权。因为它仅仅是"元叙述"。因为是"元叙述"，所以放在当下的语境下，发生错位和误解也是很正常的。问题是这个错位和误解是在"后叙述"的语境下产生的，这就令人生疑，这个"后叙述"的语境竟然还不如"元叙述"的语境来得理想化？因为这些年我们倒是用一种偏执和狂躁，用一种要么黑要么白的单向思维，去肢解"当之无愧的近代中国的百科全书"(李泽厚语)鲁迅,怎么不产生问题呢?因为不是圣人而被捧上圣坛,因为不是伟人而权当伟人祭祀。一般而言结局都不妙。鲁迅就是这方面的遭遇者。

是的,鲁迅说了日本很多好话

鲁迅的形象这几年在中国并不佳。有很多说法。一说鲁迅什么人都骂遍了但就是不骂日本人。一说鲁迅临死之际都相信日本人而不相信中国人。一说当时在上海虹口区的内山书店是日本的情报站,内山完造老板是情报头目,鲁迅与内山打得火热,岂不是最大的文化汉奸?于是,中学语文教科书里的鲁迅,陆续地被"请"了出来。于是,鲁迅对专制和奴性的揭示,成了一种心照不宣的语言禁忌。因为就是怕"子弹和匕首"有时也会被他人在冷风和阴雨中投向"不该投"的地方。

是的。鲁迅赞扬过日本人的国民性,说"的确很好,但最大的天慧,是未受蒙古之侵入。我们生于大陆,早营农业,遂历受游牧民族之害,历史上满是血痕,却竟支撑以至今日,其实是伟大的"(《鲁迅全集》第13卷)。

是的。鲁迅病逝后,是一位日本艺术家朋友,为他取下面模,作为以后的塑像素材。今天我们记忆中的鲁迅形象,就是日本人的杰作。鲁迅万事相信日本人,说日本人做事认真中国人做事不认真。为了讲日本人的认真,鲁迅举了杀人的例子。"日本人杀人的认真"——这个在我们今天都不敢讲的话题,当年

（1932年11月22日）的鲁迅则在北京的辅仁大学发表《今春的两种感想》为题的演讲。鲁迅说上海有许多抗日团体，有一种团体就有一种徽章。这种徽章如果被日军发现是很难免一死的。"然而中国青年的记性确是不好，如抗日十人团，一团十人，每人有一个徽章，可是并不一定抗日，不过把它放在袋里。但被抓去后就是死的证据。还有学生军们，以前是天天操练，不久就无形中不练了，只有军装的照片存在，并且把操衣放在家中，自己也忘却了。然而一被日军查出时是又必定要送命的。"

最为意向性的是鲁迅还加以评述道："像这一般青年被杀，大家大为不平，以为日人太残酷。其实全是因为脾气不同的缘故。日人太认真，而中国人却太不认真。中国的事情往往是招牌一挂就算成功了。日本则不然。他们不像中国这样只是做戏似的。日本人一看见有徽章，有操衣的，便以为他们一定是真在抗日的人，当然要认为是劲敌。这样的不认真的同认真的碰在一起，倒霉是必然的。"

看上去口气很轻慢很随意，好像在叙说一件于己无关的事情。但情绪的鲁迅是急不可耐的，理性的鲁迅更是怒不可言的：中国人怎么会这样？用杀人来衬托日本人做事认真，被杀者全是因为不认真。看似说的不是人话，但你再听鲁迅说·这一天因为是月蚀，故大家放鞭炮来救月蚀。"在日本人意中以为这样的时光，中国人一定全忙于救中国抑救上海，万想不到中国人却救的那么远，去救月亮去了。"上海事变（指1932年1月28日日军进攻闸北）又要一年了。但我们中国人呢？"打牌的仍旧打牌，跳舞的仍旧跳舞。大家好像早就忘了。"这样看来，鲁迅鞭打的是这种健忘而又不认真的国民性。中国人善于"做戏"，而日本人"做事是做事，做戏是做戏，决不混合起来"（《二心集·新的女将》）。

使鲁迅良心发现的不是中国人

是的。鲁迅是在阴冷中，是在悲凉中，还能看到野草的不屈，还能看到北国之雪的晶莹。人死后有坟地，有坟就是连接了期望而不是绝望。这种在阴冷和悲凉中放置对人的生命，人的生存状态的观照，就比单纯的民族、国家、社会这个单向度要来得深刻和入人心。叩问存在的意义，叩问经验的意义，这就使得鲁迅一开始就有个思考的高度。而这个高度是他在日本留学期间获得的。

说他有日本的情结，说他喜欢日本人，即便是在国难当头也没有骂过日本人一句（其实这个判断是有问题的。鲁迅去世第二年，延安举行第一届鲁迅研讨会，主题恰恰就是"抗日与鲁迅"），如果放置在存在的意义和经验的意义的这个大知识背景下，而不是单纯而老套地从国家社会历史来看的话，这能构成什么问题呢？战争中的敌对者就一定是日常中的敌对者吗？战火中就不能有人性之光闪烁？如是这样，我们当年八路军的将领们收养日本小女孩等的历史故事，又为何成为美谈？难道在同一命题下有两个或多个的解构文本？用民族主义大棒敲打人，如果越是有力越是能击中人的话,就越表明这个国家的文明和文化实无太大长进,就越表明这个国家的国民性仍然没有得到改造:今天的他可以高喊抵制日货,明天的他也可以到日本爆买马桶盖。这就如同鲁迅在《说胡须》一文中说,我从日本回到故乡来,嘴角上就留着宋太祖式的向上翘的胡子,坐在小船里,和船夫谈天。

"先生,你的中国话说得真好。"后来,他说。

"我是中国人,而且和你同乡,怎么会——"

"哈哈哈,你这位先生还真会说笑话。"

实际上鲁迅所谓的"不骂日本人"的做法,恰恰反映出了中国近现代知识分子最为深刻的忧虑和矛盾——选边。一方面是民族国家,不能不为大不为尊;另一方面是自己的民族国家不如西方国家和脱亚入欧的日本,憎与恨都不站在理性的一边,甚至于感性也不符。苦恼中的困惑,困惑中的苦恼。

甲午战争的两年后,即1897年,一位中国青年人来到了日本横滨。他就是中国革命之父孙中山。这年他31岁。甲午刚战败,跑到战胜国去干什么?照我们现在的思路看不就是汉奸的嘴脸?但孙中山不这样思考。他务实地感到需要借助日本的力量,来完成"起共和而终二千年帝制"的重任。

鲁迅是在1902年来到日本横滨港的,这是甲午战争后的第七年。在时间上不能算捷足先登,但是他把日本看得最透。大家熟悉的《藤野先生》散文,有一段是这样写的:"每当夜间疲倦,正想偷懒时,仰面在灯光中瞥见他黑瘦的面貌,似乎正要说出抑扬顿挫的话来,便使我忽又良心发现,而且增加勇气了。"你看，使鲁迅勇气倍增与良心发现的不是中国人而恰恰是日本人。

这要在今天，会令多少人愤怒？网上潮水般的谩骂肯定会淹没任何声音。但当时的人则显得心平气和。是当时的人愤青不够还是今天的人太过纠结？这里我们想起一个图式：救亡与启蒙。国难当头，当以救亡为先。但救亡就一定要压倒启蒙？或者救亡就必须终止启蒙？对此鲁迅持不同态度。他的观点是没有持续的启蒙何以"立人"？无以"立人"又何以"立国"？他说日本在那个时点上已经是从"立人"到"人国"了。所以，要到日本去留学，要到日本去拜师。那时的张之洞干脆打出"游学之国，西洋不如东洋"的旗号。

其实有两个鲁迅

鲁迅发表事实上的处女作《狂人日记》，并第一次用上"鲁迅"的笔名，是在1918年。这年鲁迅36岁。从"今天晚上，很好的月光"开始到"救救孩子"结束。"很好的月光"与"救救孩子"之间有什么逻辑连带呢？看不出来。在这里，鲁迅要么就是深埋了自己的逻辑，要么就是干脆没有逻辑。

尽管月光很好，但在月光底下发生的事情却令人毛骨悚然——吃人。这或许是鲁迅构思的意象学。36岁的鲁迅总算看出了点历史的门道："我翻开历史一查，这历史没有年代，歪歪斜斜的每页上都写着'仁义道德'几个字。我横竖睡不着，仔细看了半夜，才从字缝里看出字来，满本都写着两个字是'吃人'。"

历史就是吃人？其实在鲁迅之前早有人道破，如康德就说过"上帝的事业从善开始，人的事业从恶开始"。马克思说得更干脆：历史的凯旋门就是建筑在千百万人白骨之上的。践踏着千万具尸体而前行的就是历史。通过暴力、战争、掠夺、压迫、阴谋、残酷、滥杀无辜、背信弃义等等来创臻辟莽、开拓旅程的就是文明。

但鲁迅的深度是将吃人具象化，指出在中国是"仁义道德"在吃人。在这里鲁迅把批判的笔触指向了几千年来的封建礼教。但问题是仁义道德又是如何吃人的呢？仁义道德是个无形的文本之物，它是怎样化为绳索，化为匕首，化为血淋淋的虎口来吃人的呢？鲁迅没有展开。只是写道："黑漆漆的，不知是日是夜。赵家的狗又叫起来了。"只是写道："狮子似的凶心，兔子的怯弱，狐狸的狡猾——"

本想批判吃人的礼教，但一个不小心却把礼教绝对化、原则化了，表现出了礼教的"原教旨主义"倾向。写《狂人日记》本想控诉吃人的历史，不意成了鲁迅对自身历史命运的一个冥冥之中的预言："自己想吃人，又怕被别人吃了，都用着疑心极深的眼光，面面相视。"

这里，"疑心极深的眼光，面面相视"的写法，对国民性的揭示相当精准。当然与此同时，鲁迅也把自己套进去了，从周围人要吃人到"我"也无意中吃过人，表明鲁迅的原罪意识的形成。

日本学者，鲁迅研究大家竹内好称《狂人日记》表明了"罪的自觉"。而写有《鲁迅与日本人》的伊藤虎丸则说鲁迅达到了"个的自觉"。何谓"罪的自觉"或"个的自觉"？就是小说中在狂人的追问下，年轻人最后说："我不同你讲这道理。总之你不该说，你说便是你错。"吃人生态中的一个公开秘密，被鲁迅揭破了。

从这一意义上看，笔者认为其实有两个鲁迅：一个是中国的鲁迅，一个是日本的鲁迅。中国的鲁迅总是在设问：为何"难见真的人"？日本的鲁迅总是在"相逢一笑泯恩仇"。如果说中国的鲁迅是大悲，那么日本的鲁迅就是大爱。大悲是个人行为，所以也叫个体鲁迅。大爱是普世的，所以也叫人类鲁迅。周海婴在《我的父亲鲁迅》一文中说内山完造是个"基督徒"，思想浸透了"博爱精神"，"对中国的贫富贵贱都是一视同仁"。这或许就是鲁迅与内山交往的潜在性因素，因为鲁迅在骨子里也具有博爱精神。

"三感"与"骂不骂日本人"

记忆犹新的是，我们曾经给了鲁迅三大光环：革命家、思想家、文学家。现在看来前两个家已经褪色，只剩下文学家，因为他有小说有散文有翻译。但更本质地看，更能显露鲁迅体质的是诗人。他是用诗人的不确定性思维来思考中国与日本，思考中国人与日本人。所以他说一个不宽恕，这倒是诗人的情感与气质，如是政治家就是不及格。如果是一位诗人，那么他不骂日本人

（其实他也骂日本人），他虚构弃医从文的动机（其实现在还没有证据），都是在想象的射程之内了。因此鲁迅又是诗意的。

诗人往往孤独，所以鲁迅是孤独的；诗人往往怪诞，所以鲁迅是怪诞的；诗人往往冷峻，所以鲁迅是冷峻的。正是这种诗人的敏锐性，使得鲁迅成为西洋美与东洋美的最早的发现者，也就是懂得中国之外的世界中也存在着美的事物的最早的中国人。

关于这点，日本著名的中国文学研究者吉川幸次郎也持这种看法。正是因为看懂了西洋美的本质在于人的精神的观照，所以鲁迅最厌恶的就是中国的国粹。他要青年人不要看中国书，不要读老庄。说与其崇拜孔丘、关羽，还不如崇拜达而（尔）文、易卜生。说与其牺牲于瘟将军五道神，还不如牺牲于Apoiio。当然，晚年的鲁迅收敛或自我抑制了诗人的这种气质。因为在他看来，比起发现新的美，与眼前丑陋的现实进行抗争更具现实性。

现在有个学术时髦，就是将鲁迅与胡适作比较，然后让你选择：要胡适还是要鲁迅？要一个温和的自由派还是要一个阴冷的怪诞派？在笔者看来，胡适主张制度建设，认为制度才是根本。鲁迅主张国民性改造，认为再好的制度如果还是这种德行，又有何用？况且这种德行的人怎能制作好的制度？胡适看到了制度问题，所以他主张白话文，写新诗，写中国哲学史，《红楼梦》考证等，做些基础的工作。鲁迅看到了文化问题，国民性问题，所以他看透的多，破坏的多。先破后立的一个结果就是唱出了不破不立的逻辑先声。这样来看，鲁迅与胡适，谁更深刻？自然是鲁迅。谁更公知？自然是胡适。那么当下中国是要更深刻还是要更公知？笔者认为还是要更深刻的好，因为只有深刻通向救赎。

鲁迅在《兔和猫》里有一段阴冷的笔触："那黑猫是不能久在矮墙上高视阔步的了，我决定的想，于是又不由的一瞥那藏在书箱里的一瓶青酸钾。"

鲁迅在《明天》里有一段怪诞的描述："单四嫂子早睡着了，老拱们也走了，咸亨也关上门了。这时的鲁镇，便完全落在寂静里。只有那暗夜为想变成明天，却仍在这寂静里奔波；另有几条狗，也躲在暗地里呜呜的叫。"

鲁迅在《文床秋梦》里有一段荒谬的妙语："春梦是颠颠倒倒的。夏夜梦呢？看沙士比亚的剧本，也还是颠颠倒倒。中国的秋梦，照例却应该肃杀，民国以前的死囚，就都是秋后处决的，这是顺天时。天教人这么着，人就不能不这么着。"

这样来看的话，阴冷、怪诞、荒谬是鲁迅审视世界的基本着眼点。或者说，鲁迅的生命意义就是体现在这阴冷感、怪诞感、荒谬感这"三感"之中。所有的思考对象，所有的审美对象都应着这"三感"而变得阴冷、怪诞和荒谬。所以，鲁迅"骂不骂日本人"的问题本身也随着这"三感"而变得阴冷、怪诞和荒谬。

是亲日派还是反日派？

鲁迅曾问过内山完造老板：孔圣人还在世的话，他是亲日派还是反日派？

内山回答道：大概，有时候亲日，有时候反日吧。

听了内山的话，鲁迅哈哈大笑。

为什么要哈哈大笑呢？

他是否想起了自己写的什么？

诸如"生命的泥委弃在地面上，不生乔木，只生野草，这是我的罪过"。

诸如"哪里也不想去。哪里也不必去。就死死地固守在这块土地，与种种鬼鬼魅魅死打烂缠，显现真勇士的猛志固常"。

当然，他更不知道他所喜欢的日本，从1953年开始初中三年级的语文教科书中收录竹内好翻译的《故乡》一直沿袭至今。这也就是说，只要在战后接受过义务教育的日本人，想绕都绕不开鲁迅。

从这个意义上说，我们如果还纠缠于鲁迅骂没骂过日本人，真的不显得无聊吗？

鲁迅对自己的死后安排是：赶快收敛，埋掉，拉倒。

那么我们对这个问题是不是也来个赶快收敛，埋掉，拉倒？

2016.6.24

日本还是第一吗?

傅高义的学术底气从哪里来?

日本还是第一吗?写下这个标题,自己也处在不确定的状态中。

因为就在2016年4月2日,夏普被正式纳入鸿海旗下的签字仪式在大阪的堺市举行。堺市,曾经是织田信长和丰臣秀吉秀风雅的宝地,更是日本人玩茶道的圣地。就在这块宝地和圣地,上演了以3888亿日元的收购价,将日本家电巨头收入囊中的一幕。精心布局的翻牌,为鸿海省下1000亿日元的同时,更显露出了"羔羊"就是要宰的任性。当年如日中天的液晶电视机,使夏普成就了世界第一,而今落入这个结局,只能用高级黑来解释了。

历史会记住这一幕,因为这太具有象征意义了。而也就在过去不久的2014年12月1日,《日本经济新闻》发表了题为《日本GDP按美元计算仅为中国的一半》的报道。怎么个"一半"呢?原来一个是4.8万亿美元,一个是10.4万亿美元。当然我们还看到中国旅游团的节节爆买,又如何使日本人如久旱逢甘霖般的笑逐颜开。那种有奶便是娘的"无节操",真的让人不得不发问日本还是第一吗？要命的是旅游团一走，百货店的营业额就下跌，而百元店、堂吉诃德、松本清等廉价店则顾客满盈，当然还有优衣库，落了个在池袋车站内嘶声竭力高喊贱卖的地步。只有无印良品还在玩弄情调，但在日本本土遭遇顽强抵抗。

日本人不想花钱买这个无用的情调，救活它的是中国市场。其实中国消费者还不知道情调是不用花钱买的。而有海外留学和工作经验的文化人谷本真由美，在2013年出版《日本是世界上第一贫困国》，揭破日本被世界尊敬是谎言，日本人勤勉有责任感更是谎言。在网上跟帖的日本人则大赞骂得好。这些怎么说都应该与第一无关。但问题是日本还是第一吗？

引出这个话题的是哈佛大学教授、费正清东亚研究中心前主任傅高义。他在1979年出版《日本第一》一书，硬是将美国人的兴趣和视野转向了远东岛国的昔日对手。老子天下第一的美国人，在傅高义意图性的点化下，也不得不思考这样一个问题："得天不厚的日本，怎么能把美国人都束手无策的一大堆问题，处理得这样头头是道呢？"（引自初版序言）实用主义哲学深入骨髓的美国人，怎不被这样的设问所迷倒所电击？于是这本书成了畅销书。问题是36年过去了。曾经第一的日本如今还是第一吗？或者说日本第一这个话题干脆已经过时了吗？

老资格的从不缺失学术远见的上海译文出版社，在2016年3月推出傅高义《日本第一》的中文本，又引出了日本是否还是第一的话题，其潜在意义是不可低估的。因为现在看来角色的置换只是时间问题，曾经的老大向日本学习过，这个学习的时间至少有10年。那么未来的老大是否也能尽早地转变学习风向？傅高义在书中引述古希腊神话，说伊卡洛斯得到翅膀，得意忘形，竟向太阳飞去。结果蜡制的翅膀熔化了，终于葬身海底。他由此告诫美国人："现在是时候了，美国必须拜别国为师。"那么这句话是否可转换成"现在是时候了，中国必须拜别国为师"？这位写过《邓小平时代》的作者，允诺该书中文版的出版，或许下意识地也感到中国"需要培养胸怀全球的政治家"。

不是说傅高义不知道早已今不如昔的日本，在为他设置尴尬，在为他设置诘难，甚至在为他设置无语可答的窘境，但是他还是自信满满地宣称：我说日本第一不是指日本经济是全世界最大最强的，而是要告诉美国人，日本是如何发展的。他在新版序言中再度肯定日本，认为"日本即使经过了失落的二十年，但属于日本第一时代的优良特质依旧存在，对于发展中国家甚至像美国和中国这样的大型经济体，仍能给予重要的启迪"。那么傅高义的学术底气是从哪里来的？

是日本人早早宣布了资本主义的终焉？

粗线条地看日本经济，1956—1973年为高度成长期，成长率是9.1%；1974—1990年为安定成长期，成长率是4.2%；1991—2013年为低成长期，成长率是0.9%，也叫"失去的20年"。通过高度成长期和安定成长期，日本在20世纪80年代后半期成了世界上少有的富裕国家。1987年日本的人均GDP超过了美国，这个优位一直持续到2000年。之后美国人又追了上来。再之后总量上中国人也追了上来，终于在2010年，日本不情愿地交出了世界老二的座椅。整个80年代，日本真可谓股票暴涨，房产高腾。照理说，漫天飞舞金钱银币，国民富得浑身冒油，这从哪个角度来说，都是个不坏的事情。从经济学诞生的那天起，不就是教导人们怎样致富吗？亚当·斯密不是还写过《国富论》吗？

但就在1989年的9月，有一位名不见经传的上了年纪的日本女学者，写了本《什么叫富》的书，交颇有名望的岩波出版社出版。想不到，这本书一出版到2004年的十多年间，就再版了54次。晖峻淑子，这位学者教导了我们什么呢？她说：日本满天飞舞金钱银币，这叫有钱，不叫富。真正的富应该是波及全社会的无差别的富。就像阳光一样，照在宫殿上，也照在阴沟里。富也应该像阳光一样，对所有的人都应该阳光普照。这本书，有钱的人看了心梗，没钱的人看了心绞痛。原来有钱也不好玩。但晖峻淑子对"富"所做的理性思考则表明，在日本，头脑清醒的大有人在。

现在看来在GDP上，日本这个国家指望翻身基本无戏，因为人口和规模已经框定。但无法翻身所带来的"无欲望"和"一亿总下流"，正好迎合了一个转型时代的到来。一个怎样的转型时代？现在日本学界提出"零成长"这个概念。如在日本有"日元先生"之称的榊原英资教授说，"失去的20年"这个提法是不准确的。因为这个20年恰恰让日本进入了一个成熟阶段。1%的成长率，甚至零成长率，是日本今后所要追求的。他说现在欧洲已经听不到"成长战略"这样的用语，替而代之的是"雇用增加"

这个词语。欧洲大体也是1%的成长率，与日本相同。这点作为先进国的美国稍有特殊。这个特殊恰恰表明美国是新兴国与先进国的重叠，或者说是一半对一半。现在日本面临的是最上位的1%富裕层与最下位的99%下流层的差。

"明天要成为比尔·盖茨"这个梦，必须完全消失才对。因为这个梦是以"成长志向"为前提的，是以用金钱的多少来衡量人的成功与否为前提的。而对物质欲求低下的日本社会，也使得日本人失去了成长志向，变得"性冷淡"。汽车只用不换，而高级车的更换时代也早已结束；住房不一定要新造的；老式翻盖的手机还有不少日本人在用；1000日元10分钟的理发店，越开越红火；名牌不再抢手，甚至连银座小姐也背起了环保布袋包；居酒屋越开越大，但价格越来越便宜；百元店成了生活中的必需；24小时便利店成了解决欲望的便利"公厕"，日本全国现共有5.3万家（2015年9月为止），每20米就有一家绝不是神话；带有星级的米其林料理店成了外国游客的好吃地，好多日本人甚至都不知道如何预约；性风俗业也打出"3000日元一回战"的雷人广告；城市青年开始往乡村隐居种地；昔日新潟滑雪地的休闲住房（50平方米），房东打出5万日元的出售价还没有人问津。如此等等。榊原英资教授对此说，这就是一个"利润趋零"的好社会的表征。这表明日本基本完成了"从国民国家到资本国家再到国民国家"的否定之否定历程。

到日本旅游过的外国人，都羡慕和喜欢日本。羡慕和喜欢日本的什么呢？不就是羡慕和喜欢无成长志向的真正和谐安定的文明社会吗？关于这一点榊原英资在《作为文明的日式资本主义》

中就宣称日本优越于颓废的欧美，而在今年与水野和夫教授合著的新书《资本主义终焉后的世界》中，更是提出从环境、安全和健康这三大块来看，日本仍然是第一的观点。从环境来看，日本国土的68.6%被森林覆盖，这其中面积的40%是没有人力介入的自然状态，这在发达国家中找不到第二家。从安全来看，日本的犯罪率是9.9%，而美国是17.5%。从健康来看，平均寿命世界第一。

所以从虽然是低成长或零成长但很成熟这点来看，日本无疑是最优等的。这正如傅高义在《日本第一》的书中引述英国的日本问题专家罗纳德多尔的话说："日本是世界上第一个现代化的后进国家。"但就是这个"后进"国家率先宣布"更快更远更合理"的现代行动原理必须让位于"更慢更近更宽容"的后现代行动原理。这样看来，恰恰是日本人早早宣布了资本主义的终焉。不买多余的只买要用的，不买最好的只买能用的，这种后消费时代的特征与近藤麻理惠"怦然心跳的整理术"在本质上趋同。

什么是日本人创造第一的精神心向？

多少年前日本的一位数学家藤原正彦写了题为《国家的品格》的畅销书。他在书中下结论：只有日本能够拯救日益显现破绽的世界。当时作者的结论使笔者震惊。因为日本没有一流的哲学家，没有一流的政治家，没有一流的经济学家，没有一流的投资家，甚至没有一流的企业家（尽管日本有一流的企业一流的品牌）。

日本能拯救世界吗？世界需要日本来拯救吗？似乎有点惘然

和牵强。但再仔细一想，也不是完全没有道理的。藤原正彦在书中说，日本对自然的感受性世界第一，日本的庭园师美的造诣世界第一，日本有表现自己美意识的茶道、花道、书道，日本人血液里都流淌着宗教式的无常感，日本有对万物的"物哀"感受，日本有世人难以理解的浓厚的乡愁，日本有集神道、佛教、儒教、禅学于一体的武士道精神。如此等等。

从转换问题的视角来看，进入21世纪，因生态变化、气候变暖等诸多非传统的因素，世界各国目前都面临经济转型的严峻挑战。而日本以其简素为其特征的文明体质，以其枯寂为其特征的人文精神，在再生型的循环社会里更能轻巧顺当地转型，这恐怕是个不争的事实。从国家竞争的角度来看，日本在这方面已经捷足先登。如日本推动新能源汽车走在世界最前列。早在1997年丰田就推出全球首款量产混合动力车，到2015年全球累计销量达350万辆。2014年丰田在全球首次面向普通消费者销售氢燃料电池车，续航里程可达650公里。今年1月，本田也宣布在美国销售这种车。到2030年新能源车的销量要达到70%。再如日本是世界上第一个由政府资助全国性长期照顾老人体系的国家。即便在今天也只有为数不多的国家可以做到。为此日本现在提出"健康年龄"这个概念，就是指老年人无大病痛，并能独自照顾自己起居生活的年龄。日本现在有一半女性活过90岁，如果大多数都能达到"健康年龄"的话，就可以省下大量的机会成本。

日本用几十年时间，虽然完成了西方工业化进程，但累得在喘息，胖得在消肿。或许花了代价，方才体验到初始文明的弥足珍贵。藤原正彦作为一位数学家,照理说公理化、逻辑化是他智慧的天机,但他最终还是厌弃这种智慧,也足以说明这个世界实在是处在一个理性未必就是合理、感性未必就是堕落的二重结构之中。佐佐木裕子,这位东京大学法学部毕业的年轻人,到2050年是71岁。她在2014年出版《存活于21世纪的3+1之力》一书,提出"人生100年"的新概念。她说到2050年的日本,60岁是中年,75岁还必须干活;到那时日本人口将跌破1亿,比越南人口还少;GDP是中国和印度的十二分之一还不到;2011年入学的小学生中的65%,要从事现在都还没有的职业。为此,"工作"这个概念也要发生变化。为了迎接这个挑战,就必须要有3+1之力。何谓3+1之力呢?就是思考力、共创力、革新力和自我发现力。这就非常的前瞻了。

橘玲,这位日本的新锐作家在2012年出版《(日本人):括号里的日本人》。书中说彻底城市化了的日本人具有了世界主义的精神特征。如他们到中国去植树造林,到中国帮助过去的劳工和慰安妇与现在的日本政府打官司,他们甚至著书立说表示钓鱼岛是中国的。这些举动虽然无法印证是否与正义有关,但显然超越了国家和民族这一"想象的共同体",甚至连血缘这个概念也变得模糊、可有可无。实际上黑格尔早就展望过世界主义的精神。他说所谓的世界主义精神就是自在而自为的存在,其本质就是自由。这种自由是通过人的自我否定和自我反思而实现的。

而全球新型人类的一代,没有一个不喜欢日本的动漫文化、电子产品和机器人的。如果说还有"心灵的故乡"这个用语的话，那么对新型人类而言，指向的就是日本。日本文学批评家加藤周一说过，按日本的传统，时间是无始无终的。它存在于整个生命的连续线上，并不为此断裂。所以"此刻"和"瞬间"就显得格外重要。如果将其上升至美学高度，则有"瞬间美"的说法。这说明日本传统思想中天然地缺乏乌托邦概念。缺乏乌托邦概念的一个好处就是万事能讲求实际的弹性。所以江户时代传入宋儒理学，20世纪传入美国大量生产方式，日本人都对应得很好。能制造极为先进的科技产品，但仍有天皇的在位，而且年号高于重于阳历。这也是日本之所以能够实现现代化而又无损文化完整性的秘诀所在。

英国学者莫里斯在他的作品《败将之尊》中曾经设问：日本的英雄人物以自杀完成灿烂之死，以表绝对忠诚。而败将之尊又是如何应对日本经济成功的呢？对此加藤周一回答道：日本人深深敬佩与同情有才干、有前途，却因时运不济而失败的人。如乃木希典将军，他在日俄战争中打过胜仗，但后来的战役失败了。1912年7月30日明治天皇去世那天，他也殉葬自杀了。日本人常赞美秋的悲哀。加藤说这就是秋的悲哀，四季的轮回。这是否就是日本人创造第一的精神心向呢？

两个日本，你要哪个？

战后不久，日本昭和天皇拜访美国占领军元帅麦克阿瑟时，给了对方一个用包袱布包起来的包裹。麦克阿瑟对包裹里的东西看都没看一眼,就放在了一边。尽管这个包裹里是时价值16亿日元的皇室全部财产的有价证券。但是习惯了在皮箱里数美元的麦克阿瑟,当然不会把一块紫色的包袱布放在眼里。在他的眼里,日本只不过是一个贫弱、老朽的日本。

但是,这位美国的五星将军恐怕怎么也不会想到,如果从机能的合理主义出发,在这块伸缩自如的紫色包袱布的柔软构造中,实际上隐含了日本人一种极为神秘的柔性力量。日本人虽然在美国人的"密西比"号战舰上签署了投降协议,但令麦克阿瑟做梦都没想到的是,建造这艘战舰的曼哈顿造船厂,30年后在日本经济的打压下倒闭了。历史充满了宿命。这种收缩自如的木棉包袱布,变身显现成了一种新的文明姿态。这是美国人所始料不及的。

当年拿破仑三世的王妃乌郡妮皇后的专门制包匠人路易·威登,1894年在巴黎开了首家LV皮箱专门店之后,西洋的皮箱文化带着它的傲慢和坚硬向全球扩张。但日本人却用包袱文化的包容性和柔韧性进行顽强的抗衡。皮箱和包袱的最大不同在于前者是把东西"放进去",后者是把东西"包起来"。而"放进去"恰好体现了西洋近代文明立体的、坚硬的、物质的特点。"包起来"恰好体现了东洋近代文明平面的、柔软的、生命的特点。

在日本,用包袱布包裹东西,开始于1300多年前的奈良时代。到江户时代被广泛使用,不管什么形状,什么东西,无所不包,进而诞生了日本独特的"包袱文化"。它是日本人随机应变、性格柔顺的象征。更为重要的是，在柔软的包袱文化中，还蕴含了对未来社会的生存智慧。于是我们看到了一根棒冰从60日元上调至70日元。25年来这区区10日元的涨价，社长还带领全体员工公开道歉，说增添了国民的负担。于是我们看到了北海道铁道为一名高中女生保留一个车站3年。于是我们看到了朝日电视台每晚10点黄金档新闻节目"报道站"主持人古馆伊知郎，在3月31日新闻节目的最后发表离职告别词称：12年来我没有缺勤过一天，但"最近的新闻节目能感受到无法直言不讳的氛围"。古馆还无法直言不讳？在我们看来这就是日本做新闻人的"卡哇伊"和洋溢着做新闻人的幸福感了。

从这一意义上说，由傅高义引发的话题还是完成了它的意义：日本是成功的。日本还是第一。因为那些精华的东西"今天依旧还在"：收入均衡，腐败程度低，产品质量高端，医疗保健遍及全民，犯罪率低，民风淳朴有礼，城市干净，少有污染，交通死亡事故极少，社会有序，年轻人愿意待在日本，国民诚信度高，人性关怀到位，责任感强。36年过去了，这些都没有变。非但没有变，有些比以前做得更好了。这些没有变的东西，做得更好的东西，就是我们今天要学习的东西，要仿效的东西。照傅高义的说法，建设一个美好的社会，"不要当事后诸葛亮，要有先见之明，不要临阵磨枪，要运筹帷幄，应付自如——这就是我写这本书的心愿"。

确实，在我们面前有两个日本。一个是傅高义的日本，一个是科尔的日本；一个是《日本第一》的日本，一个是《犬与鬼》

的日本；日本第一的日本是唱红的日本，犬与鬼的日本是唱衰的日本；唱红的日本是为了学习日本，唱衰的日本是为了警示日本。两个日本则是一枚硬币的正反面。空中一抛，落下则要看运气。放心，好运的日本和厄运的日本不会同时向你袭来。

《犬与鬼》10年前就有中译本，《日本第一》刚有中译本。看来向日本学习还是姗姗来迟。大国心态加受害者心态，使得我们不屑或不敢虚心一把。还是美国人厉害，二战的死对头，华丽转身拜你为师。这种厉害主要是心态正，没有更多的意识形态色彩。毫无疑问，是《日本第一》而不是《犬与鬼》使美国变得更强大。因为美国人不需要听"美林、高盛都在开发预测未来市场的精密计算机算式时，野村证券的员工们却依然在使用算盘，而且仅会一种算法——加法"（引自《犬与鬼》）这些无用之语。美国人更要听的是"日本人能够在大集体中找到人生的意义，在这一点上，日本是先驱者。而美国则是常把集体看成是限制个人自由的外来压力或负担"（引自《日本第一》）。那么如何向日本人学习呢？

当然，日本人也时常调侃地说，实体经济不行了，我们还有村上春树，我们还有宫崎骏，我们还有苍井空，再退一步我们还有AKB48可以抵挡一阵。如果从这个意义上说，傅高义并不需要修止自己的日本观。如果从这个意义上说，上海译文出版社翻译出版这本书也是一个风向标：是时候了，中国应该向日本学习。

2016.4.6

他才是"爆买"的先驱

他表征了一个时代

以描写中日两国历史为一生己任,并为此积极寻求双向间互信互认的著名华裔作家陈舜臣先生,以90高龄在日本病逝。陈先生著作等身且影响力巨大,无论从哪个角度无论用怎样的文字评价他的笔墨生涯,恐怕都不为过。

他表征了一个时代,一个用笔墨开启中日两国认知的时代。而这个时代,随着他的病逝而告终焉。并不是说这个认知的必要性已经终焉,并不是说这个认知的过程已经完结,而是再无后人能用陈先生的这支巨笔,出色地接续这个话题了。正如日本著名历史学者司马辽太郎说过这样的一句话:"能让日本人真正了解中国历史的,只有陈舜臣。"这是最为惋惜也是最令人伤感的地方。"风萧萧兮易水寒,壮士一去不复返",这句话送给骨髓里都流淌着中国历史血脉的陈先生,我认为是最为适合的了。

纪念与哀思,最为要紧的是纪念什么,哀思什么?是罗列他的作品?是陈述他的生平?或者是找一部小说,评说他如何为中国人扬眉吐气如何为中国历史验明正身？在我看来这不是最好的纪念与哀思。我认为最好的纪念与哀思，就是要找到他写了一辈子的文字中，究竟想诉诸什么想表示什么？那么，透过陈先生的文字，我们究竟发现了什么呢？当然因人而异每个人的发现会不一样。对我而言，我在他的文字里发现了最为用心最为自觉的一个字：思。一个文人的思。

绝不接受思考的潜规则

绝不接受思考的潜规则，绝不接受思想的原文本。这是陈先生笔墨生涯的最大亮点。如果说笛卡儿的历史不可信论来自于怀疑，那么陈先生的历史小说创作论则来自于思考。我思故我在，绝不人云亦云。陈先生将自己比喻为竹子，并引用郑板桥的话说，因为不开花，所以没有蜜蜂或蝴蝶前来烦扰，这是竹子的优点。

十多年前东亚盛行"儒教圈繁荣"论，亚洲"四小龙"成了热门话题。儒教这一文化因素真的是导致繁荣的唯一原因吗？陈先生对此有自己的思考。他在《儒教三千年》（朝日出版社）中认为，繁荣不可忽视殖民因素。殖民带来的异质文化的强行闯入，经过多年便会盘踞于此。虽然原住民拥有本地文化，但同时也不得不接受另一种文化。正是两种文化的碰撞带来了空前的活力。因此虽然儒家所重视的"礼"在维持社会秩序中发挥了积极作用，但是其形式主义又成了近代化的大敌。不可否认，这就是有新意的思考了。要知道切入殖民因素，说它还能发挥正能量，如果在极权体制下，能有几个文人有这样的思考这样的直言？

再如，关于"以德报怨"这个说法，陈先生也有自己的看法。二战结束后，蒋介石对日本曾用过这个词。《论语·宪问》中记载："或曰：'以德报怨，何如？'子曰：'何以报德？以直报怨，以德报德。'"当时对"以德报怨"的解释为：对于对方恶意的行为，反过来回报以善意。有人曾问孔子，这样做怎么样（自然是希望得到肯定的答复）？然而孔子回答道："那又用什么来回报恩德呢？难道不是应该用正直来回报怨恨，用恩德来回报恩德吗？"对此，陈先生认为，战争结束时，如果中国真如孔子所言用"直"对待日本，那么情况一定有不同。当时许多人认为蒋介石的这句话反映了儒教思想。但实际上，儒教本家孔子并不赞成"以德报怨"，他的回答是对提问者的一种告诫而已。

历史的真如何表现？

关于何谓历史的"真"这个问题，陈先生也有自己的独到看法。上野公园里的西乡隆盛肖像，只可说十分酷似本人，但绝对无人敢断言一模一样。史实，如果有人认为那就是当年真实历史的留传记录，无疑是很危险的。为此他举例中国历史说："史书中对短命的秦王朝和隋王朝基本都没有流芳千古的赞美描述。根据史书记载，无论是秦始皇还是隋炀帝，均被描写为极恶无道之人。但我却认为不应该这样一概而论。"

隋炀帝一到夜晚有时会突然惊恐万状地大叫"有贼",这应该是深夜恐惧症吧。如果单单拿出这件逸事渲染一番的话,人们也许只能认为隋炀帝是个十分没出息的胆小鬼。但是隋炀帝的另一面,即作为王者应有的豪放一面则很有可能被故意抹杀了。日本的北一辉(日本思想家,崇尚暴力)也可谓同病相怜。据说,在深夜如果夫人不牵着他的手,他甚至连厕所都去不了。然而,他的"魔头"一面却是众所周知的。如果,将他魔头的行为或论述抹杀,只留下深夜恐惧症的描述,那么北一辉将完全变成另一个人。

如果要问中国历史上最好的明君是谁?恐怕很多人都会举手指定唐太宗或汉武帝。但陈先生有自己的视野。他认为唐有资格冠以"大"这个形容词,宋也同样有资格。只是理由不一样而已。这中间有很大一部分依赖于一手打造了大宋的赵匡胤的人格魅力。尽管有个人喜好,"但如果让我举出中国历史上最好的明君,我不会说汉武帝或是唐太宗,我还是会毫不犹豫地举出宋太祖"。

写《甲午战争》历史小说,其最大看点在于他亮出了这样一个历史观:中日之间不幸的历史原点,就在于垂老的晚清怎样被青春萌动的明治日本打败。诗性的表现就是"大江不流"。后来他在随笔里提及这件事,说这句话出自谭嗣同的五言律诗《夜泊》:"月晕山如睡,霜寒江不流。"这就是那个时代中国人的闭塞感。

在陈舜臣的笔下,历史并非总是剑拔弩张,腥风血雨。有时又表现为一种情感,一种心绪。他讲过这么一个故事:正如张继的"夜半钟声到客船"诗句所言,苏州寒山寺有一口著名的大钟。这口名钟据说在明治时期被运到日本去了。究竟是谁拿走的不得而知。传说是第一次大隈内阁的时候,那么应该是明治三十一年(1898)的事。为此事,日本遭到中国的一片斥责。于是,日本铸造了一口五百多斤的大钟赠予寒山寺,钟的铭文由伊藤博文撰写:"姑苏寒山寺,历劫年久,唐时钟声空于张继诗中传矣。尝闻寺钟传入我邦,今失所在。山田寒山搜索甚力,而还不得焉。乃将新制一钟,赍往悬之。"时间是明治三十七年(1904)。

变法派康有为曾流亡日本,于辛亥革命爆发后回到祖国。1920年曾游寒山寺并赋诗一首:"钟声已渡海云东,冷尽寒山古寺枫。莫使丰干又饶舌,化人再往不空空。"陈舜臣对这首诗的评价是:"寒山寺那令人怀念的钟声,早已远渡云海之东的日本。而那里是他度过流亡生活的地方。已然听不见钟声的寒山寺,岂不是太过悲凉的地方,就连那古寺和桥旁的枫树也不例外。"历史一般都被定义为时间的老人,但这位时间老人在陈舜臣的笔下并不总是表现为远久时代的古色古香,铜锈铁锈。这就需要有一种历史哲学来观照。克罗齐说,一切历史都是当代史。看来他是谙熟其韵。

不刚不柔非草非木

陈先生在一篇文章中提及鲁迅。他说我最初阅读的鲁迅作品是日译版本。这是一本由日本改造出版社发行的日文版《大鲁迅全集》,比中国最早发行的鲁迅全集还要早一年。战后,我在台湾读到了鲁迅的原著。在台湾读到鲁迅原著的时候，我发现自己可以从不同于阅读日文版本的另一个视角，观赏到作品所描写的时代舞台。从那以后，20年过去了，几乎每年都要去中国大陆旅行，每当我再次读到《阿Q正传》或《狂人日记》时，我仍能从作品的深处发现新的东西。这就是问题的关键。要问这个"新的东西"是什么的话，那么就要问《阿Q正传》或《狂人日记》是什么？这样看来，陈先生贯穿一生的思，恐怕就是来自于鲁迅的思。或者说，鲁迅未完的思，他接续了过来。耕耘了半个多世纪，在发行的总数超过2000多万册的著作中，我们发现了复活了的《阿Q正传》或《狂人日记》。这是否就是我们今天纪念与哀思陈舜臣先生的最大意义呢？

陈舜臣先生的病逝，在日本也引起了巨大反响。毕竟是家喻户晓的历史作家，毕竟是将中日文化写得最精彩的随笔家，毕竟是将中日友好作为毕生己任的活动家。早在2013年5月6日，其长子，62岁的摄影家就将父亲的作品和史料加以收集，在神户中央区设立了"陈舜臣亚洲文艺馆"。开馆前，陈舜臣摇着轮椅目睹了一切。

当时的他，是一种怎样的心情呢？当然无可知晓了。但是在他浩瀚的文字中，有这么一段话："晋代文献《竹谱》中对竹子有这样的描写：不刚，不柔，非草，非木。"这里的设定是：这"不刚，不柔，非草，非木"，是否就是他对自己的盖棺论定呢？

2015.1.22